KB054567

仙道 체험기

김태영 著

120

글터
GEUL TEA

선도체험기 120권을 내면서

『선도체험기』 120권을 내면서

이 세상에 처음으로 『선도체험기』라는 책이 1990년 1월 10일에 처음으로 서울에서 고고의 성을 울린 지도 어느덧 30년이란 세월이 흘렀다. 선도라는 것이 수련의 한 형태로 자리 잡게 되면서 수련자들의 관심을 끌게 된 것은 무병장수를 추구했기 때문이다.

따라서 어찌 보면 선도는 무병장수를 추구하는 술수의 대명사처럼 여겨져 온 것 또한 사실이었다. 그것이 바로 연정화기라는 것인데 그 적나라한 실상을 이번 권에서 한번 필자의 능력이 미치는 한 추구해 보기로 하였다.

그리고 이번 『선도체험기』 120권에는 현묘지도 수련에 들어가기 전까지의 수련기 2편, 현묘지도 수련을 하면서 어떤 과정을 겪어 완료했는지 전해주는 수련기 2편, 현묘지도 수련을 완료한 지 몇 년 지나서는 어떻게 수련을 하고 있는지 알려주는 수련기 3편을 엮었다. 이 가운데 3편은 『선도체험기』 119권에 다 싣지 못해 이번에 포함한 것이다. 수련기 내용을 참고하여 수련에 정진하기를 바란다.

단기 4353(2020)년 5월 18일

서울 강남구 삼성동 우거에서 김태영 씀
이메일: ch5437830@naver.com

차 례

Contents

연정화기(煉精化氣)의 현실

2019년 12월 6일 목요일

오래간만에 서울 지역까지 영하 9도의 매서운 한파가 밀어닥쳤다. 하도 갑작스런 추위여서 아침 8시경이면 아내와 함께 규칙적으로 나가곤 하던 아침 산보도 생략해야 했다.

오후 3시가 되자 초인종 소리가 울렸다. 이런 추위를 무릅쓰고 누굴까 싶어 얼른 문을 열었다. 일전에 대주천 수련까지 끝낸 모 수출회사 상무로 있는 45세의 이성익 씨였다. 일전에 오늘 만나기로 약속한 일이 생각났다. 서재에 들어와 자리를 잡자 그가 먼저 입을 열었다.

"선생님 저는 오래전부터 대주천과 현묘지도 화두수련을 마치면 연정화기 수련에 도전해 보기로 저 스스로 자신에게 단단히 약속을 하여 왔습니다. 그러나 막상 실천을 해 보니 보통 어려운 일이 한두 가지가 아닙니다."

"그래요, 그럼 그 사연을 이왕이면 조금 더 순서에 따라 구체적으로 말씀해 보세요."

"『선도체험기』만 읽고 글로만 알아 오다가 막상 몸으로 실천해 보려고 하니까 정말이지 녹녹치 않고 무척 어렵더라고요."

7

"어떻게 어렵던가요?"

"그럼 지금 그 말씀을 드려도 될까요?"

"그럼요"

"그럼 참으로 좋은 기회다 생각하고 말씀드리겠습니다마는 말 그대로 접이불루(接而不漏) 즉 연정화기(煉精化氣)는 일종의 방중술(房中術)이기도 한 것 같은데 막상 실천해 보니 과연 성공될 수 있을지 의문부터 앞섭니다."

"결론부터 말하겠는데 연정화기(煉精化氣)는 글자 그대로 쇠를 불리거나 정액을 단련하거나 무엇을 반죽하거나 마음을 단련하여 액체를 일종의 에너지 즉 기운으로 바꾸는 것을 말합니다. 이 일에 끈질기게 도전한 수련자라면 예외 없이 거의 다 성공을 거둔 것만 보아도 실현 불가능한 일은 결코 아니고 반드시 가능한 일이니 확신을 가지기 바랍니다. 그리고 부부 합방에 대해서도 이번 기회에 새로운 차원의 인식을 가질 필요가 있습니다."

"어떻게 말입니까?"

"우선 무엇보다도 중요한 것은 합방을 할 때마다 수행자의 의지 여하에 따라 결심만 하면 얼마든지 사정을 할 수도 있지만 안 할 수도 있다는 것입니다. 더구나 사랑하는 배우자와의 섹스는 스트레스 해소나 쾌락 추구의 차원을 넘어 쌍방의 생명력 진화를 위한 방편이라는 것을 깨달아야 합니다. 왜 그러냐 하면 이러한 깨달음이 없이는 언제나 동물적인 차원을 벗어날 수가 없기 때문입니다. 교접을 하면 꼭 사

8

정을 해야 한다는 고정관념이야 말로 생명을 진화시키기는커녕 소모만 시킨다는 습관적인 행위임을 알아야 합니다.

해방 직후 내가 열네 살에 북한에 살 때 겪은 얘기를 한 토막 하겠습니다. 그때 결혼한 누이가 함경북도 단천에 살고 있었는데 우편도 철도도 제대로 운영되지 않았으므로 육이오 때 피난민을 운반하던 열차를 이용하는 식으로 서로의 안부를 전하는 수밖에 없었습니다. 단천에서 청진까지는 열차로 보통 4, 5시간밖에 걸리지 않았지만 피난민 열차를 이용하려면 12시간 내지 24시간이 걸렸습니다. 나는 우리 가족 유일의 메신저가 되어 한탕 내왕을 하려면 보통 사나흘씩 걸렸습니다. 문제는 요행으로 피난열차 화물차 꼭대기에 자리를 차지했어도 목적지에 도착하여 내릴 때까지 오줌이 마려워도 꼼작할 수 없다는 것입니다. 자리를 남에게 빼앗기지 않으려면 그럴 수밖에 다른 방법이 없었습니다. 그래서 열차가 장시긴 정차할 때까지 스무 시간이고 서른 시간이고 간에 무작정 소변을 참아야 했습니다. 잠시라도 자리를 뜨기만 하면 자리를 빼앗기기 때문입니다. 지금 생각하면 연정화기에서 정액을 사정하지 않으려고 참는 것과는 비교도 할 수 없이 어려운 일이 되지 않을까 합니다.

소주천을 거쳐 대주천에 들어선 수행자가 연정화기에 성공하지 못한다면 그에게 선도 수행은 더 이상 존재할 의미와 가치를 잃게 될 것입니다. 성공보다는 실패가 많다면 그러한 수행법은 이 세상에서 살아남지 못했을 것이기 때문입니다. 연정화기(煉精化氣)란 성합으로 발생

9

하는 액화된 에너지인 정(精)을 기화(氣化)된 수행 에너지로 바꾸는 작업입니다. 따라서 이 과정을 거치지 못하면 수행자라고 할 수도 없습니다."

"그렇다면 연정화기에 성공하지 못한 사람은 수행할 자격도 없겠군요."

"그렇고말고요. 그에게 수련은 연정화기 이전 단계에서 끝낼 수밖에 없죠."

"그렇다면 제가 만약 연정화기에 통과하지 못한다면 선도 수행을 어쩔 수 없이 포기해야 합니까?"

"미안한 일이지만 그럴 수밖에 다른 길이 있겠습니까? "

"그럼 그 과정을 통과하지 못한 저 같은 사람은 선도 수행자라고 말할 수도 없겠네요."

"그럼요. 그러니까 무슨 일이 있어도 이 과정을 통과하도록 온갖 정성과 노력을 기울여야 할 것입니다. "

"연정화기의 성패 여부가 선도 수행자가 진짜 도인이 되느냐 마느냐가 판가름 나는 막중한 수행 과정이니 왜 안 그렇겠습니까?"

"저는 그렇게까지는 생각지 않았었는데. 제 생각이 잘못이었군요."

"그렇습니다. 나폴레옹처럼 내 사전에 불가능은 없다고 외치고 새로운 불퇴전(不退轉)의 각오로 다시 한번 도전해 보세요. 바로 그러한 각오가 액체인 휘발유를 기체로 바꾸는 것과 같은 에너지의 동력이 됩니다."

"그럼 어찌 되든지 간에 결국 최선을 다해 보는 수밖에는 없겠는데요."

"그렇고말고요. 그럼 방금 전에 말하다가 중단된 얘기를 계속해 보세요."

"네 그렇게 하겠습니다. 물론 사전에 제 아내를 제 딴에는 잘 설득한다고 했는데도 막상 실천이 되지 않습니다. 합방 중에는 사정(射精)을 하지 않아야 하건만 그 문턱에서 자꾸만 실패를 거듭하고 있습니다."

"역시 그 말이 나올 줄 알았습니다. 연정화기는 간단히 말해서 발기된 남근이 여근 속에 들어가서부터 할 일을 마치고 밖으로 빠져나올 때까지 발기 상태를 유지하는 전 과정을 말합니다. 다시 말해서 합방이 시작된 시점에서 그 과정이 완전히 끝내고도 발기 상태를 유지해야만이 분비되는 액체 상태의 정(精)을 기(氣)로 바꿀 수 있는 능력을 발휘하게 된다는 얘기입니다.

따라서 누구든지 확신과 자신감을 가지고 임하면 시작이 반이라고 성취할 수 있습니다. 안 될 때는 왜 안 되느냐는 것을 배우자와 함께 꼼꼼하게 따지고 들어가면서 차근차근 해결책을 모색해 나가다 보면 반드시 돌파구가 열릴 것입니다. 나 역시 수련 초기에 그 문제로 고민을 거듭하다가 끝내 실마리를 찾아내고야 만 일이 있으니까 자신 있게 말하는 겁니다."

"그럼 그 과정을 자세히 좀 말씀해 주실 수 없겠습니까?"

"선도 수련은 자기 자신과의 싸움입니다. 기운을 느끼고 운기가 활발해지기 시작하면 누구를 막론하고 정력이 갑자기 강해집니다. 보통 일주일에 한두 번씩 합방을 하던 부부들이 두 번, 세 번, 네 번, 끝내 매일 밤 또는 그 이상으로 늘어나게 됩니다.

여기서 가장 중요한 것은 연정화기는 어떤 일이 있든지 꼭 성취하고야 말겠다는 의지력을 다지는 것입니다. 바로 그 의지에 따라 그때그때 방편은 나타나게 되어있습니다. 요컨대 가장 효과적인 방법은 정액이 새려고 할 순간과 시간을 미리 포착하고 있다가 유출되기 전에 동작을 갑자기 멈추어버리는 방법도 있습니다.

"어떻게요?"

"구제프 수련법이라고 하여 군대에서 집체 체조 때 한창 열심히 체조를 하다가 지휘자가 갑자기 '동작 그만' 하고 큰 소리로 구령을 때리면 각자는 자기 몸이야 어떤 동작을 취하고 있든지 간에 그 자리에서 그때의 동작 그대로 얼어붙은 듯 일체의 움직임을 동결함으로써 새로운 국면을 뚫고 나가는 방식을 말합니다.

행위 시에 정액의 유출 시기를 미리 포착하고 있다가 이 방법을 쓰면 성 에너지 즉 정액의 흐름을 일시에 바꾸어 유출을 막을 수 있습니다. 다시 말해서 그 상태로 잠시 행위를 멈추고 있으면 발기 상태의 페니스의 위축을 막으면서도 발기된 채로 단 시간 안에 사정(射精)의 위기를 넘기고 다음 국면으로 넘어갈 수 있습니다."

"무슨 뜻인지 알 것 같습니다."

이렇게 말한 그는 확실한 요령이라도 터득한 듯 귀가했다가 일주일쯤 뒤에 다시 찾아와서 말했다.

"가르침대로 따른 결과 중요한 고비는 넘겼습니다. 선생님 정말 고맙습니다. 그럼 다음 질문을 계속해도 되겠습니까?"

"그럼요. 얼마든지 의문이 나는 대로 기탄없이 말하십시오."

"그럼 연정화기를 한번 시작하면 지속 시간은 어떻게 됩니까?"

"연정화기의 특징은 일단 피스톤 동작이 시작되면 시간이 흐를수록 스스로 막강한 힘을 발휘하는 특징이 있다는 겁니다. 따라서 한번 시작만 하면 지속 시간은 제한이 없습니다. 내가 잘 아는 어느 수행자 부부는 일단 불이 붙었다 하면 열두 시간 이상까지 지속한 일이 있다고 합니다. 물론 그 사이에 생리적인 배설을 위해 잠시 중단한 것 이외는 온밤을 꼬박 새워가면서 그대로 계속했다고 합니다. 그 12시간 동안에 몇 해 동안 두 사람을 괴롭혀 왔던 자궁내의 악성 근종(根腫)과 부스럼 까지 덤으로 말끔하게 자연 치료되었다고 합니다."

"어떻게 그런 일이 있을 수 있을까요?"

"하느님만이 아는 음양의 미묘한 조화가 두 사람 사이에 구사됨으로써 그렇게 된 것으로 생각됩니다."

"그건 그렇고 이런 때 배우자가 없이 독신자로만 살아온 수행자는 어떻게 하죠?"

"뜻이 있는 곳에 길이 있으니까 배우자는 구하면 조만간에 만날 수 있을 것입니다. 이 세상에서 남자와 여자는 한번 맺어지면 검은 머리가 파뿌리가 되도록 함께 살게 되어 있으므로 그런 걱정은 아니 해도 될 것입니다. 남자와 여자는 원래 상부상조하면서 생사고락을 함께하도록 만들어져 있는 것이 우주의 법칙이니까요. 독신주의자는 누구든지 건강하고 일할 능력이 있는 한 배필을 만나 결국 살 길을 찾게 될 것입니다."

"결국 어떠한 남자와 여자든지 좋은 배필을 만나 해로(偕老)하는 것이 바른 길인 것 같은 느낌이 문득 듭니다."

"당연한 일입니다."

"그리고 참, 방중술(房中術)과 연정화기(煉精化氣)는 같은 것을 말하는가요?"

"그럼요. 연정화기를 방중술이라고도 하는데 방중술 10단계라는 것이 아득한 옛날부터 민간에 전해 내려오고 있습니다. 참고로 말씀드리면 다음과 같습니다.

방중술 10단계

한 번 동하되 내지 않으면 기력(氣力)이 강해지고
두 번 동하되 내지 않으면 이목(耳目)이 총명해지고
세 번 동하되 내지 않으면 지병(持病)이 사라지고
네 번 동하되 내지 않으면 오장(五臟)이 편안하고
다섯 번 동하되 내지 않으면 혈맥(血脈)이 좋아지고
여섯 번 동하되 내지 않으면 허리가 튼실해지고
일곱 번 동하되 내지 않으면 다리 힘이 강해지고
여덟 번 동하되 내지 않으면 몸에 광택(光澤)이 나고
아홉 번 동하되 내지 않으면 장수(長壽)를 누리고
열 번 동하되 내지 않으면 신명(神明)이 밝아진다.

"선생님은 그걸 읽어보시고 어떤 느낌이 드셨습니까?"

"어지간히 연정화기에 접근해 있는 사람이 쓴 것 같은 느낌입니다. 글 쓴 사람은 각 단계마다 연정화기의 실상을 파악하고 있는 것 같아서 호감이 갑니다. 여기서 혹 독자들이 오해하지 않을까 싶어서 말씀드리는데 이 열 단계의 방중술 내용을 단 한 번만 실천하면 그렇게 된다는 성급한 오해는 부디 하지 말아야 할 것입니다."

"그럼 어떻게 해야 합니까?"

"숨을 거둘 때까지 평생 꼼꼼하게 실천해야만 수행이 향상되는 성과를 거둘 수 있다는 뜻입니다."

"여기서 '한 번 동하되 내지 않으면'은 '한 번 발기(發起)하되 사정(射精)하지 않으면' 그렇게 된다는 것을 말하는 것이겠죠?"

"그럼요."

"저에게는 무엇보다도 접이불루(接而不漏)하면 건강하고 영명(靈明)해지고 장수할 수 있다는 데 크나큰 매력을 느낍니다."

"당연한 말입니다. 진리를 깨닫는 것도 건강과 장수가 확보되어 신명이 밝아진 다음의 일입니다. 이러한 의미에서 선도 수행자는 물론이고 뜻 있는 사람들은 섹스에 대한 기존 개념부터 바꿀 필요가 있다고 생각합니다."

"어떻게 말입니까?"

"섹스는 자녀의 잉태나 스트레스 해소나 향락의 추구를 뛰어넘어 쌍방의 생명력의 진화를 가져오는 방편이라는 것을 깨달아야 합니다. 왜 그러냐 하면 이러한 반성과 깨달음이 없이는 언제나 동물적 차원에서 탈피할 수 없기 때문입니다. 교접을 하면 꼭 사정을 해야 한다는 관념이야말로 생명력을 진화시키기는커녕 계속 소모만 시키고 만다는 것입니다."

"결국 섹스에 대한 기존 개념을 뛰어넘어야 한다는 말씀이군요."

"그렇습니다."

"어떻게 하면 그렇게 할 수 있는지 좀 더 구체적으로 말씀해 주시겠습니까?"

"그럽시다. 멘테크 치아라는 그 방면의 전문가에 따르면 한 남성이 일생동안 사정하는 횟수는 5,000회이고 한 회마다 3㎤(입방센티미터)라고 보고, 이것을 곱하기 3㎤하면 15,000㎤라는 계산이 나옵니다.

다시 말해서 한 남성이 일생동안 평균 5천 회의 성교를 하는데 그때마다 평균 3㎤ 정도의 정액을 방출한다는 겁니다. 실제 방사량은 사람에 따라 달라서 2 내지 5㎤입니다. 이 속에는 2억 내지 5억 마리의 정자가 들어 있습니다. 1인당 평생 1조 마리의 정액을 내보내는데, 그 숫자는 40억 인구의 2백 배나 됩니다. 이 막대한 정액을 소주천만 할 수 있는 사람은 마음만 먹는다면 누구나 다 생명 에너지인 기체로 바꿀 수 있습니다. 그런데도 우리는 이 귀중한 에너지를 부질없이 낭비해버립니다.

물론 정액은 임신을 할 때 외에는 거의 낭비하는 것밖에는 되지 않습니다. 무엇 때문에 우리는 그 귀중한 생명력을 이렇게 낭비해야 되느냐 하는 겁니다. 선도 수련을 성공시킬 수 있느냐 없느냐의 갈림길은 바로 정을 기로 바꿀 수 있느냐 없느냐에 달려있다고 해도 과언이 아닙니다. 이처럼 귀중한 생명 에너지를 인간 완성을 수행하는 데 이용해야지 무엇 때문에 한 순간의 동물적인 쾌락을 위해 낭비해야 하느냐, 결코 그럴 수는 없다는 확고한 인식으로부터 출발하여 성 에너지에 대한 새로운 개념을 구축해야 합니다.”

“어떻게요?”

“우선은 사정(射精)은 작은 죽음이라는 철저한 인식이 필요합니다. 이러한 확실한 인식이 있어야 두 남녀는 원만한 협조로 수행할 수 있을 것이기 때문입니다. 한 번의 사정으로 2억 내지 5억의 정자가 헛되이 죽어나가는데 이것을 새로운 에너지 즉 기운으로 바꾸면 두 사람의 생명력을 진화시키는 데에 크나큰 보탬이 된다는 것을 명심해야 합니다. 이것을 모든 남녀가 보편적인 삶의 기준으로 삼을 때야말로 새로운 차원의 의미 있는 신세계를 구축할 수 있다고 보는 겁니다.”

“과연 그렇겠는데요.”

코로나 사태와 남북 관계

2020년 3월 12일 목요일

코로나 사태로 삼공재에서는 이 위기가 해소되어 다시 안정을 찾을 때까지 수행자들 사이에 서로 왕래를 자제하기로 했다. 어떤 성급한 사람은 이번 사태로 마스크 부족 사태를 해소하기 위해서 남북 협조가 가능할지 한번 모색해 볼 필요가 있다고 운을 떼기도 했다. 무엇보다도 가동이 중단된 개성공단의 재가동을 시도해 보는 것이 어떨까 하는 성급한 사람도 있었다. 이에 대하여 나와 한 주객 사이에는 다음과 같은 얘기들이 오갔다.

"1953년에 유엔군과 중공군, 북한군이 휴전 상태에 들어간 지도 어느덧 67년이라는 세월이 흘렀습니다. 그 장구한 세월을 판문점 상공에 고장난 비행기처럼 세월을 잊은 듯 떠 있는 〈조선민주주의인민공화국〉이라는 망령이 버티고 있는 한 그런 방식의 남북 협조는 기대하지 않는 것이 좋을 것입니다."

"그래도 무슨 해결 방법이 없을까요?"

"세월 이기는 장사 없다고 좀 더 세월이 흐르다 보면 무슨 계기가 반드시 생기겠지요."

"어떻게 말입니까?"

"세계사의 이단아라고 할 수 있는 북한 공산주의 세습 독재 체제는 원래 동독이 서독에 흡수 통일될 때 당연히 대한민국 내부에 흡수되었어야 합니다. 그러나 북한은 그러한 통일 방식의 어수룩한 점을 역이용하여 악착같이 생존에 집착하게 되었습니다."

"그 어수룩한 것이 도대체 무엇입니까?"

"서독과 동독 사이에는 방송과 출판물들이 통일 전부터도 자유롭게 교환되고 있었다는 현실을 재빨리 포착하여 남북 사이의 일체의 정보 유통을 완전무결하게 차단함으로써 공산주의 세습 독제 체제를 남한의 간섭 없이도 북한은 지금처럼 유지할 수 있었습니다.

바로 그 때문에 북한은 6.25 남침 전쟁을 야기하는 세계사에 역행하는 짓을 당연지사인 양 감행한 것입니다. 따라서 역사가 바로 서는 날 양측 사이의 정보 교환만 복원되면 북한 공산 세습 독재 체제는 바로 그날로 무너지게 될 것입니다. 우리는 그때를 위하여 그 후 연속적으로 일어날 사태를 수습할 수 있는 잠재력을 키우는 데 전력을 기울여야 할 것입니다."

"그러나 이것을 무시하고 덮어놓고 무조건 남북 협조만을 지속적으로 추구하는 남한의 일부 정치인 집단에 대해서는 어떻게 보십니까?"

"개꼬리 10년 묻어놓아 보았자 여우꼬리로 둔갑하는 일은 결코 있을 수 없습니다. 지금이라도 제정신 번쩍 차리고 현실을 바로 보아야 합니다."

"어떠한 방식의 남북 협조도 북한이 지금과 같은 상태로 반격당할 가능성을 방지하려고 핵무기와 저고도 미사일을 계속 개발하면서 악착같이 버티고 있는 한 남북 협조는 한갓 신기루에 지나지 않습니다."

코로나 역병(疫病)

"코로나 사태가 계속 창궐하고 있는데, 이에 대해서는 어떻게 보십니까?"

"요즘 민간에 정처 없이 떠도는 유언비어 중에는 코로나가 적어도 1년은 갈 것 같고 그때 가서는 이 역란(疫難)도 점차 약화되어 보통 감기 정도로 평준화될 것이라고 낙관하는 사람도 있습니다. 과연 그럴 수 있을까요?"

"바로 그 때문에 지금 미국에서는 한국식 코로나 대처 방식이 큰 인기를 끌고 있다고 합니다. 유럽과 중동, 남북미의 그 어떠한 코로나 검진 키트도 한국식을 따라오지 못하여 트럼프 미국 대통령은 한국제 검진 키트를 10만 세트 긴급 수입하기고 했다고 합니다."

"그 말을 들으니 문득 생각나는 것이 있습니다."

"그래요? 어서 말씀해 보세요."

"그러죠. 유럽과 인도에서는 오래전부터 노스트라다무스나 신약성경 등을 통하여 그리고 한국에서는 격암유록(格菴遺錄)까지 포함하여 온 세계에 가늠할 수 없는 질병란(疾病亂)과 병란(兵亂)이 닥쳐와 미처 헤아릴 수 없는 엄청난 피해를 초래할 때 타고르의 시에도 나와 있듯 저 동방의 등불의 나라 코리아에서 1만 2천의 구세군이 벌떼처럼 들고 일어나 세계를 구원한다는 예언들이 있어 왔습니다. 이런 것을 감안하면 한국이 이번 기회에 그야말로 세계에 획기적인 큰 기여를 할 수도 있지 않을까 합니다."

"꿈같은 이야기이긴 하지만 듣기에 어쩐지 황당한 뻥튀기 같지는 않은 느낌이 듭니다."

"왜 그런 느낌을 든다고 보십니까?"

"이 우주를 관장하는 진리가 존재한다면 아무런 대책 없이 그러한 변화를 시도할 이유가 없을 것이기 때문입니다. 다시 말해서 그 변화에는 반드시 우주적인 깊은 배려가 깔려있을 것입니다."

"그 의도가 무엇일까요?"

"존재의 실상입니다."

"존재의 실상이라면 무엇을 말하는지요?"

"생(生)은 사(死)요, 사는 생이라는 실상입니다. "

"그럼 생과 사는 같다는 뜻인가요?"

"그렇습니다."

"그것은 보통 사람들이 감지할 수 있을 만한 일이 아니지 않을까요?"

"그럴 수도 있겠지만 결국은 관(觀)을 통해서 느낌으로 깨닫는 길밖에 다른 방법은 없다고 봅니다. 마치 솥 속의 물은 가열되어 비등점에 도달하면 반드시 끓어 넘치듯이 수행 역시 어느 경지에 도달하면 물이 끓어 넘치듯이 갑자기 고압 전류에 닿았을 때처럼 앗 뜨거 하지 않을 수 없게 될 것입니다. 물론 도인이나 수행자에게 국한된 일이지만 그것을 관(觀)의 힘이라고 합니다."

"도(道)나 관(觀)의 힘은 그렇다 쳐도 북한은 지금도 기존의 핵 개발과 함께 한·미군의 미사일 공격에 대항하기 위한 저고도 요격용 미사일 개발에 전력을 기울이고 있습니다. 이에 대항하기 위해서 우리는 어떻게 해야 할까요?"

"손자병법에도 이럴 경우 우리는 적이 쳐들어올 것을 예상하고 방비에만 골몰할 것이 아니라 아예 처음부터 적군을 넘볼 수조차 없는 준비가 있어야 한다고 되어 있습니다. 그러한 기준에서 볼 때에 지금 비무장지대를 사이에 둔 우리 군의 방비 태세는 북한에 비해서 취약합니다. 북한은 주한미군에 대항하여 일찍부터 중국과 러시아의 협조로 핵무기를 꾸준히 개발하여 왔고 근래에는 저고도 반격 미사일 개발에 혈안이 되어 있습니다. 그런데 문제는 지금 한국에는 어떻게 하든지 북한의 비위를 맞추어 그들과의 협조에만 혈안이 된 정치인들이 집권하고 있고 중국과 러시아와 합작하여 한반도에서의 미군 철수를 시도하고 있습니다. 이것을 어떻게 생각하십니까?"

잘못은 바로잡아야

"처음부터 신뢰할 수 없는 방비에 매달리다니 그건 잘못된 것입니다. 국민들이 애초부터 지도자를 잘못 뽑았기 때문에 그런 어처구니없는 일이 반복되는 겁니다. 그럴 때는 무엇보다도 유능한 국가 지도자를 다시 뽑으면 됩니다."

"그럴까요? 노무현 대통령은 당선되고부터 북한하고만 잘되면 다른 것은 다 깽판 쳐도 좋다고 장담하고 전 세계 국가수반들이 모이는 국제회의 때마다 자기는 북한 수령의 대변인 역할을 충실히 수행했다고 스스로 장담해 왔습니다. 북한의 우두머리를 자신이 대변인으로 모시는 처지라면 그가 우리의 대통령이 아닌 것이 분명하기 때문입니다.

18대 대선 결과 문재인 후보 48% 득표에 비해 박근혜 후보는 56.6%였습니다. 그녀가 그 후 소위 최순실 국정 농단 등 각종 스캔들에 말려들어 대통령직에서 탄핵되어 물러나게 되었고 그 후 수없이 교도소 문턱을 왕래하게 되었습니다. 이번 4.15 국회의원 선거에서는 누가 대통령 후보가 될지 수면 위에 드러났습니다. 과연 누가 대한민국을 이끌어 갈 지도자의 헌법상 자격이 있는지 유권자 스스로 판별하여 불상사가 되풀이되지 않도록 해야 할 것입니다."

"지금 4.15 국회의원 선거에서 더불어 민주당이 180석 이상의 대승을 거두었으니 천상 다음 대선 때나 가부를 알 수 있겠군요."

"물론입니다. 이번 여당의 대승이 곧바로 다음 대통령 당선을 의미하는 것은 아니니까 그때의 민심이 결정할 문제입니다. 어떤 색깔의 고양이가 쥐를 잘 잡는가가 기준이 되는 대신에 누가 쥐를 제일 많이 잡는가가 기준이 되는 실사구시 정신이 기준이 되는 사람이 뽑혀야 다음 5년 임기의 대통령이 될 수 있을 것입니다."

근공원교(近攻遠交)

"그건 그렇지만 대한민국의 대통령이 될 사람이라면 자기 자신은 물론이고 측근 참모들까지도 우리나라처럼 지정학적으로 중국이나 러시아 일본처럼 강대국에 인접해 있을 때는 나라를 운용하는 기본원칙으로서 근공원교(近攻遠交) 원칙을 자나 깨나 숙지하고 실천할 단단한 각오부터 되어있어야 합니다. 그러나 이조 말의 대한제국처럼 일본제국의 책략에 말려들어 근공원교의 원칙을 무시하면 망국의 한을 되풀이할 위험이 있습니다.

이 원칙을 우리나라에서 처음으로 명실상부하게 현실화한 지도자가 바로 이승만 대통령이었습니다. 그가 미국과의 끈질긴 협상 끝에 어렵게 얻어낸 것이 바로 한미상호방위협정입니다. 우리나라가 비록 중국, 러시아, 일본에 근접해 있지만, 미국과의 상호방위조약을 체결함으로써 국가의 안보와 주변국들과의 평화를 확보할 수 있었습니다.

그러나 지금 우리나라의 집권세력들 중에는 중국과 러시아에 접근함으로써 한국의 안전을 확보하려는 한 치 앞을 내다볼 줄 모르는 어리석고 한심한 사람들이 수두룩한 것이 현실입니다. 왜 이런 현상이 벌어지는가 하면 한마디로 역사를 모르기 때문입니다.

그 실례로 우리는 일본의 잔꾀를 면밀하게 살펴볼 필요가 있습니다. 일본은 명치유신 때부터 그 당시 세계를 지배하던 초강대국 대영제국과 함께 새로운 강대국으로 눈 뜨기 시작한 미국과 친교를 맺고 이들 두 나라의 도움을 받아 러시아의 발틱 함대를 침몰시킴으로써 러일 전쟁에서 승리하고 뒤이어 청국과의 전쟁에서도 승리를 거두었습니다. 여기까지는 근공원교를 제대로 이용했다고 볼 수 있습니다. 그러나 이에 한껏 교만해진 일본은 갖가지 책략과 미국과의 비밀 타협으로 미국이 필리핀을 취합하는 대신 대한제국을 병합하기로 비밀 조약을 맺음으로써 기고만장하여 끝내 만주까지 자국의 영토로 만들었습니다.

그러나 일본의 과욕에 초강대국인 미국과 영국은 제동을 걸었습니다. 그러나 자만에 사로잡힌 일본은 듣지 않고 그 대신 엉뚱하게도 일요일에 진주만 기습을 자행함으로써 제2차 세계 대전에 뛰어들었지만 결국 1945년 미군과 연합군에 무조건 항복을 하여 한때나마 나라를 잃고 맥아더 원수의 통치를 받게 되었습니다.

그러나 1950년 소련과 중공의 지원하는 김일성의 6.25 남침으로 일본은 유엔군의 후방 기지가 되어 맥아더 통치의 굴레에서 벗어나 기사회생하게 되었습니다. 일본이 만약에 자국의 이익을 과도하게 추구하는 대신에 그 당시 세계를 경영하는 미국과 영국에 협조했더라면 어떻게 되었을까 생각해 보게 됩니다.

그리고 그때 만약 강대국에 둘러싸인 독립된 한국이 근공원교 정책을 제대로 구사할 수 있었더라면 세상은 크게 달라질 수도 있었을 것입니다. 그렇게 되었더라면 소국이면서도 알찬 대국의 역할을 대신할 수도 있었을 것입니다. 이런 것을 생각할 때 중국, 러시아, 일본의 안전이 바로 한국의 안전이라도 보장해 주는 것처럼 떠벌이는 어리석은 한국 정치인들의 철없는 작태를 보노라면 나라의 장래를 크게 우려하지 않을 수 없습니다. 그들이 만약에 중국, 러시아, 일본과 결탁하여 미국과 상대하려는 어리석기 짝이 없는 작태를 연출할 수도 전연 없을 것이라고 장담할 수 없기 때문입니다.”

서광렬 수련 체험기

2019. 5. 11. 토요일, 맑음

새벽 3시 30분에 알람을 맞춰 놓았으나 다시 잠들어 4시 30분에 일어났다. 5시 30분경에 북한산 의상봉에 오르기 시작하다. 날씨가 많이 풀려서인지 땀이 난다. 적림 선배가 보내준 주문을 휴대폰으로 2회 들으며 문수봉에 도착했다. 3주 전 미끄러졌던 바위를 다시 시도해 보았다. 슬립을 당했던 그 지점에 왼 발을 디디려는데 다리가 후들거린다. 내 안에 있던 두려움이 고개를 쳐든다. 순간, 다시 돌아가고픈 생각도 들었다. 여느 때 같았으면 아무 생각 없이 바위를 탔을 텐데 심하게 미끄러졌던 기억이 뇌리에 강하게 박혀 있기 때문인 것이다.

최근 2주 정도 비가 오지 않아 바위는 메마른 상태로 바위 타기에는 좋은 조건이다. 마음속 두려움 자체는 실체가 없다! 그렇게 마음을 먹어도 다리가 떨린다. 일체유심조라 했는데 … 하지만 내가 아직 하수라서 마음을 온전히 먹기가 쉽지 않은 것 같다. 두려움을 100% 마음에서 제거했다면 다리가 사시나무 떨 듯할 리가 없을 것이다. 아무튼 떨리는 마음과 다리로 그 지점을 무사히 통과했다.

내려오는 길에 싱가폴 사람이 다가와 백운대 가는 길을 묻는다. 길을 잘못 들었다고 알려주고 한참을 함께 걸어가며 버벅대는 영어로 이런저런 얘기를 하다 본인은 혼자 여행한다고 했다. 백운대 가는 길을 알려주고 무조건 사람들 많이 가는 쪽으로 가면 된다고 일러주었다. 내려오는 길에 외국 사람들이 많이 눈에 띈다. 산사에서 사진을 찍으며 5월의 따뜻한 햇살을 즐기고 있다. 삼공 스승님이 말씀하신 대로 나중에 한국이 온 세계 종교문화의 용광로가 될 수도 있다는 생각이 든다.

등산화를 하나 사서 집에 도착했는데 와이프가 버럭 화를 낸다. 그런 것은 복지카드(연초에 부여된 포인트 한도 내에서 사용하고 사용한 만큼 현금으로 통장에 지급됨)를 사용하면 되는데 현금으로 썼다고 당장 가서 환불해 오라고 한다. 복지카드 쓸 일은 앞으로도 많을 것이라고 둘러댄다. 설거지하는 척하며 이리저리 와이프 눈치를 살피다가 슬쩍 '서울 다녀와도 될까?'라고 물어보는데 아내 이마에 내천(川)자가 그려진다. '다음 주에 가라'고 한다. '알았어요'라고 답한다. 수련을 이어가자니 고개를 숙일 수밖에 없다. 내 약점(수련)을 와이프가 알고 있으니 맞상대하는 것은 하수 중에 하수일 것이다. 오후는 가족과 함께 집에서 오붓한 시간을 보내다.

2019. 5. 12. 일요일, 맑음

요즘 수련에 대한 조급증 때문인지 아니면 다른 원인인지 모르겠으나 기상시간이 아닌데도 중간에 눈이 떠진다. 내 수면 패턴에 변화가 오는 듯하다. 휴일인데도 4시쯤 깨었다. 1시간 남짓 수련하다.

아내와 두 딸들을 고양 꽃박람회장에 차로 데려다 주었다. 혼자 집 안에서 주문 음원을 들으며 집안 대청소를 하다. 구석구석 먼지를 닦아내고 이불을 햇볕에 말리고 밀린 빨래를 하는데 4시간 남짓 걸렸다. 기진맥진하여 초저녁에 잠깐 잠이 들었다가 깨어 와이프와 이런 저런 얘기하다가 다시 잠들다.

2019. 5. 13. 월요일, 흐림

평소보다 늦은 5시 20분경 일어난 탓에 달리기를 못하고 바로 수련하다. 어제 가사노동 때문에 허리가 약간 아프다. 졸음 때문인지 주문을 외는데 중간중간에 자꾸 끊긴다. 천부경, 반야심경을 외우는 중에도 자꾸 운장주를 외고 있는 나 자신을 발견한다. 태을주에서는 와공과 좌공을 번갈아가며 시간을 채운다. 저녁에 더 빨리 잠자리에 들어 수면시간을 확보해야겠다. 또한 잠을 중간에 끊어먹는 것이 수련에 대한 조급증 때문인 것으로 보인다. 마음을 느긋하게 가져야겠다.

점심시간에는 정발산에 올라 스트레칭하다. 하루 종일 기침이 나온다. 한번 시작하면 멈추기가 힘들다. 기침이 나올 때마다 따뜻한 물을 마셔보지만 그때뿐이다. 초등학교 시절에 폐렴 증세가 있어 병원에 다녔던 기억이 난다. 수련이 진척되면서 예전에 완전히 낫지 않고 잔재해 있던 병소(病巢)가 다시 도지는 것인가 하는 생각이 스친다.

2019. 5. 14. 화요일, 맑음

평소보다 30분 정도 늦게 일어나 달리기하다. 새벽공기가 상큼하고 몸의 컨디션도 괜찮다. 그런데 수련시 주문을 외우자마자 졸립다. 방바닥이 마치 나를 끌어당기는 것 같다. 천부경을 외는데 자꾸 운장주로 빠진다. 잠깐 누웠는데 잠들었다. 졸음과의 전쟁을 선포해야 하나. 효과적인 방법이 없을까 궁리해 보아야겠다. 간간이 단전의 열감을 느끼는 것으로 수련의 아쉬움을 달랬다.

점심시간에는 정발산에 올라 스트레칭하다. 하루종일 목이 따갑고 목젖 뒤로 가래가 생겨 달라붙어 있는 느낌이다. 한번 기침이 나오면 따발총처럼 멈출 줄을 모른다. 작년 봄에도 이런 현상이 발생한 적이 있었는데 보름 정도 고생한 기억이 떠오른다. 사무실에 병가를 내고 쉬고 싶은데 일년중 가장 바쁜 때라서 불가능하다. 그래도 두통은 많이 가라앉아서 그나마 다행이다.

2019. 5. 15. 수요일, 맑음

수면중에 기침이 나서 1시 30분경 깨다. 카페에 들러 30분 정도 글을 읽다가 다시 잠들었다. 기침 때문에 자다 깨다를 반복하다. 따뜻한 물을 보온병에 담아놓고 수시로 마시는데도 효과는 그때뿐이다. 숙면을 못 취해서 그런지 아침에 늦잠을 자서 5시 20분경에야 일어났다. 수련한다고 앉았으나 반야심경 암송시 다시 졸려 10분 정도 누웠다가 일어나 앉는다. 단전에 미미한 열감을 제외하고는 아무 반응이 없다. 수련

시에도 기침이 나오는 것은 예외가 없다. '하루 정도 아무것도 안 하고 푹 쉬어야 하나' 하는 생각이 든다.

점심시간에는 평지를 걷고 싶어 정발산 대신 일산 호수공원을 선택, 천천히 걸으며 봄꽃 향기에 취하다. 퇴근후 저녁을 대충 먹고 도인체조도 생략한 채 서둘러 잠자리에 들다.

2019. 5. 16. 목요일, 맑음

5시 30분까지 자다가 일어났다. 달리기로 몸을 풀고 수련하면 좋으련만 시간이 없다. 수련시 기침이 나와 집중하기가 힘이 든다. 잠은 충분히 자서 그런지 졸리지는 않지만 전체적으로 몸이 무겁다. 머리도 띵하고 눈물도 나오고 콧물도 나오기 시작한다. 몸 상태가 고비에 와 있다.

몸이 힘드니 '내가 이 수련을 왜 하나' 하는 생각이 고개를 쳐든다. 와이프는 '맛있는 밥 먹고 적당히 운동하면서 경치 좋은 데 가끔씩 여행가고 자식들 커가는 것 보고 살다 가면 되지 왜 사서 고생하냐'는 주의다. 하지만 내 생각은 다르다. 어릴 적부터 지금까지 품어왔던 질문에 대한 구체적인 답을 아직 얻지 못했다. 나의 존재에 대한 근원적인 질문... '나는 왜 태어났고 어디를 향해 가야 하는가?' 과거생의 인과로 인해 내가 이 지구상에 있으며 진아를 찾아 떠나야 하는 줄은 머리로는 알겠는데 몸과 마음과 기운으로 절절히 체감하지 못한 것이다. 내 자성을 찾아가는 길이 가시밭길이라도 할지라도 나는 기꺼이 이 길을 택할 것이다. 눈물이 주르륵 흐른다.

점심시간에는 정발산에 올라 스트레칭하다. 저녁에 일찍 귀가하여 가족과 함께 저녁식사하다. 생식을 밥상에 올려놓았다. 점심 때 먹으려고 물을 부어두었는데, 직장상사가 점심을 사겠다고 하여 추어탕을 먹으러 가는 바람에 먹지 못하고 집에 가져왔던 것이다. 와이프가 왠 생식이냐며 이렇게 더운 날씨에 물을 부어 6시간 이상 지났으면 변질될 가능성이 있다며 쓰레기통에 부어 버린다. 두 딸도 생식 먹지 말라고 성화다. 불난 집에 부채질한다. 쓰레기통에 처박힌 생식을 보니 마음이 아프다.

또한, 이번 주 토요일 삼공재 방문계획이 무산됐다. 와이프가 이번 주말과 다음 주말 계획까지 이미 짜 놓았다. 이번 주 토요일 낮에 본인은 친구 만나고 올 테니 나보고는 아이들과 집에서 화분에 허브를 심으란다. 토요일 저녁에 본인은 아이들과 처형집에 가서 하룻밤 자고 올 테니 그 시간에 집에서 명상하라는 것이다. '아니 이번 주에 서울 다녀오라고 하지 않았느냐'고 반문했더니 서울 왔다 갔다 하는 것은 더운 여름에 하란다. 어차피 더운 날씨에는 아이들과 밖에 놀러 다니기 어려우니 그때 다니라는 것이다.

말을 바꾸는 아내의 태도가 약간 얄밉기는 했으나 '알았소'라고 대답하고 일찍 잠자리에 들었다. 평생 이 길을 가자면 길게 보아야 한다. 그러자면 와이프를 내 편으로 만들어야 한다. 게다가 축기 기간에는 화내는 것을 자제해야 한다. 과음, 방사뿐만 아니라 화 또한 그동안 축기한 것을 한방에 날려버릴 수 있다는 것을 다시금 되새긴다. 유광님이 말한 '맥박이 조금이라도 빨리 뛰는 것을 경계'해야 한다.

2019. 5. 17. 금요일, 맑음

간밤에 기침이 나와 자다 깨다를 반복했다. 4시 30분경 일어나 30분 달리기 후 수련하다. 거의 의무감에 앉아 있는 듯하다. 반야심경에서는 흐름이 자꾸 끊긴다. 그나마 어제에 비하면 몸의 컨디션이 나은 것 같아 다행이다. 단전에 따스한 기운만을 느끼는 것으로 만족했다. 점심시간에 정발산에 올라 산책하다. 저녁에 귀가하여 식사후 일찍 잠들다.

2019. 5. 18. 토요일, 맑음

5시 20분경에 북한산 의상봉에 오르기 시작하다. 옷차림이 가벼운데도 땀이 난다. 벌써 초여름 날씨다. 의상봉에 올라서자 시원한 바람이 땀을 날려준다. 온몸의 세포가 살아 움직이는 듯하다. 백운대 쪽으로 고개를 돌리자 갓 나온 해가 깃털구름과 오묘한 조화를 이룬다. 마치 한 마리의 거대한 학이 날개를 펼치는 것 같다. 장관이다. 올해 현묘지도 카페 회원님들의 수련이 저 학처럼 훨훨 날아올랐으면 좋겠다는 염원을 담아 본다.

11시경 집에 도착하여 점심식사 후 와이프는 친구들을 만나러 가고 나는 두 딸과 화분에 허브를 심었다. 그리고는 피곤하여 낮잠을 3시간이나 잤다. 자고 나니 몸이 개운하고 가볍다. 가끔씩 잔기침이 나오는 것을 제외하고는 증상이 없다. 삼공재를 못 간 것이 아쉽다. 하지만 만약 갔더라도 산발적으로 나오는 기침 때문에 수련하는 다른 도우들에게 민폐를 끼쳤을 것이라고 스스로 위로를 해 본다.

오후에 와이프가 두 딸들을 데리고 처형네 집으로 가서 하룻밤 자고 온다고 하고 나갔다. 다시 수련의 호기가 온 것이다. 거실을 깨끗이 닦고 나서 카페에 들러 댓글 달고 1시간 수련하다. 단전에 열기는 물론 백회에도 청량감이 있다. 오늘 특이한 것은 그동안 반응이 없던 전중(명치 부근)에도 기감이 온 점이다. 열어놓은 창으로 봄바람이 살랑살랑 불어온다. 수련과 함께 하는 이 시간이 즐겁다. 기침에는 매운 음식이 좋을 것 같아 우유를 중간중간 마셨다.

2019. 5. 19. 일요일, 비

간밤에 잠이 오질 않아 뒤척이다 2시경 잠들었는데 자다가 기침이 나오는 바람에 4시 30분경에 깨어 밖으로 산책을 나가다. 비가 추적추적 오는데 우산을 쓰고 천천히 걸으며 공원의 봄꽃을 감상하다. 1시간 정도 걸으니 수면 부족 때문인지 급피곤해진다. 집에 와서 씻은 다음 수련차 정좌하였으나 30분을 이겨내지 못하고 쓰러져 잠들다.

하루 종일 잠들다 깨다를 반복하다. 기침 때문에 2시간 이상 누워있는 게 불가능하다. 생강차 등을 마셔봐도 별로 효과가 없다. 어제 등산으로 컨디션이 반짝 좋아졌다가 다시 원상태로 돌아간 느낌이다. 오늘은 수련에 대한 욕심을 내려놓고 푹 쉬기로 했다.

2019. 5. 20. 월요일, 맑음

기침 때문에 자다 깨다를 반복하다. 반듯이 누워있으면 목젖 뒤에 붙어있는 가래가 기도를 막아 기침이 나오는 것 같다. 그래서 골반뼈 위 상반신에 두꺼운 패드를 경사지게 깔아 비스듬히 누워서 잠을 청하니 조금 낫다. 5시 30분에 일어나 오전수련 개시글에 '시작합니다'란 댓글을 달고 정좌했으나 잠이 쏟아진다. '도저히 안 되겠다' 싶어 더 잤다. 늦게까지 자다가 일어나 출근했으나 몸의 컨디션은 수련한 날만 못하다. 마치 숙제를 안 한 학생처럼 마음이 무겁다. 사무실에서 카페 글에 댓글을 달고 있으니 단전에 따뜻한 반응이 온다. 카페가 유일하게 나에게 위안을 준다.

점심시간에 정발산에 올라 스트레칭하다. 저녁에 일찍 귀가하여 저녁을 먹은 후 와이프에게 잠깐 명상하겠다고 말하고 안방에 들어와 오후수련에 참석하다. 그런데 잠시후 문이 열리더니 아내가 수박을 잘라 달란다. 두 딸들은 수박을 깍뚜기 모양으로 썰어 쟁반에 탑 모양으로 쌓아주는 것을 좋아한다. 중간의 수박을 쏙쏙 빼먹으며 깔깔깔 웃는다. 깍뚝 썰기 후 남은, 껍질에 붙어있는 맛없는 수박은 나의 몫이다. 음양식을 포기하고 수박을 배불리 먹다. 다시 정좌하고 앉았으나 반야심경으로 옮겨가기 전에 잠들고 말았다.

2019. 5. 21. 화요일, 맑음

아침에 일어나 근처 공원에서 30분 달리기하다. 아침 공기가 시원하다. 어제 비가 온 덕택에 미세먼지도 없다. 몸이 가볍다. 씻고 나서 정좌하였으나 여전히 졸립다. 운장주까지는 괜찮았는데 천부경, 반야심경 암송시 중간에 흐름이 끊기고 잡념이 들끓는다. 이 잡념은 대체 뿌리가 어디인가? 아직 버리지 못한 욕심일 것이다.

오후에 60세 가까이 되어 보이는 민원인이 직원에게 찾아와 다리를 꼬고 팔짱을 낀 채 앉아 부하 다루듯이 훈계조로 이야기를 한다. 가만히 들어보니 내가 그 직원에게 증빙자료를 더 검토하라고 지시한 건이다. '도저히 안 되겠다' 싶어 그 민원인에게 다가가 얘기했다. '그것은 내가 지시한 것이고 이래저래 해서 추가 검토가 필요하니 증빙자료를 제시해 달라'고 말했다. 그랬더니 그 민원인이 벌떡 일어나더니 '지금까지 별 문제가 없었는데 왜 유독 이번에만 귀찮게시리 가져오라고 하느냐'고 한다. 다분히 시비조다. 나도 격양된 목소리로 사유를 이야기해 주자마자 그 민원인 입에서 '야! 이 개XX야...' 육두문자가 나오기 시작한다. 민원인이 갑자기 옆에 있던 소화기를 집어들어 내리치려 한다. 그 민원인의 격자무늬 셔츠의 목 부분이 클로즈업된다. 멱살을 잡고 싶은 마음을 꾹 참았다. 주위의 직원들에게 내가 소리 질렀다. '빨리 경찰 불러! 그리고 녹취해!' 사무실의 직원들이 뛰쳐나와 민원인을 제지하여 나는 내 자리로 돌아오고 민원인은 밖으로 나갔다.

자리에 앉았는데 손이 부르르 떨린다. 내 마음공부의 현주소를 말해주는 것 같다. 소파에 앉아 민원인에게 차를 대접하고 좋은 말로 이야기해도 되건만, 처음부터 날선 목소리로 대하니 상대방도 전투 태세를 갖춘 것이다. 그래도 사건이 진행되는 동안 내가 배우가 되어 몰입되지 않고 카메라맨이나 감독처럼 한발 뒤로 물러서서 관찰을 할 수 있게 된 점은 그나마 다행이다.

저녁에 일찍 귀가하여 저녁식사 후 잠깐 누웠는데 2시간이나 지났다. 설거지를 하고 가스레인지를 청소하다. 적림 선배가 말한 인후염에 좋다는 소염제를 복용 후 생강차에 꿀을 넣어 마시며 카페에 댓글을 달다 1시쯤 다시 잠을 청했다.

2019. 5. 22. 수요일, 맑음

소염제와 생강차 덕분인지 중간에 끊김 없이 푹 잘 잔 것 같다. 늦게 일어난 탓에 달리기를 생략하고 바로 수련에 들어가다. 재채기가 잦아드니 살 것 같다. 수련에도 지장이 없다. 하지만, 천부경, 반야심경 암송 시 운장주로 되돌아가는 현상은 여전하다. 태을주에서는 잠깐 앉은 채로 존 것 같다. 나의 기운이 아직 부족함을 느낀다. 단전에 느끼지는 따뜻함을 제외하고는 이렇다 할 현상은 없다.

점심시간에는 정발산에 올라 스트레칭하다. 오후수련 게시글에 댓글 달고 수련에 임하다. 그런데 와이프가 안방에 들어와 오늘 미용실 가서 머리 싸게 한 것 등 이런저런 얘기를 신나게 한다. 그런 아내의 모습이 천진난만해 보인다. 주문을 암송하기는 어려워 아내의 이야기에 맞장구를 쳐주며 의수단전하다.

2019. 5. 23. 목요일, 맑음

5시 40분까지 늦잠을 자다 일어나 오전수련에 참가하다. 몸의 컨디션이 서서히 정상으로 돌아오는 것 같은 느낌이 든다. 점심시간에는 동료 직원과 함께 일산 호수공원에서 장미를 감상하고 산책하다. 저녁에는 귀가하여 저녁식사 후 오후수련 개시 글에 댓글을 달고 수련에 임했으나 운장주를 외다 쓰러져 잠들고 말았다.

2019. 5. 24. 금요일, 맑음

5시 알람 소리에 깨어 오전수련에 임하다. 적립 선배의 오전수련 개시글 올리는 시간이 점점 빨라지는 것 같다. 나도 더 빨리 일어나 수련을 할 것을 다짐한다. 오전 8시경에 삼공 스승님께 생식을 주문하다. 계좌 이체하는 와중에도 하단전에 반응이 온다. 11시경 다시 단전에 따스한 기운이 전해진다. 스승님이 생식 주문을 인지하셨나 보다. 100일 축기수련이 끝나면 수련기를 정리해서 보내드릴 것을 다짐한다.

점심시간에는 정발산에 올라 스트레칭하고 턱걸이 9회, 팔굽혀펴기 10회, 윗몸일으키기 30회 실시하다. 피곤한 감이 있어 망설였으나 하고 나니 몸이 가벼워진다. 저녁 오후수련에 개시글에 댓글을 달고 앉았으나 10분도 안되어 잠들고 말았다. 계곡 물소리가 마치 자장가처럼 들린다.

2019. 5. 25. 토요일, 맑음

5시 20분경 북한산 의상봉 자락에 매달리기 시작하다. 땀이 이마에 송글송글 맺힌다. 벌써 여름 날씨다. 군데군데 피어있는 수수꽃다리가 강한 향기로 나를 반겨준다. 주로 산에서 자생하는 국산 수수꽃다리는 라일락에 비해 꽃이 늦게 피고 크기도 더 작은 반면 향기는 훨씬 강력하다. 한껏 들이마셔 단전에 내려 보내려고 했지만 마음처럼 잘 안 된다. 꽃향기가 좋아 일부러 수수꽃다리가 많이 피어있는 길을 선택해 발걸음을 옮긴다.

등산을 해 보면 현재 자기 몸의 컨디션을 금방 알 수 있다. 지금은 가장 좋은 때의 70% 정도다. 하여, 중간중간에 자주 쉬면서 가다. 바위에 걸터앉아 있는데 가까이서 뻐꾸기 소리가 들린다. '뻐~꾹 뻐~꾹' 소리가 내 귓가엔 마치 '너는 왜 여기 있니?' 소리로 들린다.

문수봉 바위 중 가장 어려운 부분을 타고나서는 몸에 힘이 쭉 빠져 털썩 주저앉았다. 그만 내려갈까 하는 생각이 들었으나 다시 마음을 고쳐먹고 계획했던 바위를 다 탔다. 전에 미끄러진, 경사진 바위도 다시 시도했다. 여전히 다리가 후들거린다. 두려워하는 마음이 몸에 반응으로 나타난 것이다. 바위에서 내려와 한 달 전에 미끄러졌던 경사면과 내가 처박혔던 관목도 다시 살펴본다. 그리고 손목의 상처도 다시 들여다본다. 나는 과연 죽음에 처해서도 마음이 흔들리지 않을 수 있을 것인가?

귀가해서 씻고 나서 옷을 갈아입고 삼공재로 향했다. 원래 이번 주

놀이공원을 가기로 되어 있었는데 큰 딸 학원 시험 때문에 한 주 미뤄졌다. 아내에게는 좋아하는 마음을 들키지 않게 애써 감추며 집을 나섰다. 아파트 출입구에서 선배님 한 분을 만나 함께 들어가다. 스승님께 일배 드리고 정좌하고 앉았는데 생식카드를 보시면서 물어보신다.

스승님 : 서광렬 씨 맞지?
서광렬 : 네! 맞습니다.
스승님 : 대맥 유통 되나?
서광렬 : 유통은 되는 것 같은데 확실하지는 않습니다.
스승님 : 되면 나에게 알려줘.
서광렬 : 네. 말씀드리겠습니다.
　　　　(한참 지난 후)
스승님 : 파주에서 얼마나 걸려?
서광렬 : 2시간 남짓 걸립니다.
스승님 : 꽤 오래 걸리네.
서광렬 : 괜찮습니다. 저보다 멀리서도 많이들 오시는데요. 뭐.

파주에서 얼마나 걸리는지 물어보신 것은 더 자주 오라는 것을 애둘러서 표현하신 듯하다. 뜨끔하다. 최소한 2주에 한 번씩은 오라고 하셨는데 5주 만에 왔으니... 죄송스럽다. 운장주, 천부경, 반야심경, 태을주를 10분 정도씩 할애하여 암송하다. 고향에 온 것처럼 마음이 편안하다. 하단전이 따스해진다. 얼굴의 양 볼이 화끈거리고 머리가 통전되는 듯 시원하다.

적림 선배가 삼공재 다녀온 후에는 30분 정도 축기를 하는 것이 좋다고 하신 내용이 생각나 정좌하다. 그런데 10분도 안 되어 잠들고 말았다.

2019. 5. 26. 일요일, 맑음

밤 12시경 깨어 드라마 '녹두꽃'을 다시보기 기능을 사용하여 보다. 전봉준이 동학 교주를 만나 '인내천'에 대해 말하면서 '사람 안에 하늘이 있고, 백성이 나라의 주인이다'라고 말하는 장면에서 찡~한 전율이 느껴진다. 드라마 시청 후 거실 및 화장실 청소하다. 5시경 수련차 정좌하였으나 수면 욕구에 굴복하다.

12시 정오가 다 되어 일어났다. 그런데 둘째 딸에게 화를 내고 말았다. 코로 숨을 쉬지 않고 입으로 숨을 쉰다. '헉헉'거리는 숨소리 때문에 주위 사람들이 호흡 장애가 있는 것으로 생각하기 일쑤다. 일종의 틱 장애인데 심리적인 요인이 강하다 한다. 그럴수록 따뜻하게 대해 주는 것이 좋다고 하는데 그 반대로 대하게 되니 자식 키우는 것이 참 쉽지 않다. 자식에 대한 따뜻한 마음과는 반대로 행동을 하게 되니 '혹시 빙의령의 장난인가' 하는 생각도 든다.

카페에 들어가 댓글 달고 수련기를 쓰고 있자니 다시 하단전이 따뜻해지고 짜증과 화가 눈 녹듯이 사라진다. 아~ 이제 수련과는 떨어질

래야 떨어질 수 없는 사이가 되었구나. 아이들에게 계란 후라이와 미역 국을 준비해서 밥상을 차려주다. 아빠가 웃어주니 아이들이 좋아한다.

2019. 5. 27. 월요일, 비

새벽에 달리기를 하기 위해 밖으로 나왔다. 비가 와서 10분 정도만 달리기를 하여 몸을 푼 후 수련에 임하다. 잠을 충분히 잔 것 같은데도 여전히 졸립다. 수련 시 누군가가 백회 부근을 손바닥으로 가볍게 눌러주는 것 같은 느낌이다. 백회의 반응과는 상관없이 단전을 의식하기 위해 노력하다. 반야심경을 암송하자 하단전에 찌릿찌릿한 느낌이 전해 온다. 전과 달라진 점을 든다면, 전에는 단전 자리가 전체적으로 따뜻해졌다면 최근에는 단전 특정 부위에서 콕콕 찌르는 느낌이나 화끈거리는 느낌이 든다.

점심시간에는 일산 호수공원에서 산책하다. 비가 와서 사람이 별로 없다. 5월의 장미향기에 취하다. 저녁식사후에는 너무 졸려 잠깐 누웠는데 1시간 이상이나 흘렀다. 내일 버릴 쓰레기를 분류하고 셔츠 다림질하고 나니 10시 30분이다. 오후수련은 마음만 함께했다.

2019. 5. 28. 화요일, 맑음

아침에 일어나 30분 달리기 후 수련하다. 수련 중간중간에 '이렇게 꼭두새벽에 일어나 힘들게 이 수련을 해야 하나' 의문이 일어난다. 초심을 되새긴다. 수련 후 오랜만에 삼일신고도 한문본으로 암송해 본다. 찡한 전율이 전해진다. 진리는 그 자체로 기운이 담겨 있나 보다.

카페에 올린 수련 일지를 보고 적림 선배가 내 '기운이 강해졌다'고 한다. 최근에 기침이 나와 고생하는 와중에서도 내려놓지 않고 꾸준히 수련한 보람을 느낀다.

오후수련은 바뀌어진 주문 암송 순서에 따라, 운장주 다음에 태을주를 외다. 하지만, 태을주에서 잠깐 누워있다 잠들고 말았다. 누워있는 내 옆에서 아내의 말소리가 아련히 들려온다. '깜깜한 데서 계곡 물소리를 듣고 있으니 당연히 잠이 오지... 근데 자연의 물소리가 좋긴 하네... 오케스트라 그런 것보다 훨 좋아...' 아무래도 저녁을 너무 많이 먹어서 이를 소화시키는 데 많은 기운을 써 버렸나 보다. 퇴근하면서 자동차에서 생식을 먹었는데 집에 와서도 밥에 불고기를 포식한 것이다. 수련을 위해 적당히 먹는 습관을 들여야겠다.

2019. 5. 29. 수요일, 맑음

4시 알람이 울리기 전에 일어나 30분 달리기 후 수련하다. 운장주와 태을주에서는 여전히 졸음이 왔으나, 천부경을 암송하자 단전이 따뜻해지며 골반뼈가 시원해지는 느낌이다. 머리가 통전되며 상쾌해진다. 반야심경에서는 단전의 기감이 손이 잡힐 듯이 느껴진다. 등 아래쪽이 시원하면서도 따뜻하다. 5월 초에 수련이 잘되었을 때의 상태로 다시 돌아간 것 같다.

점심시간에는 직장 동료와 함께 정발산에 올라 스트레칭하다. 저녁 퇴근 중 우해 누님으로부터 문자가 온다. 이번 토요일 산행에 참가하고 싶다 하신다. 당연 환영한다는 답문자를 보낸다. 누님의 미소가 보고 싶어진다.

저녁식사는 가족과 함께 식당에서 스파게티를 먹고 난 후 아내와 두 딸은 산보 나가고 나는 오후수련에 시작한다는 댓글을 달고 정좌하였다. 그러나 태을주를 못 넘기고 잠의 여신에게 굴복하고 말았다.

2019. 5. 30. 목요일, 흐림

새벽 달리기 후 수련하다. 토요일 산행에 대한 생각으로 머릿속을 비우기가 쉽지 않다. 지금까지는 십수 년을 혼자 등산을 다녔다. 나 홀로 산행에 익숙한데 도반들과 함께 등산을 하려면 여러 가지 신경 써야 할 부분이 있을 것 같다. 등산 코스, 모임 장소, 시간 등을 미리 정해 공지해야 하고 산행 중에는 속도를 조절하고 안전사고도 고려해야 한다. 너무 위험한 암벽은 시도하지 말아야 할 것이다.

수련시 잡념 등으로 흐름이 중간중간 끊기긴 했지만 천부경과 반야심경에서는 단전의 기감이 살아난다. 단전이 따뜻함을 넘어 화끈거린다. 냄비에 담긴 물로 비유하자면 끓어오르기 바로 전 단계인 것으로 보인다. 단전이 뜨거워지니 수련이 지루한 줄 모르겠다. 물이 보글보글 끓을 수 있도록 계속해서 정성들여 열을 가해야 한다. 삼일신고 1회, 대각경 1회 암송하고 수련 마무리하다.

점심시간에 약간 피곤함을 느껴 정발산 대신 호수공원에서 평지를

걸으며 장미를 감상하다. 저녁식사 후 설거지하고 도인체조 후 오후수
련에 참가하고자 댓글 달고 앉았으나 10분을 넘기지 못하고 쓰러져 잠
들다.

2019. 5. 31. 금요일, 맑음

4시에 깨어 30분 달리기하다. 운동하는 사람들이 간혹 눈에 띈다. 해
가 떠오르는 시간이 계속 당겨지고 있어 4시에 밖에 나가도 완전히 어
둡지는 않다. 동쪽 하늘이 검은색에서 파란색으로 바뀌어간다. 모든
걸 잊은 채 오로지 단전에 집중하며 뛴다.

오전수련 시 반야심경을 외우니 단전에서 박하사탕을 입에 머금었
을 때의 화~한 느낌이 난다. 반야심경의 문구 하나하나에 몸 전체가
미세한 떨림으로 반응한다. 상체가 좌우로 까딱까딱 흔들린다. 등 아
랫부분이 시원하면서도 따뜻하다. 미세한 전류가 등줄기를 타고 올라
백회를 거쳐 인당까지 흐르는 듯하다. 얼굴이 화끈거리고 머리가 찌릿
찌릿하다. 1시간이 흘러 계곡 물소리도 더 이상 들리지 않고 세상이 온
통 고요하다. 시간이 멈춘 듯이 느껴진다. 그대로 마냥 앉아있고 싶다.
적림 선배가 말한 '세상을 다 가진 기분'을 조금이나마 이해할 것 같다.

점심시간에는 정발산에 올라 스트레칭하다. 저녁 오후수련에 게시
글에 댓글을 달고 앉았으나 20분도 안되어 잠들고 말았다.

2019. 6. 1. 토요일, 맑음

등산모임 때문인지 평소보다 빨리 눈이 떠졌다. 새벽 3시 30분부터 1시간 남짓 수련하고 잠깐 눈을 붙인 다음 집을 나서다. 지하철 이동 중 도건님이 벌써 도착했다고 문자가 온다. 아마 지하철 첫차로 온 듯하다. 불광역 모임 장소에서 우해 누님과 도건님을 만났다. 우해 누님은 요즘 기체조(단무)하는 맛에 푹 빠져 체중이 줄었다 한다. 잘생긴 도건님은 처음 보았지만 전혀 낯설지 않다.

불광사 옆 북한산 둘레길을 따라 걷다가 대호지킴터에서 등산로로 옮겨가서 족두리봉에 오르다. 일명 수리봉이라고도 하는데 10년여 만에 다시 온 것이다. 바위는 언제나 그 자리에서 찾아오는 사람들을 반겨준다. 향로봉을 거쳐 비봉을 지나 사모바위까지 이른 다음 승가사에 들러 공양밥을 먹고 구기탐방지원센터 쪽으로 하산하다. 원래 등산 계획은 3시간 30분이었으나 총 6시간이 지났다. 등산 도중에 신상털기(?)부터 시작하여 도담을 나누며 걸으니 시간이 어떻게 지나간 줄을 모르겠다. 산에서 내려와서는 삼공재 시간이 촉박하여 서둘러 지하철을 타고 강남구청역으로 이동했다.

스승님께 일배 드리자 '오늘은 5명이나 왔네' 하시며 미소를 지으신다. 이름을 부르며 출석 체크하신다. 운장주, 태을주, 천부경, 반야심경을 각 10분씩 할애하여 암송하고 삼일신고 1회, 대각경 3회 암송하다. 1시간 내내 하단전이 따뜻하고 가끔씩 백회 부근에 기감이 느껴진다. 수련이 끝나고 도성님은 먼저 가고 나머지는 빵집에 들러 도담을 나누다 헤어졌다.

집에 도착하여 마누라 눈치를 보니 심상치가 않다. 남편이란 작자가 아침에 나가 해질녘에 들어오니 좋아 보일 리 없다. 게다가 딸들 공부가 시원치가 않아 엄마의 기대치에 못 미치나 보다. 심기가 불편해 보인다. 이마에 내천자가 그려져 있다. 이런저런 불평을 쏟아낸다. 이럴 땐 반론을 제기하면 안 된다. 가만히 앉아 고개를 끄덕이며 아내의 얘기를 들어준다. 다음 주 우해 누님, 도건님과 도봉산 산행하기로 한 것이 슬슬 걱정된다. 밀린 빨래를 세탁기에 집어넣고 돌려놓은 후 '끝나면 널고 자야지' 하는 생각에 졸음이 오는 것을 버티다가 끝내 잠들고 말았다.

2019. 6. 2. 일요일, 맑음

5시경 일어나 어제 이미 돌려놓은 빨래를 널고 거실 청소하다. 드라마 '녹두꽃'을 1시간 가량 시청했다. 극중 전봉준이 강조한 '인즉천' 사상이 전율을 가져다 준다.

아내와 아이들과 근처 놀이공원에 놀러가다. 원래는 오리배를 탈 생각이었는데 물이 없어 운행을 하지 않는다 한다. 강수량이 턱없이 부족하다. 아이들이 다른 놀이기구 타는 것을 흐뭇하게 지켜보다. 어제 산행과 삼공재 수련 여파로 몸이 피곤하여 수련을 하지 않고 휴식을 취하다.

2019. 6. 3. 월요일, 맑음

달리기 30분 실시후 수련하다. 피곤하여 좌공과 와공을 번갈아가며 하다. 비몽사몽간에 1시간 수련을 끝냈다. 어제 컨디션이 좋지 않아 걷기조차 거의 하지 않았는데 그게 오히려 역효과를 낸 것 같다. 쉬더라도 1시간 정도 산책은 꼭 필요한 것 같다.

저녁식사 후 잠깐 누워있는다는 것이 잠들었다. 10시경 일어나 설거지 후 도인체조하고 수련하다. 자고 일어나 수련해서 그런지 졸리지 않아서 좋다. 낮잠을 자서 수면을 보충하는 것도 오후수련을 위해서 괜찮은 방법으로 보인다.

2019. 6. 4. 화요일, 맑음

자정이 지나 잠든 탓에 늦잠을 자서 5시 30분에야 일어나 수련하다. 몸 여기저기가 결린다. 보통 점심시간에 정발산에 올라 스트레칭을 하는데 어제 급한 업무 때문에 걸렀더니 몸이 바로 반응을 보인다. 그래도 단전은 따뜻하니 위안이 된다.

점심시간에 날씨가 좀 덥긴 했지만 정발산에 올라 스트레칭을 하다. 하고 나니 훨씬 몸이 가볍다. 업무수첩에 심고문을 붙여놓고 짬짬이 심고문을 외워보지만 쉽지 않다. 종이에 써 가며 암기한다. 글 속에 기운이 담겨있는 듯 찡~하게 통전된다.

저녁에 직장 걷기 동호회 모임이 있어 참석했다. 일산 호수공원 달맞이섬에서 모여 기념사진 촬영하다. 그리고 나서 근처 식당으로 자리를 옮겨 돼지갈비를 포식하고 다시 물냉면으로 마무리했다. 그런데 너무 많이 먹어서 그런지 위가 부담스럽다. 적당히 멈출 줄 알아야 하는데 아직 관하는 능력이 부족하다. 술을 마시지는 않았으나 술자리에 함께 있어서 그런지 마치 술을 마신 것처럼 약간 어지럽다. 9시경 귀가하여 재활용 쓰레기를 버린 후 설거지하고 아내와 이런저런 얘기를 하다가 오후수련에 참석차 정좌하고 앉았으나 이내 잠들고 말았다.

2019. 6. 5. 수요일, 흐림

4시 알람이 울리기 전에 일어나 30분 달리기 후 수련하다. 수면시간이 부족해서인지 자꾸 졸려 좌공과 와공을 번갈아가며 수련했다. 5시간 정도 잤는데 아직은 무리라는 생각이 든다. 주문 암송시 자꾸만 흐름이 끊기고 머리가 멍해지며 백지상태가 된다. 하지만 반야심경을 외우니 포근한 기운이 들어와 그나마 위안을 준다. 머리를 누군가 손가락으로 콕콕 눌러주는 듯한 느낌이 든다. 삼일신고를 1회 암송하고 수련 마무리하다.

점심시간에는 직장 동료들과 호수공원을 걷다. 기온이 올라 땀이 난다. 오후 업무 중 부서장 결재를 받기 위해 자켓을 입는데 왼쪽 심장 아래 갈비뼈 부분이 뜨끔하다. 나도 모르게 신음소리가 나온다. 마치 근육이 삐끗했을 때의 아픔과도 비슷하다. 숨을 깊게 들이마시면 어김없이 통증이 온다. 어제 돼지갈비를 많이 먹었더니 돼지의 영혼이 들어왔나? 사무실 주위를 살살 뛰거나 종종걸음을 치며 근육을 풀어주려

했지만 별 효과가 없다. 더 지켜보기로 한다. 저녁 퇴근할 무렵에는 이 증상이 사라졌다.

와이프가 몇 달 전에 강원도에 있는 리조트에 미리 예약해 두었다. 내일 장거리 운전을 하기 위해서는 충분한 수면시간을 확보해야 한다. 도인체조도 생략하고 서둘러 잠자리에 들었다.

2019. 6. 6. 목요일, 흐리다가 비

아침에 평소보다 늦게 일어나 여행 채비 후 8시경 집을 나섰다. 양양고속도로 정체가 심해서 평소보다 2시간 정도나 지체되어 1시 30분경 숙소에 도착했다. 병풍처럼 우뚝 서 있는 울산바위가 환상적이다. 아내가 옆에서 울산바위에 얽힌 사연을 이야기해 준다. 울산에 있던 이 바위는 금강산을 찾아가다 설악산이 좋아 이곳에 눌러앉았다 한다. 금강산을 가려고 마음먹었으면 설악산에서 잠깐 쉬더라도 다시 일어나서 가야지 경치에 취해 그만 금강산을 포기하고 말다니...! 나는 구경각을 목표로 잡았으면 중간에 포기하지 않고 끝까지 일로매진하리라 다짐한다. 울산바위의 기를 취하리라 마음먹고 단전호흡을 해 보았지만 잘 안 된다. 역시 대주천이 되어야 가능한 경지인가 보다. 가족과 함께 리조트 내 식당에서 식사하고 휴식을 취했다.

2019. 6. 7. 금요일, 비

4시에 깨어 가족들이 깨지 않게 계곡 물소리도 켜지 않고 조용히 1

시간 동안 수련하다. 단전이 달아오르고 노궁에 기감이 느껴진다.

울산바위를 다시 보고 싶었으나, 수줍은 새색시처럼 안개 속에 모습을 감추고 끝내 보여주지 않는다. 아쉬움을 뒤로 하고 속초로 이동, 대포항 횟집에서 식사하고 근처 커피숍에서 한가로운 시간을 보내다. 비가 오는 해안가에서 아이들과 함께 걷기도 하고 파도놀이도 하며 즐거운 한때를 보내다. 오후에 귀가 후 씻고 아내와 이런저런 얘기를 하다 잠들다.

2019. 6. 8. 토요일, 맑음

도봉산역까지 이동해야 해서 아침에 일찍 집을 나서다. 역 앞 횡단보도에서 우해 누님과 도건님을 만나 마당바위를 경유하여 신선대로 올랐다. 당초 다락능선, Y계곡 쪽으로 코스를 정했으나 아직은 무리일 것으로 보여 무난한 코스로 변경한 것이다. 계단이 많고 바위를 탈 일이 없어 밋밋한 코스이다.

하지만 신선대에 오르니 주위 경관이 장관이다. 그동안 도봉산을 숱하게 다녔지만 바위 타느라 바빠서 주위를 자세히 시간을 두고 둘러보지 못했다. 도건님이 도봉산 정상에 있는 대표적인 바위 세 개 '선인봉, 만장봉, 자운봉'을 손가락으로 차례대로 가리키며 알려준다. 우해 누님은 신선대 바위 명당자리에 두 다리를 쭉 펴고 앉아 바위에 등을 기댄 채 절경에서 눈을 떼지 못한다.

올라왔던 코스로 다시 내려와 근처 식당에서 콩국수를 먹고 지하철에서 헤어져 삼공재로 향했다. 아파트 입구에서 조광 선배님을 만나 인사했다. 삼공재 1시간 수련 내내 현상계와 수면계의 경계선을 왔다 갔다 했다. 선생님에게 조는 것을 들킬까 봐 눈치가 보인다. 하단전에 따뜻해짐과 동시에 스승님에 대한 감사함이 느껴진다. 그 은혜에 보답하는 길은 열심히 수련하는 것밖에 없을 것이다.

2019. 6. 9. 일요일, 흐림

어제 저녁식사 후 잠깐 누워 있는다는 것이 잠들어 자정이 다 된 시각에 일어나 거실 청소하고 밀린 설거지하다. 수련일지를 정리하고 40분 남짓 수련 후 다시 잠들다. 10시가 다 된 시각에 일어나 1시간 수련하다. 오후에는 아이들과 집 근처 놀이터에서 공놀이하며 즐겁게 보내고 근린공원에서 스트레칭하다. 저녁식사 후 일찍 잠들다.

2019. 6. 10. 월요일, 비온 후 갬

2시 30분쯤에 일어나 1시간 수련하다. 하단전이 화끈거린다. 노궁과 용천에서 기감이 느껴진다. 하지만 다리저림은 여전하다. 주문이 달라질 때마다 다리 위치를 바꾸어가며 수련하다. 불도 켜지 않은 깜깜한 방에서 눈감고 수련하자니 약간 으스스한 기분이 들어 가끔씩 눈을 떴다 감았다 했다.

수련 후 잠깐 수면을 취한 후 4시경 달리기하러 나갔는데 비가 와서 음식물쓰레기만 버리고 다시 집에 들어와 수련했다. 단전을 '물을 담아

놓은 냄비'라 생각하고 계속해서 열을 가하기 위해 노력했다. 열을 가하는 빈도수는 물론 화력도 중요하리라. 날마다 가능한 한 시간을 내어 수련하고 수련하는 시간만큼은 최대한 집중해서 수련하리라 다짐한다. 수련 후 다시 졸려 1시간 정도 수면 보충후 출근했다.

점심시간에는 지난주 업무 뒤처리하느라 정발산에 오르지 못하고 근처 공원만을 가볍게 산책했다. 오후에 업무 중간중간에 짬을 내어 심고문을 외우다. 하지만 쉽게 외워지지 않는다.

저녁에 집에 와 보니 와이프가 생리통을 호소한다. 아이들 간식과 치실·양치하는 것 챙겨주고 설거지 후 거실에 앉아 오후수련에 참석하다. 단전에 기감이 동글동글하게 응어리진 액체처럼 느껴진다. 운장주 30분, 태을주 30분, 천부경 1회, 반야심경 1회 암송하고 수련 마무리하다.

2019. 6. 11. 화요일, 맑음

4시에 일어나 30분 달리기 후 수련하다. 요즈음은 운장주 외울 때부터 단전이 따뜻해지고 온몸이 통전되듯이 찌릿찌릿하다. 아침 일찍 수련일지를 올리고 나서 온종일 단전의 열감이 유지되었다.

점심시간에 동료 직원과 함께 정발산에 올라 스트레칭하다. 저녁에 빨리 귀가하려고 하였으나 직장 선배가 저녁식사를 함께 하자고 자꾸만 졸라 함께 한식당에 갔다. 그 선배는 막걸리를 반주로 식사를 한다. 나는 소주는 싫어하는 반면 막걸리나 동동주는 좋아하는 편이다. 한모금 마셨더니 속에서 자꾸만 당긴다. 하지만 어찌하랴! 축기 기간인 것을! 마음껏 마시다가는 그동안 축기한 것이 몽땅 날아갈 수도 있으니... 꾹 참고 마시는 시늉만 했다.

귀가해서 보니 와이프 입이 3cm나 나와 있다. 본인이 아픈 걸 뻔히 알면서도 빨리 안 들어왔다는 것이다. '선약이 있었던 것도 아닌데 그걸 거절을 못하다니, 혹시 빨리 들어오기 싫어 그런 것 아니냐'는 것이다. 그 선배가 전에도 계속 저녁 먹자고 했는데 미루다가 어제는 어쩔 수 없이 간 것이라고 둘러댔다. 그리고 '전화해서 저녁 먹고 들어와도 되는지 물어보아서 그리 하라고 하지 않았느냐'고 반문했다. 와이프 왈, 승낙한 것은 맞는데 아내가 아프면 저녁 약속도 폐기하고 빨리 귀가하는 것이 최선이라는 것이다. '알았소~ 오늘은 이미 늦었으니 내일부터는 일찍 들어올게요'라고 대답하고 재활용 쓰레기 버리고 아이들 머리 말려주고 치실·양치시킨 후 설거지하다. 오후수련 개시글에 누가 댓글을 달았는지 눈팅만 하고 잠들다.

2019. 6. 12. 수요일, 맑음

어제 늦게 잠드는 바람에 늦잠을 자서 5시 30분경 일어나 달리기도 생략하고 수련에 임하다. 정화수를 떠놓고 사배하고 심고문을 외우는데 군데군데 막힌다. 기억이 안 나는 부분은 그냥 넘어간다. 어제 다 외운다고 외웠는데 완벽하지 않은 것이다. 심고문을 외우니 바로 몸이 통전된다. 아~ 이래서 월광 형님이 심고문을 외우지 않았을 때와 외웠을 때의 차이를 비교해보라 하였구나! 월광 형님이 말한 대로 '제가 의롭고 진실한 참도인이 될 수 있도록' 부분에서 강한 기가 느껴진다. 천부경 한글본과 반야심경 한글본도 이제 머릿속에 프로그래밍된 것처럼 의식을 많이 하지 않아도 암송이 된다. 마음이 느긋하고 편안하다. 수련하는 이 시간이 즐겁고 소중하다. 아침햇살에 주위가 환해진다.

점심시간에는 직장 동료와 호수공원을 걷다. 오후에는 조퇴하고 2시간 일찍 귀가하여 와이프와 함께 근처 공원을 산책하다. 태양빛이 사선으로 나무들 사이를 비집고 비춰준다. 6월 초여름의 녹음이 싱그럽다. 아내 발걸음이 경쾌하다. 이제 정상 컨디션으로 돌아왔다 한다. 아내 꽁무니를 뒤따라가느라 애를 먹었다. 주말 삼공재 방문 얘기를 꺼낼까 하다가 꾹 참는다. 아직 뜸을 더 들여야 한다. 저녁에 오후수련 개시글에 댓글을 달고 정좌하였으나 가족들과 얘기하느라 집중은 하지 못하고 운장주를 암송하는 데 그쳤다.

2019. 6. 13. 목요일, 맑음

4시 20분경 일어나 30분 달리기하다. 뛰어보니 몸이 그리 가볍지는 않다. 수련차 앉았으나 자꾸만 졸렸다. 6시간을 자서 평소 같으면 문제가 없는데 오늘따라 피곤하다. 좌공과 와공을 번갈아가며 시간을 채운다. 와공시 10분 정도 졸은 것 같다. 잠자리가 불편했는지 오른쪽 어깨가 결린다. 단전의 기운도 별로 느껴지지 않다가 반야심경을 암송하고 나서야 단전이 따뜻해진다.

오후에 인천에서 교육이 있어 서둘러 출발하느라 점심 스트레칭을 못하다. 스트레칭을 하지 않은 날에는 도인체조라도 해야 하는데 요새 귀찮아서 생략하는 경우가 많아졌다. 반성해야 할 부분이다.

오늘 아내 기분이 좋아 보여 삼공재 방문 얘기를 꺼냈더니 흔쾌히 허락을 해 준다. 도건님과 함께 토요일 삼공재에 갈 생각을 하니 기분이 좋아진다. 오후수련 개시 글에 댓글을 달고 정좌하였으나 10분도 안 되어 옆으로 쓰러져 잠들다. 잠을 못 자서 죽은 귀신이 붙었나 보다.

2019. 6. 14. 금요일, 흐림

6시간 30분 정도 자고 일어났는데도 여전히 몸이 개운치 않다. 30분 달리기 하고 수련에 임했으나 졸려서 좌공과 와공을 번갈아가며 수련하다. 상태가 좋을 때는 천부경과 반야심경 암송도 일사천리로 되는데 오늘과 같은 날에는 머릿속이 백지상태가 되거나 운장주로 빠지기 일쑤다. 손님이 없어야 축기가 된다는 선배님들의 말씀이 맞나 보다. 손님에게 기를 빼앗기니 기가 부족하여 자꾸만 졸리는 현상이 발생하는 것 같다. 다만, 발목 안쪽 복숭아뼈에서 발바닥 쪽으로 따뜻한 기가 흐르는 것이 느껴진다.

점심시간에는 정발산에 올라 스트레칭하다. 저녁식사를 한 후 안방에 들어가 정좌하고 수련에 임하다. 그런데 얼마 지나지 않아 아내와 두 딸들이 들어와 거실에서 했던 얘기를 이어간다. 이런저런 얘기를 하다가 일찌감치 잠들다.

2019. 6. 15. 토요일, 맑음

오전 3시경 일어나 1시간 수련하고 다시 잠들다. 오늘 직원 결혼식이 있는 날이어서 참석해야 하나 망설였으나 계좌로 축의금만 이체하고 등산을 하러 집을 나서다. 우선 결혼식장 등 사람 많은 곳에 가는 것이 싫고 등산이 주는 효용이 훨씬 크기 때문이다. 6호선 독바위역에 예정시각보다 조금 일찍 도착했는데 벌써 우해 누님과 도건님이 와 계신다. 그런데 너무 오랜만이다 보니 독바위역 출구에서 나와 길을 찾는데 방향이 헷갈리는 바람에 2주 전에 갔던 코스인 족두리봉, 향로봉, 비봉 코스로 가게 되었다.

족두리봉 바위를 타고 넘는데 다리가 후들거린다. 30대 때에는 겁없이 다녔던 길인데 한 달 전에 바위에서 미끄러진 후로는 겁이 많아진 것 같다. 비봉 입구에 도착해서는 우해 누님은 잠깐 쉬고 계시라 하고 도건님과 함께 비봉 바위에 거의 뛰다시피 올랐다. 10여 년 전에 몇 번 왔었던 바위길인데 생소하게 느껴진다. 수련도 이와 마찬가지리라. 기분 내킬 때 하고 하기 싫다 하여 그만두면 그 효과가 거의 없을 것 같다. 계속 꾸준히 해야 향상을 기대할 수 있을 것이다.

하산하여 근처 국수집에서 요기한 후 지하철에서 우해 누님과 헤어지고 도건님과는 삼공재에 함께 입실하다. 오늘은 7명이나 왔다. 연초 현묘지도 파티 이후로 가장 많은 인원인 것 같다. 선생님이 출석 체크하는데 애를 먹는다. 한명씩 얼굴을 봐 가며 6명의 이름을 적으셨는데 기재가 안 된 1명이 누군지 모르시는 것 같다. '내가 이름을 불러 볼 테니 자기 이름을 부르지 않은 사람만 이야기하세요' 하신다. 그런데 기재 안 된 1명이 바로 나다. '저 서광렬입니다'라고 말씀드리고 정좌하여 수련하는데 따뜻한 기운이 일순간 훅 들어와 꽂힌다. 아마 스승님이 미안한 마음에 기운을 보내주었나 보다. 감사한 마음과 함께 오늘 수련생들이 많아 힘드실 것 같아 죄송한 마음이 함께 든다. 운장주, 태을주, 천부경, 반야심경을 각 10분 정도 할애하여 암송하고 대각경 1회 외운 후 나머지 시간은 오롯이 단전에 집중하며 호흡하다.

수련후 조광 선배님 먼저 가시고 여러 선배님들과 도반님들과 근처 빵집에서 1시간 30분 동안 도담을 나누다. 오늘도 이야기 주제는 축기이다. 삼공재 수련도 좋고 맛있는 음식을 먹으며 도반들과 함께 나누는 도담도 참 좋다. 오전 등산, 오후 삼공재 수련과 이에 이은 도담까지... 행복한 하루를 보냈다.

2019. 6. 16. 일요일, 맑음

푹 자고 6시 30분경 일어나 집안 청소하고 설거지하고 밀린 빨래하다. 미세먼지가 거의 없고 햇볕이 좋아 이불을 말리다. 앞뒤 베란다 창문을 모두 열어 놓았다. 불어오는 바람이 시원하다. 창밖 녹음이 싱그럽다. 집밖에 나가지 않고 온종일 집안에 있었다. 가족들과 오순도순 얘기도 하고 낮잠도 자면서 휴식을 취했다.

2019. 6. 17. 월요일, 맑음

아침에 일어나 30분 달리기하고 6시가 다 된 시각에 수련에 임하다. 평소보다 1시간이나 지체된 것이다. 출근 시간이 가까이 와서 그런지 마음이 차분히 가라앉지 않는다. 40분 정도 수련하고 출근하다.

점심시간에는 부서장과 식사하느라 정발산에 오르지 못하고 산 초입까지만 다녀왔다. 오후에 만보를 채우기 위해 사무실 주위를 빙글빙글 돌다. 발목 근처에서 따뜻한 기운이 발바닥 쪽으로 흐르는 것처럼 느껴진다. 저녁에 일찍 귀가하여 도인체조하고 식사 후 오후수련에 임하였으나 이내 잠들고 말았다.

2019. 6. 18. 화요일, 비

어제 저녁 9시쯤 잠들었음에도 불구하고 오늘 5시 30분에야 일어났다. 달리기를 생략하고 바로 수련에 임하다. 오른쪽 뺨에 약한 전류가 흐르는 것처럼 찌릿찌릿하다. 기가 흐르며 안면근육을 풀어주는 것 같다.

아침 일찍 일주일간의 수련기를 카페에 올렸다. 적림 선배님이 수면시간이 부족한 것 같으니 아침 달리기를 생략하는 게 어떠냐고 했다. 그렇지 않아도 잠이 부족해 자꾸만 수련시 졸리는 현상이 발생하고 있어 타결책이 없을까 생각하던 차였다. 아침 달리기를 생략하고 그 시간에 수면시간을 보충하면 졸린 것을 미연에 방지할 수 있을 것 같다. 아침 달리기를 접는 대신 하루 만보를 채우기 위해 사무실 주위를 수시로 산책하는 것으로 변경하였다. 카페 선배님들의 기운 때문인지 오전 내내 하단전이 따뜻하다.

점심시간에는 정발산에 올라 스트레칭하다. 오후시간에는 만보를 채우기 위해 사무실 주위를 걷다. 저녁에 식사후 오후수련에 임했으나 너무 졸려 일찍 잠들다.

2019. 6. 19. 수요일, 흐림

새벽 2시 30분경 깨었는데 와이프가 그때까지 깨어 있다. 어깨가 축 처져 있다. 둘째 딸이 몸이 약해 걱정이라 한다. 어제 학교에서 피구하다가 남자애 엉덩이에 머리가 깔려 얼굴을 그대로 땅바닥에 갈아붙였다 한다. 생채기 난 부분 소독하고 치과에 가서 멍든 잇몸 엑스레이 찍었다. 다행히 이에는 큰 이상이 없다 한다. 그만하길 천만다행이라고 다독거렸다. 게다가 첫째는 수학 공부가 본인의 기대치에 미치지 않는다고 성화다. 걱정한다고 달라지는 것도 아니고 내가 보기엔 평균 정도는 하고 있으니 눈높이를 약간만 낮추라고 얘기했다. 자식 걱정하는 아내가 안쓰러워 꼭 안아주었다.

4시경 '잠깐 자고 수련해야지' 생각하고 눈을 붙였는데 벌써 6시 30분이다. 아침 수련을 빼먹다니 낙심천만이다. 하지만 단전은 따뜻하니 위안이 된다. 음식물쓰레기와 재활용쓰레기를 버리고 출근했다.

점심시간에는 직장동료와 정발산에 오르다. 오후에 같은 팀 젊은 여직원을 불러다 놓고 업무상 잘못한 부분을 지적해 주는데 반성하는 기미가 없다. 앞으로 직장생활을 수십 년 동안 해야 하기에 꼭 필요할 것 같아서 이야기해 주는데도 본인이 실수한 부분을 시인하고 고치려는 노력이 부족한 것 같다. 이리저리 상황을 설명하며 설득해 보지만 무반응이다. 손이 부르르 떨린다. 이야기 해 준 것으로 나의 역할은 끝났고 수용 여부는 상대방의 몫이다. 상대방이 나의 의견을 받아들이지 않는다고 해서 애를 태울 필요까지는 없는데도 감정 컨트롤이 쉽지 않다. 이는 나의 에고의 작용일 것이다. 나의 마음 수련이 부족하다.

저녁에 일찍 귀가하여 식사 후 9시경 안방에 들어가 정좌수련하다. 아내와 둘째 딸이 살며시 들어와 이런저런 얘기를 한다. 이야기를 들으며 단전에 집중하지만, 주의력이 흐트러진다. 수련의 질이 떨어져 양으로 채우기 위해 2시간 수련하고 취침하다.

2019. 6. 20. 목요일, 맑음

5시 20분경 일어나 수련하다. 6시간 정도 수면을 취했지만 여전히 졸립다. 단전에 이물감을 느끼기 위해서는 기를 응축시키는 과정이 필요할 것 같아 단전의 중심이라고 생각되는 부위에 집중하며 단전호흡하다. 점심시간에는 정발산에 올라 스트레칭하다. 만보를 채우기 위해 사무실 주변을 빠른 걸음으로 걷는다. 저녁에는 식사 후 일찍 잠자리에 들다.

2019. 6. 21. 금요일, 흐림

4시 30분에 일어나 수련하다. 금요일이라 직장업무에 대한 부담이 덜해 마음이 상대적으로 느긋하다. 하단전에 느껴지는 따뜻함이 더욱 구체적으로 느껴진다. 골반뼈가 시원한 듯한 느낌이 든다. 수련이 잘될 때는 1시간이 금방 지나간다. 1시간이 아쉬워 1시간 더 수련한다. 집안이 조용해서 좋다. 가족들이 잠들어있는 아침에 집중적으로 수련하는 것이 여러모로 좋은 것 같다. 당분간은 아침시간을 이용해서 2시간 정도 수련해 보아야겠다.

출산휴가에 들어가는 여직원이 있어 직장 동료들과 점심식사하다. 점심 산책을 못해서 오후 시간에 사무실 주위를 돌며 만보를 채우기 위해 노력했지만 역부족이다. 카페에 들어가서 우해 누님의 2017년 하반기~2018년 초 수련기를 읽어보았다. 누구보다 수련에 대한 열정이 치열했음이 느껴진다. 저녁에 일찍 귀가하여 저녁식사 후 오후수련을 하려 하였으나 일찍 잠들다.

2019. 6. 22. 토요일, 맑음

당초 비가 올 것으로 예보되어 걱정했으나 날씨가 화창하다. 다행이다. 연속 4주째 등산모임을 이어간다. 도봉산역 개찰구 앞에서 도건님과 우해 누님을 만나다. 언제 보아도 반갑다. 도건님의 안내를 따라 녹야선원을 통과, 냉골은 슬쩍 눈팅만 하고 은석암 코스로 올라가다. 전망대에서 사패산 중턱에 그림처럼 어우러진 망월사를 눈높이에서 조망해 보다. 포대능선 쪽으로 올라가는데 3년 전 도봉산을 다녔던 기억이 새록새록 돌아난다. 능선의 바위와 소나무 하나하나까지 그대로인 듯하다. 난코스에서 우해 누님이 잘 따라올 수 있을까 걱정했으나 기우였음이 드러났다. 뭐든지 열정적으로 대하는 모습이 좋아 보인다. 최근 몸공부에 재미를 붙이신 것 같다. 어제부터 고혈압 약도 끊으셨다 한다. 생식도 하루에 한 끼 이상 하신다고 한다. 등산객 한 분이 우해 누님보고 '아들들과 같이 왔냐'고 묻는다. 우해 누님은 아무 말이 없다. 포대능선 정상을 남겨놓고 하산하여 먹자골목에서 순두부찌개를 먹고 헤어지다.

삼공재 방문은 아쉽지만 다음 주로 미뤄졌다. 오늘 첫째 딸이 학원에서 입학시험(레벨 테스트)이 있어 아내가 같이 따라가는 바람에 둘째 딸을 봐 줄 사람이 필요해서다. 해질녘에 가족들과 근처 식당에서 막국수를 먹고 임진각 평화누리에 바람쐬러 가다. 공기가 청명하다. 하늘에 독수리연, 가오리연이 수십 개 떠 있다. 주위가 깜깜해질 때까지 딸들과 잡기놀이 등을 하며 즐거운 한때를 보내다. 중간중간에 단전에 의식을 두고 호흡을 해 보다.

2019. 6. 23. 일요일, 맑음

6시 30분경 일어나 수련하다. 반야심경을 암송중 상체가 앞뒤로 흔들리더니 속도가 빨라지고 리드미컬한 진동이 1분 정도 이어진다. 삼공재에서 선배들이 격한 진동을 하는 것을 볼 때는 부럽기도 하고 신기하기도 했는데 막상 내가 해 보니 재미있다. 1시간이 아쉬워 더 수련하고자 앉아 있는데 집안 식구들이 일어나는 바람에 수련을 중단했다. 가족들과 밖에 나가 점심 먹고 공원을 산책하며 시간을 보내다.

2019. 6. 24. 월요일, 맑음

밤 1시경 와이프 샤워하는 소리에 잠에서 깨다. 나는 보통 잠에 떨어지면 왠만한 소리에는 아랑곳하지 않고 잘 자는데 아내 인기척 소리에 깬 것이다. 최근 수련이 진행되면서 성욕이 강해진 것 같다. 하지만 축기기간이니만큼 접이불루 원칙을 고수한다. 아내에게 셋째(자식) 얘기를 꺼냈더니 손사래를 친다. 와이프와 이런저런 이야기를 하다 다시 잠이 들다.

아침에 평소보다 늦게 일어나 수련에 임했다. 피곤한 데다 졸려서 좌공과 와공을 번갈아 취하며 수련시간을 채운다. 진동을 다시 해 보고 싶었지만 잘 안 된다. 아쉽지만 단전의 열감을 느끼는 정도로 만족한다.

오후에 잠깐 도건님의 수련기를 읽는 도중 왼쪽 귀에서 미세하게 삐~ 소리가 10초 정도 이어진다. 관음법문의 시작인가? 추이를 지켜보기로 한다. 점심시간에는 직장 동료들과 식사하느라 산책을 못하고 저녁 퇴근후에 정발산에 올라 스트레칭하다.

집에 도착하여 보니 분위기가 좋지 않다. 첫째 딸 레벨 테스트 성적이 좋지 않아 상위권 수학학원에 보내고자 했던 와이프 계획이 무산됐기 때문이다. 나도 내심 기대했었는데 결과가 너무 좋지 않아 실망스러웠다. 학원수업을 끝내고 막 집에 들어오고 있는 첫째 딸에게 '그렇게 공부할 거면 아예 학원에 가지 말라'고 윽박질렀다. 첫째는 말도 못하고 한동안 정적이 흐른다. 고개도 못 들고 눈에 눈물을 한가득 머금고 있다. 순간 후회가 든다. 제일 속상한 것은 본인일 터인데 … 말없이 저녁식사를 하고 수련에 임했으나 집중이 되지 않아 그대로 누워 잠을 청하다. 마음이 편해야 수련도 잘되나 보다. 심공수련의 중요성을 알 겠다.

2019. 6. 25. 화요일, 맑음

오전 2시 30분경에 잠에서 깨었는데 오른쪽 귀에서 관음법문이 5초 정도 울린다. 마치 '일어나 수련하라'는 의미로 들린다. 1시간 수련하고 잠깐 누웠는데 일어나 보니 6시가 넘었다. 40분가량 수련을 더 하고 출 근했다.

수련기를 카페에 올리고 스승님께 생식을 주문한 다음 우해 누님에 게 토요일 등산모임 문자를 보냈다. 선생님과 선배님들의 기운 때문인 지 오전 내내 단전이 후끈하게 달아오른다. 점심시간에는 직장 동료와 함께 정발산에 올라 산길을 걷다. 저녁에 일찍 귀가하여 가족과 식사 후 일찌감치 수련차 정좌하였으나 아내와 두 딸들이 방에 들어와 계속 이야기한다. 주문수련을 하지 못하고 단전에만 의식을 두고 호흡하다.

2019. 6. 26. 수요일, 흐림

어제 밤에 양치를 하지 않고 잠이 드는 바람에 새벽 3시에 깨어 양 치 후 다시 자려는데 와이프가 내 인기척에 잠에서 깼다. 나란히 누워 두 딸들에 대해 이야기를 하다 다시 잠들었는데 일어나 보니 5시 20분이다. 서둘러 정화수 떠 놓고 사배심고하고 정좌하다. 잠을 중간에 끊어먹은 탓에 졸립다. 좌공과 와공을 번갈아 하다. 머리가 시원하고 하단전이 따뜻하면서도 가끔씩 따끔따끔하다. 진동은 될 듯하면서도 잘 안 된다.

점심시간에는 직장 동료와 정발산에 올라 스트레칭하다. 저녁에는 오랜만에 일산 호수공원에서 한가롭게 산책하다. 풀잎과 나뭇잎들이 짙은 초록색 물감으로 덧칠한 것 같다. 귀가 후 식사하고 수련하기 위해 앉았으나 너무 배불러 '잠깐 쉬었다 해야지' 생각하고 누워있다는 것이 그만 잠들고 말았다.

2019. 6. 27. 목요일, 흐림

밤 1시경 일어나 양치하고 1시간 수련하고 다시 잠들다. 6시쯤 다시 일어나 수련하다. 어제 카페에서 월광 형님이 연초에 쓰신 '축기'편을 여러 번 읽어보고 호흡 시 괄약근을 조이는 연습을 하다.

요즘 들어 중간에 잠을 끊어먹는 버릇이 생겼다. 그래서 그런지 푹 잘 잤다는 느낌이 없다. 수련에 대한 조급증 때문인 것으로 파악된다. 평생 수련하기로 마음을 먹었으면 수련 진도가 조금 늦는다고 조바심을 가질 필요가 없을 터인데... '내가 남보다 더 잘할 수 있다'는 우월감의 발로가 아닐까 싶다. '모든 척신과 복마의 발동으로부터 끌러' 주는 것은 본인의 마음가짐이 첫째라는 생각이 든다. 마음의 빈틈을 비집고 마귀가 자리잡는다고 했는데... 마음을 평안하게 하고 가능한 한 번잡

한 일을 멀리 하고 의식주를 간소하게 하는 것이 좋을 것 같다.

점심시간에는 직장동료와 함께 정발산 주변을 걷다. 저녁에는 가족과 함께 식사후 설거지하고 수련차 정좌하였으나 중간에 잠들고 말았다.

2019. 6. 28. 금요일, 흐림

3시 30분경 잠에서 깨었는데 의식이 또렷하다. 2시간 수련하다. 수련 후 너무 졸려 누워있다는 것이 늦잠을 잤다. 서둘러 출근하다. 점심시간에는 직장동료와 함께 정발산에 올라 산책하다.

저녁식사 후 몸 컨디션이 좋지 않아 일찍 잠자리에 들다. 사무실에서 다른 팀의 팀장이 교육을 가는 바람에 그 팀의 팀원들 업무까지 신경쓰다 보니 피곤이 쌓인 듯하다. 으슬으슬 몸살기가 있어 겨울옷 상의를 겹쳐 입고 핫팩을 등에 대고 솜이불을 얼굴까지 푹 덮고 자다.

2019. 6. 29. 토요일, 비

새벽 5시경 우해 누님의 문자를 받고 벌떡 일어났다. 비가 조금씩 오는데 '어찌할까요?'란 문자다. 밖을 보니 다행히 비가 많이 오고 있지는 않아 바위능선이 아닌 계곡 쪽은 산행이 가능할 것 같다. 비가 와도 등산을 하는 것으로 답문을 보내고 간단히 씻고 집을 나서다.

구파발역에 도착하니 벌써 우해 누님과 도건님이 와 계시다. 그런데 북한산성 탐방지원센터로 버스로 가야 하는데 미리 봐 둔 8772버스가 보이지 않는다. 운행시간표를 보니 8시부터 운행한단다. 당황해서 한

동안 어찌할 바를 모르다가 택시를 타고 이동하다. 비가 제법 오기 시작한다. 탐방지원센터 옆 벤치에서 비를 피하며 우해 누님이 가져오신 감자를 먹으며 등산모임에 대해 얘기를 나누다. 우해 누님은 어제 밤에 한숨도 안 자고 체조와 수련을 하면서 '비가 와서 등산을 못하게 되면 어쩌지' 하면서 약간 걱정하였다 한다. 미리 문자를 보냈어야 하는데 나의 불찰이다. 앞으로 '장대비가 오지 않는 한 등산모임을 하자'는 쪽으로 중지를 모은다.

비가 조금 잦아들자 대남문을 목적지로 잡고 중흥사 쪽 계곡 쪽으로 산행을 시작한다. 당초 의상능선을 탈 예정이었으나 비가 와서 바위가 미끄러우니 어쩔 수 없다. 비가 와서 사람이 거의 눈에 띄지 않는데다 짙은 안개로 몽환적인 느낌을 준다. 공기가 무거운 탓에 꽃과 풀내음이 위로 올라가지 않고 지상에 머물러 있다. 갈대잎에서 나는 냄새가 기분을 좋게 해 준다. 함께 이런저런 이야기를 나누며 걷는 동안 몸살기가 씻은 듯이 사라졌다. 대남문에 이른 다음 문수사 쪽 하산길을 선택, 구기터널 매표소로 내려오다.

하산하여 국수로 요기하고 지하철에서 일행과 헤어진 후 간단히 씻고 옷을 갈아입은 다음 삼공재를 방문하다. 시간 여유가 있어 근처 공원에서 30분 정도 단전호흡을 하니 삼공재 부근이라 그런지 뜨거운 기운이 쉽게 느껴진다. 아파트 입구에서 여러 선배님들을 뵙고 인사를 나눈 후 삼공재에 입실하다. 선생님의 안색이 좋으시니 일단 안심이 된다. 그런데 오늘도 선생님은 나의 이름을 '류광열(형?)'이라 부른다.

도건님과 헷갈리시나 보다. '저 서광렬입니다'라고 했더니 스승님이 '아~ 서광렬 씨!' 하시며 어색한 미소를 보이신다. 10분 정도 단전에 집중하여 호흡을 해 보았지만 별 효과가 없다. 그래서 주문수련을 하다가 대각경과 삼일신고 암송하고 마무리하다. 수련 끝마치고 현관을 나서려는데 사모님이 작은 방으로 부르더니 스승님이 입던 옷이 작아 못 입는다면서 점퍼를 하나 주신다. 입어보니 딱 맞다. '감사합니다. 잘 입겠습니다' 말씀드렸다. 항상 가까이에 두고 수련하면 스승님이 입던 옷이니 좋은 기운이 나올 것 같다.

수련 후 근처 빵집에서 뒷풀이 후 조광 선배님의 안내로 예전 스승님이 기거하시던 논현동 건물에 가 보다. 지금의 삼공재에서 도보로 10분 정도 거리에 있어 그리 멀지 않다. 신기하게도 자통 선배님이 꿈에 선생님이 사셨던 2층 건물(1층 상가, 2층 주택)을 생생하게 보았다고 한다. 조광 선배님은 2층 건물이었을 때, 2층 건물을 허물고 5층으로 개축했을 때에도 삼공재를 다녔다고 한다. 검은색 대리석으로 마감된 5층 건물을 보니 여러 가지 생각이 스친다. '직장을 잡아 준비된 구도자가 되면 곧바로 스승님을 찾아뵙겠다'는 약속을 15년 전에 지켰더라면 지금은 수련에 많은 진척이 있었을 터인데... 하릴없이 소모해 버린 지난 세월이 안타깝다. 하지만 이미 엎질러진 물이니 후회하면 무엇하랴! 앞으로는 어떠한 난관이 오더라도 굴하지 않고 수련을 이어갈 것임을 다짐한다.

2019. 6. 30. 일요일, 맑음

7시 30분경에 잠에서 깨긴 했으나 뒹굴뒹굴 하다가 일어나 거실 청소하고 밀린 빨래하다. 아내가 아이들과 수영장에 다녀오는 시간에 수련을 했어야 하는데 보고 싶던 영화를 보는 데 써버렸다. 오후에는 아내와 함께 인근 공원을 잰 걸음으로 돌다. 축기 기간으로 정한 날짜가 이제 9일 남았다. 하루를 공으로 날려버린 것 같아 허무하다. 하지만 오늘 쉰만큼 일주일간 열심히 수련할 것을 다짐한다.

2019. 7. 1. 월요일, 맑음

아침에 일어났는데 앞머리가 무겁다. 두통이 일면서 어지럼증이 인다. 꽤 강력한 손님이 오신 듯하다. 수련을 해 보지만 머리 아픈 것은 여전하다. 점심시간에는 정발산에 올라 스트레칭하다. 저녁 퇴근 후에는 일산 호수공원에서 천천히 걸으며 보공하다. 조광 선배의 말로는 보공이란 본인의 호흡의 길이를 걸음 속도에 맞추어 흡, 지, 호를 연결시키는 방식이다. 내 경우를 예로 들면 7걸음에 숨을 들이마시고, 2걸음에 숨을 멈추고, 5걸음에 숨을 내쉬는 식이다. 점차 호흡 길이가 늘어남에 따라 흡, 지, 호의 걸음수도 늘려 가면 된다. 머릿속으로 이해하기는 쉬운데 막상 걸으며 실험해 보니 쉽지 않다. 우선 보공에 익숙하지 않아서이다.

또한 단전에 집중하기도 쉽지 않은데 이걸 걸음 수에도 맞춰야 하니 여간 신경 쓰이는 게 아니다. 또한 걷는 속도도 늦어진다. 차차 익히며 습관을 들이기로 하고, 일단 걸으며 단전에 집중하는 것에 익숙해지기로 한다. 정좌할 때에는 무식호흡을 이용, 숨을 들이마실 때 괄약근을 조이고 기운을 끌어들인 다음 숨을 멈추고 축기하는 습관을 들여봐야 겠다. 이러한 방식을 이용하여 수련 시작하기 전에 5분 정도 축기를 먼저 해 보기로 했다.

2019. 7. 2. 화요일, 맑음

5시 20분경에 일어났는데 여전히 두통이 일면서 이마 쪽 앞머리가 무겁다. 속도 메스꺼운 게 마치 체했을 때의 느낌이다. 수련을 해 보지만 두통 때문에 집중하기가 쉽지 않다. 수련기를 카페에 올리니 적림 선배님이 기운을 의식적으로 돌리거나 지식호흡을 한다거나 괄약근을 조인다던가 하는 인위적인 수련법을 하지 말고 삼공 스승님의 가르침 대로 자연스럽게 하라고 하신다. 아~ 내가 무슨 생각을 하고 있었던 것인가? 선도체험기를 2번 읽고 기수련과 관련된 내용은 더욱 꼼꼼히 읽었건만 정작 그 요체를 잊고 있었던 것이다. 자꾸만 옆길로 새나가려고 하는 나를 잡아주니 감사하다.

점심시간에는 정발산에 올라 산책하다. 오후에는 사무실 주변을 걷다. 수련을 생각하며 걸으니 온몸에 닭살이 올라오며 시원하게 느껴진다. 7월 초의 햇살이 참 따뜻하다. 행복감이 밀려온다. 저녁에 일찍 귀가하여 재활용 쓰레기 버리고 식사 후 안방에 들어가 수련차 정좌하다. 그런데 10분도 안 되어 아내가 '명상하유?' 하면서 들어오니 두 딸들도 쪼르르 엄마 옆에 와 앉는다. 더 이상 주문수련을 이어가지 못하고 단전호흡만 하다 얼마 안 되어 잠들다.

2019. 7. 3. 수요일, 흐림

5시경 일어나 수련하다. 머리 아픈 것은 덜하나 아직 어지러운 증세가 남아있다. 천부경과 반야심경을 외우는데 자꾸 중간에 멍한 상태로 되거나 운장주로 빠진다. 그나마 하단전에 따뜻한 기운이 간혹 느껴지니 다행이다. 머리가 아프고 어지러운 것이 빈혈기가 있어 그럴 수도 있겠다 싶어 어제 잠들기 전에 철분제를 한 알 먹고 잤는데도 별로 차도가 없다. 그래서 '이에는 이! 피를 먹으면 좋아질까' 싶어 점심 때 직장동료들과 함께 식당에 가서 선지해장국을 포식했다. 피를 제공한 동물에게 미안한 마음이 든다. 먹으며 마음속으로 '해원상생'을 빌어본다. 저녁 퇴근후 일산 호수공원에서 산책하다. 귀가 후 수련차 정좌하다. 운장주를 외다 잠들다.

2019. 7. 4. 목요일, 맑음

4시 20분경 일어났다. 어지러운 증세가 현저히 덜하다. 1시간 수련 후 방석 숙제하느라 누웠는데 잠깐 졸다 다시 일어나 1시간 추가로 수련하다. 의식만을 단전에 두었을 뿐 나머지 모든 것을 소우주에게 맡긴다. 단전의 열감이 손에 잡힐 듯이 느껴진다. 단전에 이물감이 느껴지는 초기 단계인 것으로 보인다. 얼굴이 화끈거린다. 머리카락 사이로 군데군데 시원한 기운이 들어오는 것 같다. 반야심경에서는 빠른 템포의 진동이 잠시 발생하다 멎는다. 나의 경우 다이나믹한 진동은 수련이 잘될 때 이루어지는 것으로 보인다.

점심시간에는 직장 상사와 점심을 밖에서 먹는 바람에 시간이 부족하여 정발산을 가장 짧은 코스로 올라갔다 바로 내려오다. 퇴근 후 적림 선배의 글 중 '댓글만 달랑 달아놓고 소파에 앉거나 누워서 입으로만 수련하는 회원이 있다'는 내용을 읽어 마음이 찔린다. 댓글만 달고 잠깐 앉아있다 쓰러져 자는 경우가 많았기 때문이다. 오늘도 댓글을 달고 정좌하다 얼마 안 되어 잠에 빠져들다.

2019. 7. 5. 금요일, 맑음

5시 30분경 깨어 수련하다. 입과 턱의 경락에 약한 전류가 흐르는 듯 찌릿찌릿하다. 최근 오후수련시간에 화두수련법을 해야 하는데 30분이 지나기 전에 잠드는 경우가 많아 하지 못했다. 하여, 오전에 1시간 수련 후 10분 정도를 할애해서 '이 생각이 일어나는 나는 누구인가'를 암송한다. 허리가 곧추 세워지고 상단전이 반응하는 것 같다. 글자 하나하나가 상단전에서 하단전으로 떨어지는 것으로 의념하고 하단전에 집중한다. 더 앉아 있고 싶었으나 가족들이 깨어 수련 마무리하다.

어제 첫째 딸이 잠을 안 자고 침대에서 이불을 뒤집어쓰고 새벽 2시까지 스마트폰으로 게임을 하다가 엄마에게 발각되었다 한다. 스마트폰 불빛이 새어나오지 않게 이불을 뒤집어쓰고 게임을 한 것이다. 원래 잠 하나는 기가 막히게 잘 자는 아이인데 요새 한밤중까지 잠을 못 이루고 뒤척거리는 것 같아 '학업 스트레스' 때문인가 걱정했었는데... 배신감도 든다. 입안에 반점이 많이 생겨 밥 먹을 때도 아프다고 징징 거렸었는데... 게임하느라 피곤하여 입에 상처가 났을 가능성이 크다. 엄마는 게임을 더 이상 하지 못하게 2G 폴더폰으로 바꿔야겠다고 말한다. 지금까지 부모를 속여온 것이 괘씸하다. 나도 모르게 딸아이 어깨를 손바닥으로 찰싹 찰싹 찰싹 3번 때리고 말았다. 게다가 '부모를 속일 거면 이 집에서 나가라'고 윽박질렀다. 첫째 딸을 때리고 또 쏘아붙이고 나니 후회가 밀려온다. 앞으로 어떻게 해야 하나? 우리 집에 온 귀한 손님이니 그러지 말라고 조용히 타일러야 하나? 하지만 그냥 넘어가면 다시 부모 몰래 게임 등을 할 것 같다.

점심시간에는 추어탕이 먹고 싶어 직장 상사와 동료들과 함께 식당에서 가서 먹다. 먹자마자 따스한 기운이 단전에 쌓이는 느낌이 온다. 하단전이 동글동글한 모양으로 다른 신체 부위와 분리된 듯이 느껴진다. 식사 후 정발산 주변을 가볍게 산책하다.

퇴근하여 식사 후 잠깐 누워있다 일어나 10시경에 수련하다. 천부경과 반야심경 대신 '이 생각이 일어나는 나는 누구인가? 나는 누구인가?'와 '이 마음이 일어나는 나는 누구인가? 나는 누구인가?'를 마음속으로 왼다. 특이한 기적인 변화는 없으나 마음이 편해지는 느낌이다. 자꾸 딸이 생각난다.

저녁 약속이 있어 밖에 나갔던 아내가 11시 30분쯤 귀가하여 딸아이에 대해 이야기를 나누다. 게임을 못 하게 하기는 현실적으로 힘들 것 같아 하루 시간을 정해놓고 게임을 할 수 있게 하고 대신 잠자는 시간만큼은 게임을 못 하도록 스마트폰을 엄마에게 맡겨두는 것으로 기본 방침을 정했다.

침대에 쓰러져 자고 있는 딸아이의 모습이 안쓰럽다. 처음 분만실에서 아기가 태어났을 때 가졌던 마음은 어디 가고 이리 거칠게 아이를 대할 수 있단 말인가? 이 아이가 해맑게 자라나 한 사람의 어엿한 성인으로 살아갈 수 있도록 이 세상 그 누구보다 사랑해 주고 아껴 주고 보호해 주겠다고 다짐했었는데... 눈물이 앞을 가린다. 뭐든지 초심을 그대로 유지하기가 쉽지 않음을 느낀다. 다행히 아빠에게 맞았던 어깨는 괜찮은 듯하다.

2019. 7. 6. 토요일, 맑음

4시 30분경 일어나 서둘러 도봉산역으로 이동하다. 1호선 지하철 차량에서 내려서자마자 옆 칸에서 내리는 우해 누님을 발견하다. 잠시 후 도건님과 합류하여 포대능선 쪽으로 올라가기 시작한다. 우해 누님이 포대능선과 Y계곡을 잘 탈 수 있을까 약간 걱정되기는 했지만 2주 전에 포대능선 입구까지 올라가며 누님이 보여주었던 기량과 열정을 보았을 때 충분히 가능할 것 같았다. 우해 누님은 항상 긍정적 에너지가 넘치는 게 좋다.

Y계곡에서는 내가 먼저 가면서 우해 누님에게 발 딛는 위치 등을 알

려준다. 도건님은 우해 누님의 스틱을 들고 뒤따르면서 누님을 도와드렸다. 누님이 다리가 후들거린다 한다. 당연하다. Y계곡에 처음 오는 사람은 매니아를 제외하고는 누구나 긴장되는 곳이다. 예상했던 대로 무난하게 Y계곡을 통과한다. 처음 치고는 아주 훌륭하다. 그간의 등산 경험과 수년간의 단전호흡과 기체조 등이 한몫하는 것 같다. 손뼉을 쳐드렸다. 신선대 명당자리에서 5분 정도 망중한을 즐기다가 하산하다.

삼공재 입구에서 조광 선배님을 만나 함께 입실하다. 스승님 안색이 괜찮다. 안심하고 자리에 앉아 단전에 집중하다. 선생님이 '서광렬 씨 소추천 됩니까?'라고 물어보실까 보아 약간 걱정이 된다. 하지만 오늘은 다른 때에 비해 단전에 느껴지는 따뜻함이 현저히 더하다. 후끈후끈 달아오르는 느낌이다. '아~ 이래서 선배님들이 그 먼 거리도 마다하고 삼공재에 오시는구나' 하는 생각이 절로 든다.

2019. 7. 7. 일요일, 맑음

6시 30분경에 잠에서 깨어 수련하다. 머리가 아주 맑다. 1시간 수련하고 단전호흡을 더 하고 싶었으나 해야 할 일이 산더미다. 거실 청소하고 빨래를 돌린 다음 어머니가 보내준 마늘을 까기 시작하다. 이건 뭐 까도 까도 끝이 없다. 며칠 나누어 하는 것으로 마음을 바꾸다. 오후에는 가족들과 함께 쌀국수를 먹고 근처 공원을 산책하다.

2019. 7. 8. 월요일, 맑음

5시경 일어나 1시간 수련하다. 점심시간에는 복직하는 여직원이 있어 친목 도모차 팀원들과 함께 식사하느라 정발산에 오르지 못하고 일산 호수공원만 조금 걸었다. 오후에는 만보를 채우기 위해 사무실 주변 도로를 뱅글뱅글 돌았다. 100일 축기수련 기간이 내일로 끝이 난다. 내일 연가를 내고 마무리 집중수련을 하기로 마음을 정하다.

저녁식사 후 일찌감치 안방에 들어가 좌정하다. 운장주, 태을주까지는 잠을 안 자고 잘 버텼다. 그런데 '이 생각이 일어나는 나는 누구인가' 화두 암송하다 피곤해 잠깐 누워있다는 것이 두 시간이나 자 버렸다. 다시 일어나 화두수련 마무리하다.

2019. 7. 9. 화요일, 맑음

6시 30분쯤 일어나 수련에 임하다. 100일 축기수련 기간의 마지막 날이다. 미세먼지가 없는 화창한 초여름 날씨다. 창문을 활짝 열고 신선한 공기를 들이마시며 단전호흡하다. 사무실에 하루 연가를 내서 출근에 대한 부담감이 없어서 그런지 집중이 잘된다. 간간이 진동이 느껴진다. 1시간 수련 후 일주일간의 수련일지를 카페에 올린 다음 설거지하고 다시 수련하다.

오전근무를 마치고 퇴근한 아내와 오랜만에 초밥 뷔페집에 가서 점심을 먹고 집에 와서 낮잠을 늘어지게 자다. 와이프와 둘째 딸과 함께 근처 공원에 산책하고 스트레칭하다. 저녁에 정화수 떠다 놓고 사배심고하다. 적림 선배님의 말씀에 따라 100일 수련을 큰 탈 없이 마칠 수 있게 도와주신 천지신명께 별도로 감사의 3배를 올리다. 하단전의 중심이라고 생각되는 한 지점에 집중한다. 단전이 따뜻해지고 머리는 시원하다.

Ⅲ. 축기 집중수련 기간 끝난 후 마무리

2019. 7. 10. 수요일, 흐린 뒤 비

어제 밤에 모기가 들어와 설치는 바람에 잠을 설쳤다. 5시 30분경에 일어나 정좌하였으나 비몽사몽을 헤매다. 좌공과 와공을 번갈아가며 시간을 채우다. 초복은 이틀 남았으나 미리 몸보신하러 가자고 하여 직장 상사와 동료들과 함께 점심 때 삼계탕을 먹으러 가는 바람에 시간이 부족해 정발산 주위 산책을 30분 정도만 하다. 오후에는 비가 가볍게 흩날리는 걸 기분 좋게 맞으며 사무실 주위를 걷다. 오후수련은 15분 운장주 외다 잠들어 한밤중에 다시 일어나 나머지 시간을 채우다.

2019. 7. 11. 목요일, 비

어제 아내와 이런저런 얘기를 하다 늦게 잠드는 바람에 아침에 늦잠을 잤다. 6시 30분경에 일어나 수련하다. 머리가 띵하고 무겁다. 잠을 자꾸 끊어 자서 바이오리듬이 흐트러진 것 같다. 점심시간에는 정발산에 올라 스트레칭하다. 오후에 약간 여유가 있어 우해 누님의 2018년 3월과 4월 수련기를 읽어보다. 당시 지극정성으로 수련에 몰입했었음을 알겠다. 공명이 되면서 단전이 후끈 달아오른다. 저녁식사 후 마늘을 까다. 설거지 후 오후수련에 참가하기 위해 댓글을 달고 정좌하였으나 15분을 넘기지 못하고 쓰러져 잠들다.

2019. 7. 12. 금요일, 흐림

4시 30분경 일어나 2시간 수련하다. 약간 졸린 감은 있지만 몸의 컨디션은 최고조다. 단전 자리에 난로를 넣어둔 것처럼 화끈거린다. 단전의 한 가운데라고 생각되는 지점에 정신을 집중하여 관을 하려고 노력하다. 2시간 동안 2번 정도 리듬감 있는 진동이 발생한다. 점심시간에는 직장 상사가 타 부서로 전근을 가게 되어 점심을 함께 먹는 바람에 시간이 부족하여 일산 호수공원 일부 산책로만 걷다. 저녁식사 후 수련차 정좌하였으나 가족들 이야기하는 것에 응대하느라 집중도가 떨어져 운장주와 태을주만 암송하다 잠들다.

2019. 7. 13. 토요일, 맑음

아침에 서둘러 구파발역에 도착하니 벌써 우해 누님과 도건님이 와 계신다. 약속 시간에 늦지 않게 여유 있게 도착하시는 것을 철칙으로 삼고 있는 분들이라 존경스럽다. 2주 전에 비로 인해 연기해야만 했던 의상봉을 오르기 시작한다. 항상 오르던 코스라서 정겹다. 의상봉을 올라가는 길은 거의 대부분이 깎아지른 바위들이 많고 1시간 정도 계속 오르막길을 가야 하는 길이라서 칼로리 소모가 많고 인내력도 요구된다. 게다가 오늘따라 바람도 없어 우해 누님은 땀을 뻘뻘 흘린다. 그래도 갈수록 기량과 속도가 눈에 띄게 향상되었다.

의상봉을 지나 용출봉으로 가는 능선에 접어드니 계곡 쪽에서 불어오는 시원한 바람이 땀을 기분 좋게 식혀준다. 사람의 몸은 과학적으로 파헤쳐 들어가다 보면 원래 허공이니 바람이 몸을 그대로 통과하는 것이라고 우해 누님이 얘기한다. 〈코스모스〉 책에 대한 이야기도 하는데 절반 정도는 모르는 이야기다. 주로 우해 누님과 도건님이 얘기하는데 난 그저 '그런 게 있다 보다' 한다. 용혈봉, 증취봉 찍고 중흥사 쪽 계곡으로 하산하다. 내려오는 도중에 계곡에서 발 담그며 올챙이, 소금쟁이들을 쳐다보며 한가한 시간을 보내다. 우해 누님이 가져오신 고구마를 많이 먹어서 그런지 배도 고프지 않아 점심도 먹지 않고 지하철에서 헤어지다.

시간이 여유가 있어 삼공재 근처 공원에서 30분가량 수련하고 나서 여러 선배님들과 도반님들을 만나 함께 입실하다. 나를 포함하여 총 9명이나 된다. 작년 12월 현묘지도 파티 이후로 가장 많은 인원이다. 선생님이 힘드실까 봐 살짝 걱정되었다. 하지만 스승님은 별 내색을 하지 않으신다. 출석 부르는 것도 도건님과 다른 한 분의 이름을 확인하였을 뿐이다. 잠시 후 의암님이 들어와 가운데 앉아 수련을 시작하는데, 진동이 작렬한다. 그렇게 격렬하게 진동하는 것을 처음 본다.

삼공재에 올 때마다 기운이 느껴지는 강도가 달라진다. 오늘은 뜨거운 기운이 단전으로 훅 들어오는 것 같다. 스승님 외에도 기라성 같은 선배님들도 많아 그런 것이 아닐까 생각해 본다. 1시간이 다 된 즈음에 한 선배님이 선생님에게 다가가 '소주천이 되고 있고 백회도 열렸다'고 말씀하신다. 선생님이 점검 후 벽사문을 달아주고 첫 번째 화두를 주신다. 수련 후 근처 빵집에서 뒤풀이하다.

2019. 7. 14. 일요일, 맑음

4시 30분경에 잠에서 깨어 수련하다. 어제 뒤풀이 장소에서 조광 선배님이 본인이 한참 축기할 때에는 하루에 5시간 정도 수련했다고 하신 말씀이 떠오른다. 그렇게 정성을 들였더니 하단전이 폭발하여 번개 치듯이 중단전과 상단전까지 요동쳤다고 한다. 그렇게 몸이 천지개벽을 한 후에 수련이 한 단계 상승하였다고 한다. 그래서 나도 오늘 하루 여건이 허락하는 한도 내에서 축기 수련해 보자는 생각이 들었다.

1시간 10분 정도 수련하고 쉬고 다시 하는 과정을 되풀이하여 4번 시행하다. 중간중간 리듬감 있는 진동이 생겨난다. 단전의 열감이 대맥을 따라 몸 왼쪽 허리로 돌아가는 것 같은데 명문 부근에서 더 이상 진행하지 못하고 멈춘다. 며칠 전부터 허리 아래쪽 몸의 왼쪽에만 열감을 느끼고 오른쪽에는 못 느꼈는데 대맥 유통과 관련이 있는 것 같다. 대맥을 돌리기에는 아직 축기가 부족하다는 판단을 내리고 단전의 중심이라고 생각되는 지점에 초집중하여 축기하다.

지난 100일 동안의 축기 기간을 다시 되돌아보는 시간을 가졌다. 100일 동안 총 수련시간은 126시간 25분으로 하루 평균 수련시간은 1시간 16분이다. 집중 축기 기간이라고 하기에도 민망할 정도이다. 그래도 직장생활과 가정생활을 병행하면서 수련하느라 그리 많은 시간을 투자한 것은 아니지만 수련하는 시간만큼은 집중하려고 노력했다.

그 기간 동안 사건사고도 있었다. 4월 20일에 북한산 문수봉 바위에서 미끄러지는 사고를 당했고 5월 13일부터 열흘 정도 기침이 끊이질 않아 제대로 잠도 못 자고 고생했다. 성과도 있었다. 4월 7일에 명문혈에 최초로 기감을 느꼈고 4월 15일 꿈에 스승님이 나타나 회음을 촉지하신 후로 진동이 발생하였고 처음에는 상체가 앞뒤 좌우로 까딱까딱하는 약한 진동이었으나 시간이 갈수록 리드미컬한 진동으로 변해가는 양상을 보였다. 그리고 오늘은 완전하지는 않지만 대맥이 유통되었으니 절반의 성공을 거둔 셈이다.

스승님도 말씀하셨듯이 지금 나에게 가장 중요한 것은 소주천과 대주천을 완성시켜 일상생활화하는 일이다. 그러자면 충분한 축기가 전제되어야 한다. 축기가 안 되어있는 상태에서 소주천, 대주천을 해 본들 공중누각에 불과할 것이다.

축기는 선도 수련인으로서 죽을 때까지 평생을 해야 할 일이다. 추후 대주천이 이루어지면 단전호흡이 자동으로 이루어지며 의식하지 않아도 축기가 되는 경지에 다다를 수 있겠지만 그것은 나중의 일이다. 앞으로 10년 동안 1만 시간의 기수련을 함과 동시에 몸공부와 마음

공부를 조화시켜 나만의 일정한 기운을 쌓아올리는 것이 내 중기 목표이다. 그때가 되면 한 사람의 구도자로서 변하지 않는 향기를 내뿜을 수 있을 것으로 기대한다.

【삼공의 독후감】

수련의 자세는 확실히 잡혀 있습니다. 그러나 아직 축기가 덜 되었습니다. 지금의 수련 자세로 계속 밀고 나가기만 한다면 확실히 좋은 성과를 거두게 될 것입니다. 대맥이 열릴 때까지 꾸준히 축기에 전념하기 바랍니다. 대맥이 열린 후 소주천이 완성되면 곧 대주천으로 이어질 것이고 대주천이 완성되면 현묘지도 화두수련으로 들어가게 될 것입니다. 단지 주문수련은 현묘지도 수련을 마치고 자립할 수 있을 때까지는 하지 말기 바랍니다.

아울러 이런 기회에 추가해서 말하고 싶은 것이 있습니다. 서광렬 씨는 수필가와 대등한 문장력을 가지고 있습니다. 그것을 더욱 더 발전시키기 위해서 다음 사항을 늘 염두에 두기 바란다. 문장은 세줄 이하로 하되 한 문장 안에는 같은 단어가 중복되지 않게 유의하여야 합니다. 같은 문장 안에 동일한 단어가 중복되면 읽는 사람이 지루해지기 때문입니다.

그리고 어떻게 하든지 부인을 잘 설득하여 구도자의 길을 충실하게 걷도록 최선을 다해 주기 바랍니다. 구도와 가정은 서로 상부상조(相

扶相助)해야 할 대상이지 서로 거부하고 배척해야만 하는 대상은 아닙니다. 그렇다면 이 세상에서 결혼한 가정을 가진 사람은 수행자가 될 수 없는데 실상은 그렇지 않지 않은가요? 서로 양보해야 할 때 양보할 수 있는 것이 백년해로해야 할 부부 사이라는 것을 늘 명심해주기 바랍니다.

한명수 수련일지

2020년 3월 3일 화요일, 흐림

오전 내 이어진 업무보고, 보고를 마치고 따뜻해진 단전을 바라보며 호흡에 집중하니 2시간이 금방이다. 점심식사 후 선배님들 수련기를 읽는데 단전과 등줄기가 뜨거워져 장시간 이어진다. 오늘따라 적림님의 블로그가 엄청난 에너지 탱크처럼 느껴진다. 업무 중 몇몇이 자꾸 눈에 거슬린다. 원인이 있으니 결과가 있다. 내 눈에 거슬리는 이유 역시 나에게 있을 것이다. 이들 모두 날 수련시키는 스승이라 생각하니 짜증나는 마음이 서서히 사라진다.

2020년 3월 4일 수요일, 흐리고 비

퇴근 후 숙소에 도착해 엘리베이터를 탔는데 갑자기 백회가 심하게 근질거리며 자극이 온다. 숙소에 들어가 그대로 정좌해 저녁 수련을 한다. 요즘 백회가 자주 그러는데 백회에 집중해도 될지 고민하다 단전에 마음을 두고 수련에 들어간다. 너무 감사하고 행복하다.

2020년 3월 5일 목요일, 흐림

점심식사 후 40분간 의자에 앉아 "세상 모든 이가 나의 스승이다"라고 염하며 단전호흡을 하니 어제에 이어 백회에 강한 자극이 온다. 블로그에 올라온 선배님들 글을 읽는데 단전에서 가슴까지 후끈해진다. 11시가 넘어 퇴근해 수련을 하며 맘속으로 대맥 대맥하고 암송하니 대맥이 돌면서 허리에 따뜻한 띠가 만들어진다. 이어서 소주천 소주천 암송하니 회음과 장강 부분은 좀 약하게, 장강을 지나 신도까지는 강하게, 다시 아문까지는 약하게, 그 후는 또 약간 강하게 구불구불거리며 기운이 올라가 일주한다.

2020년 3월 6일 금요일, 맑음

점심식사를 마치고 사무실 의자를 젖혀 편안히 누워 용천에 집중해 호흡을 한다. 이어서 백회, 장심, 용천으로 기운을 끌어당겨 단전에 축기한다고 생각하며 한동안 호흡을 한다. 너무 편안하고 좋다. 그런데 유독 오른쪽 발은 영 느낌이 약하다. 요즘 계속 오른쪽 무릎이 안 좋은데 연관이 있는지 모르겠다.

2020년 3월 7일 토요일, 흐림

오전에 마니산 등산을 했다. 영하의 날씨가 오후가 되니 10도가 넘는다. 춥지 않을까 해서 옷을 껴입고 올랐더니 땀이 비오듯 한다. 정상에서 하산하다 계곡물 소리가 너무 좋아 계곡 옆 바위에 누워 와공을 했다. 어제처럼 백회, 장심, 용천으로 기운을 끌어당겨 단전에 축기하니 어제보다 강한 느낌이 난다. 따뜻한 단전을 바라보며 누워있으니 마냥 이 상태로 잠들고 싶어진다.

2020년 3월 9일 월요일, 비오고 흐림

한 주일간의 수련일지를 올리고 선배님들과 소통하니 단전과 등줄기가 따뜻해져 온다. 후배를 향한 선배님 한분 한분의 댓글이 마음에 박힌다. 감사하다. 최근 수련이 잘되는 듯하면서도 기복이 심하다. 아직 축기가 부족하고, 업장이 두터운 때문일 것이다. 이럴 때일수록 기본에 충실하며 축기에 집중하는 노력이 필요할 것이다.

2020년 3월 10일 화요일, 비오고 흐림

오늘은 하루 종일 장강에서 열기가 느껴진다. 회사 선배 차를 타고 세종시로 출장을 가는데 허리와 엉덩이가 뜨거워 시트 열선이 켜져 있는 줄 착각을 했다. 열선 이야기를 하니 그때서야 시트열선을 넣어달라는 줄 알고 버튼을 누른다.

2020년 3월 11일 수요일, 맑음

아침 수련 중간중간 자꾸 멍해진다. 분명 졸았음이다. 점심시간에 아침 수련을 보충해 40분간 의자에 앉아 수련을 했다. 가급적 저녁 수련을 8시 내외로 습관을 들이고자 퇴근하며 엑스포 과학공원 벤치에 앉아 수련을 했다. 야외임에도 집중이 잘되고, 중단이 따뜻해져 온다. 수련을 마치고 한 시간 걸리는 숙소로 걸어가며 계속 경전을 암송했다.

2020년 3월 12일 목요일, 맑음

오늘은 오랜만에 서울 출장이다. 예전엔 얼른 출장업무를 마치고 삼공재를 자주 찾아 뵈었는데 그때가 벌써 그립다. 이동하는 고속버스에서 정좌해 단전호흡을 한다. 저녁에 숙소에 도착해 저녁 수련을 하는데 목이 살짝 떨리더니 뭔가 가슴으로 쭉 내려간다. 잠시 뒤 몸 전체가 따뜻해지고 반가부좌 위에 있는 발바닥이 이상하게 따뜻해진다. 발을 바꾸니 위로 올라온 발도 따뜻해진다. 수련을 마치고 블로그 댓글을 읽고 있으니 명문에서 후끈 열이 난다.

2020년 3월 13일 금요일, 흐림

아침 수련 경전을 암송하는데 졸음이 밀려와 자꾸 건너뛴다. 안되겠다 싶어 삼일신고를 소리 내어 낭송하고 와공으로 마무리했다. 와공 마치고 그대로 누워서 잠간 졸았는데 꿈속에 어떤 모르는 여자가 옷을 입은 듯 벗은 듯 앉아 있다. 그런데 이 분이 왠지 슬퍼 보여 자꾸 마음이 가며 음심이 올라온다. 얼른 정신을 차리고 연정화기를 암송하니 장강 명문이 뜨거워지며 마음이 편안해진다.

2020년 3월 14일 토요일, 맑음

마니산을 찾았는데 젊은이들이 등산로 입구를 막고 주차를 하고 있다. 이건 아니다 싶어 이동 주차를 요청하러 다가가니 고가의 수입차에 남자가 험악해 보인다. 순간 나도 모르게 기가 죽어 남자의 눈을 피해 여자에게 말을 하고 있다. 등산 중 곱씹어 보니 부끄러움으로 다가온다. 고급 수입차에 대한 열등감, 여성 무시… 평소 내면에 있던 마음이 적나라하게 드러나 보인다. 정상 위에 정좌해서도 이 마음이 화두가 되어 다가온다. 마음은 스스로가 감옥이라는 말이 떠오른다. 고급차에 대한 욕심이 열등감으로 다가와 스스로 감옥에 갇혀 지혜를 발휘하지 못했다. 등산로 입구는 등산객이 스틱을 들고 다니는 곳이라 차가 찍힐 수 있다고 했으면 바로 웃으며 이동 주차했을 텐데… 그들 역시 모처럼의 등산으로 들뜬 기분이 나로 인해 망친 건 아닌지 걱정도 된다.

2020년 3월 15일 일요일, 맑음

거실 구석에 난방 텐트를 치고 하루 종일 『선도체험기』를 읽으며 시간을 보냈다. 처음부터 다시 읽어보니 한 자 한 자 눈에 박히는 주옥같은 말씀들이 너무 많다. 예전엔 그냥 흘려보냈는데 새롭게 다가오는 내용이 많다. 이렇게 함께할 수 있는 인연에 감사하다.

2020년 3월 16일 월요일, 맑음

저녁 8시 사무실 의자에 정좌해 수련을 한다. 저녁 수련을 8시로 습관화하려니 사무실, 공원 등에서 자주 수련을 하게 된다. 처음에는 집중이 힘들었는데 이제는 할 만하다. 오늘은 다른 날보다 용천에서 자극이 잘 느껴진다. 늦은 밤 숙소에 도착해 유성온천 주변을 돌며 운동을 한다. 경전을 암송하며 운동하니 등줄기가 따뜻해지고 편안해진다.

2020년 3월 17일 화요일, 흐림

새벽 4시30분 정좌해 단전호흡을 하다 졸음이 밀려와 잠시 쉰다는 게 7시 50분이다. 얼른 씻고 정좌해 수련에 들어가니 단전과 신도혈을 중심으로 뜨거워진다. 40분간 수련을 마치고 출근하는 동안에도 명문에서 어깨까지 열기가 계속된다. 출근하자마자 시작된 업무보고가 2시간 동안 이어진다. 얼른 우리 부서 보고를 마치고 의자에 정좌해 단전호흡을 이어가니 길어지는 보고시간이 너무 감사하게 느껴진다.

2020년 3월 18일 수요일, 흐림

아침 수련 따뜻해진 단전과 명문혈을 바라보며 떠오르는 사념들을 바라본다. 적림님이 후배들을 안타까워하며 해주신 따끔한 충고의 말씀에 그간의 수련 과정이 주마등처럼 스쳐간다. 예전에 적림님이 그간의 수련 경험을 바탕으로 블로그에 올린 오계를 읽어보니 어느 것 하나 당당한 게 없다. 순간순간 늘 깨어있자고 다짐해 본다.

삼교(三教)의 오계(五戒)

1. 집착하지 말라
2. 분별하지 말라
3. 욕심내지 말라
4. 자만하지 말라
5. 조급하지 말라

2020년 3월 19일 목요일, 흐림

아침 수련을 30분 만에 짧게 마치고 출근해 점심시간 등을 이용해 부족한 수련을 채워갔다. 사무실에서 저녁 수련을 하는데 경전을 암송하자 몽롱해지며 온몸이 후끈해진다. 꿈속 모습이 자꾸 생각난다. 내가 초등학교를 졸업하는 날인데 얼굴은 지금 모습이다. 학교 앞 미용실을 지나는데 거울에 비친 내 모습이 완전 풍성한 장발이다. 원래 난 반쯤 대머리인데... 멋지게 보이고 싶어 미용실에서 머리를 자르고 나니 웬 여자가 나타나 날 유혹한다. 어렵게 뿌리치고 학교로 뛰어갔는데 졸업식은 벌써 끝나고 아무도 없다. 교무실에 들어가 선생님을 찾으니 좀 전에 다른 학교로 전근 가셨단다. 유혹에 끌려다니지 않도록 정신을 바짝 차려야겠다.

2020년 3월 20일 금요일, 맑음

회사에서 고민스러운 일을 정리해 전 직원이 보는 그룹웨어 게시판에 올려 마무리했다. 찜찜한 건 얼른 처리해버리는 게 답이다 싶다. 수원으로 올라가는 퇴근길에 정해진 수련시간은 없지만 8시에 맞춰 휴게소에 주차하고 한 시간 동안 수련을 했다. 잠시 졸기도 했지만 이렇게 수련할 수 있다는 게 너무 감사하다.

2020년 3월 21일 토요일 , 흐림

와이프 생일이라 애들 삼촌이 놀러 오기로 해 아침 일찍 마니산을 찾아 등산을 한다. 오늘도 정상 근처 바위에 앉아 수련을 하려는데 여기저기 너무 시끄러워 영 집중이 안 된다. 잠시 정좌했다. 인적이 뜸한 바위에 누워 와공을 한다. 사지로 기운을 당겨 단전에 축기하니 딱딱한 바위 위인데도 너무 편안하게 느껴진다.

2020년 3월 22일 일요일, 흐림

오전 9시 카페를 찾아 예전에 『선도체험기』를 보며 아이패드에 메모했던 내용들을 정리해보니 너무 재미있다. 머리가 자명해지며 맑아지는 기분이다. 하루 종일 자료를 찾아보며 시간을 보냈다. 늦은 밤 운동을 위해 경전을 암송하며 만보 걷기를 하는데 평소와 달리 엉덩이 부근이 뜨겁게 느껴진다.

2020년 3월 23일 월요일, 흐림

사무실에서 급한 업무를 마치고 평소 스마트폰으로 작성했던 수련일지를 정리해 블로그에 올렸다. 한 주일의 수련을 정리하는 귀한 시간이다. 수련일지 정리하는 내내 단전과 백회가 반응하며 명문이 뜨거워진다. 퇴근해 숙소에서 수련을 하는데 어찌된 일인지 호흡에 따라 몸이 부풀어 오르는 느낌이 든다.

2020년 3월 24일 화요일, 흐림

업무를 마치고 사무실의 회의실 문을 잠그고 저녁 수련을 한다. 은근 직원들 신경이 쓰이지만 무시하고 수련하니 따뜻한 기운과 함께 한 시간이 금방이다. 정자세가 되도록 평평한 나무의자를 골라 앉으니 너무 좋다. 저녁 9시 경전을 암송하며 걸어서 퇴근하는데 15분쯤부터 엉덩이 부근에 시원한 느낌이 든다. 뭐(?) 싼 줄 알고 바지에 손을 넣어 만져본다. 지난주까지는 뜨겁기만 했는데 오늘은 매우 시원하게 느껴진다. 숙소 근처까지 걸어가는 4~5km 내내 시원한 기운이 계속 이어진다.

2020년 3월 25일 수요일, 흐림

출근해 11시가 넘어서부터 자꾸 백회가 욱신거리며 자극이 온다. 점심시간 생식을 먹고 의자에 앉아 수련에 들어간다. 욱신거리던 백회의 느낌이 갑자기 단전까지 쭉 이어지며 마치 줄이 연결된 것처럼 느껴진다. 탄력 있는 고무줄이 아래위로 당기고 있는 듯한 느낌이다. 늦은 밤 갑자기 욕망이 올라와 연정화기를 염하니 단전에서 전립선을 지나 회음, 장강으로 뭔가 미세하게 떨리며 이어지는 느낌이 든다. 회음에서

95

처음으로 명확한 느낌을 느끼게 되었다. 소주천도 예전보다 수월해진 느낌이다.

2020년 3월 26일 목요일, 비

점심을 먹고 30분간 수련을 했다. 어제와 같은 느낌이 들지는 않았지만 단전과 명문이 따뜻해지며 편안한 느낌이 너무 좋다. 저녁 수련을 마치고 부족한 운동을 하러 나갔다. 비가 많이 와 유성온천에 들렀다. 온천 옆에 살면서도 사우나를 좋아하지 않아 가끔 가게 된다. 뜨거운 욕탕에서 이리저리 몸을 풀고 나오니 오히려 힘이 빠지는 느낌이다. 체질적으로 안 맞는지 욕탕은 5분이 넘으면 오히려 힘이 빠진다.

2020년 3월 27일 금요일, 비오고 흐림

아침 수련에 잡념과 졸음이 밀려와 경전 암송이 자꾸 끊어진다. 결국 경전 암송을 생략하고, 단전호흡을 중심으로 수련하다 와공으로 전환해 수련을 마쳤다. 저녁 수련은 매일 8시에 습관이 되었는데 아침 수련은 습관을 들이기가 영 쉽지 않다. 점심을 생식으로 하고, 부족한 수련을 보충하려 40분간 사무실 의자에 앉아 수련을 했다. 백회와 용천에 잔잔한 자극이 일고 단전이 따뜻해진다. 퇴근 후 수원집으로 올라가는데 백회에 자극이 온다. 시계를 보니 8시가 넘어가고 있다. 얼른 휴게소에 정차해 40분간 수련을 하고 다시 운전해 올라갔다. 습관을 들이니 수련시간이 되면 몸이 먼저 반응하는 것 같다.

2020년 3월 28일 토요일, 맑음

아침 9시 카페를 찾아 원방각경 관련 내용을 찾아보았다. 천부경, 삼일신고와 이어지며 무극에서 삼태극과 삼원이 생기는 이치를 설하고 있는 귀한 경전이다. 나름의 해석을 하다보니 시간 가는 줄을 모르겠다. 10시에 도해 선배님과 20분간 통화를 했다. 수련 상황을 점검해 보시고 도움이 되는 여러 말씀을 주신다. 너무 감사하다. 통화를 마치고 나니 몸통이 온통 뜨거워진다.

2020년 3월 29일 일요일, 맑음

아침에 마니산을 찾았다. 그간 스틱 2개에 의지해 산을 오르내리다가 스틱을 놓고 올랐더니 무릎에 무리가 가기는 하지만 큰 통증은 없다. 2년 전 무릎수술을 받았는데 그동안 많이 회복된 듯하다. 인적이 드문 바위에 앉아 태양빛을 받으며 단전호흡과 함께 경전을 암송한다. 따사로운 봄 햇살이 너무 편안하다. 집에 와보니 온 가족이 딩굴딩굴, 하루 종일 게임만 하고 있다. 화가 올라온다. 말없이 책을 들고 카페로 자리를 피했다. 요즘 애들 성적에 과한 욕심이 생긴다. 겉으로는 애들을 위한다지만 정작 욕심의 방향은 나를 향하고 있음이 보인다.

2020년 3월 30일 월요일, 맑음

새벽 3시 둘째가 부탁한 노트북을 셋팅하고, 소파에 앉아 아침 수련 후 대전으로 출근했다. 수면시간이 3~4시간밖에 안 돼서인지 수련을 비몽사몽 마친지라 출근하는 기차 안에서 보충수련을 했다. 점심시간 의자에 앉아 50분간 단전호흡을 하니 등줄기가 후끈하다. 오후 8시 회의실에서 저녁 수련을 마치고 숙소에 걸어가는데 갑자기 온몸의 힘이 쭉 빠진다. 다리가 풀려 주저앉을 것 같다. 3일 단식을 할 때도 이렇지 않았는데... 5km 정도의 퇴근길이 10km는 되는 것 같다. 엄청난 손님이 오신 것 같다.

2020년 3월 31일 화요일, 맑음

어제에 이어 오늘도 컨디션이 좋지 않다. 엄청난 분이 오셨는지 너무 힘들어 시간 날 때마다 경전을 암송하며 천도되길 기원했다. 점심 수련 50분, 다행히 단전과 척추에 열기가 일고 백회가 움찔거린다. 업무를 마치고 8시 회의실에서 수련을 하는데 따뜻해진 단전과 함께 수련에 집중이 잘된다. 저녁 퇴근길, 어제 보다는 낫지만 아직도 몸에 힘이 없다. 한발 한발 경전을 암송하며 천천히 걸어 숙소에 도착했다.

2020년 4월 1일 수요일, 맑음

오늘도 점심시간 급한 일을 마치고 30분 간 수련을 했다. 점심 수련도 이제 정착돼 가는 느낌이다. 단전과 척추가 따듯해지고 너무 편안하다. 사무실 소독이 있어 퇴근길 공원벤치에 앉아 저녁 수련에 참여했다. 40분 정도로 마치고 한 시간 동안 경전을 암송하며 숙소에 걸어갔다. 집에 도착해 두부와 과일을 먹고, 앉아 있으니 백회에 쏴한 느낌이 든다. 이제야 며칠간의 시달림에서 벗어나는 것 같아 너무 감사하다.

2020년 4월 2일 목요일, 맑음

서울에서 회사 대표님과 중요한 회의가 있었다. 신경을 너무 썼는지 서울행 버스에서 정좌해 단전호흡을 하는데 자꾸 잡념이 올라온다. 며칠을 준비했던 회의가 계획했던 것 이상으로 잘 끝났다. 오늘 주제가 대표님도 고민거리였나 보다. 환하게 웃으며 참석자들과 헤어져 집으로 오는데 백회에서 쏴한 느낌이 가슴까지 시원하게 내려온다. 저녁 8시 정좌해 수련을 시작하자 백회를 강하게 짓누른다. 단전과 명문도 같이 뜨거워진다. 10시30분 다시 정좌해 마음을 집중하니 백회를 짓누르는 느낌이 다시 시작된다. 30분 후 와공으로 전환하니 전립선 쪽으로 뭔가 흘러가는 느낌이 든다.

2020년 4월 3일 금요일, 맑음

며칠 전 수련 중에 자꾸 마니산이 떠올라 연가를 내고 강화로 출근을 했다. 자주 다녔던 등산로를 벗어나 예전 선조들이 오르던 천제암 궁지(참성단 천제를 지낼 때 사용할 제기와 제물을 준비하던 제궁터로 고종때 폐지됨, 조선 태종이 왕위에 오르기 전에 머물며 천제를 지냈다고 함)를 거치는 옛 등산로를 따라 올랐다. 궁지에서 삼황천제님, 선계 스승님, 지도·보호령님께 감사한 마음으로 정한수를 올리고 한 시간 정도 정좌해 경전을 암송한 후 참성단을 향했다. 정비가 전혀 돼 있지 않고 쓰러진 나무로 군데군데 막혀있는 아무도 찾지 않는 길이지만 옛 선조들이 올랐던 길이라 생각하니 길마다 피어있는 진달래가 더 아름답게 느껴진다. 이렇게 수행의 인연을 이어주신 선생님과 도반님들께 너무 감사하다.

【삼공의 평】

한명수 씨의 생동하는 체험기 감동 깊게 읽었습니다. 지금 한명수 씨는 운기와 소주천 시기를 지나 대주천 수련을 해야 할 때를 초조하게 기다리고 있는 형국입니다. 더 이상 기다릴 여유가 없으므로 교통편이 닿는 대로 최단 시간 안에 삼공재를 찾아주기 바랍니다. 대주천 뒤에 있을 화두수련이 기다리고 있기 때문입니다.

김군자 현묘지도 수련기

1단계 천지인삼재 (2월 12일 ~ 2월 18일)

2020년 2월 12일 수요일

내 생에 대주천만 되어도 더 바랄 것이 없겠다고 생각하면서 너무나 기다리던 감격스러운 날인데 그저 멍하니 담담하다. 스승님 컨디션이 안 좋으셔서 다음에 점검받고자 하였는데도 살펴주셔서 너무 감사하고 열심히 해야겠다는 다짐을 한다. 자리에 앉아 받은 화두를 암송하니 머리에 묵직한 망이 덮은 것 같고 가슴은 먹먹하면서도 강한 기운이 들어온다.

수련을 마치고 도해 선배님 그리고 여러 도반님들과 뒤풀이 자리도 즐겁게 함께 했다. 돌아오는 비행기 속에서 온몸이 짓눌리는 듯한 무거운 기운이 힘들게 하고, 저녁 절 수련 70배도 겨우 하였으나 화두수련을 시작하자 단전에 깜짝 놀랄 만큼 강한 기운이 들어온다.

2020년 2월 13일 목요일

아침 5시에 일어나 1시간 화두수련에 드니 강한 기운이 하단전 전체에 가득하고, 출근길과 근무 중에도 화두만 잡고 있으면 평소와는 다른 것 같은 기운이 하단전에 들어온다. 퇴근하며 차 안에서 30분 수련하니 하단전이 풍선처럼 부풀어 오르고 백회를 짓누르면서 묵직하게 씌워졌던 망은 많이 사라졌다.

저녁 샤워 후 103배 절 수련하고 8시 50분부터 화두수련을 시작하니 하단전 전체가 풍만해지면서 뜨거운 기운이 가득 차고 전신으로 퍼져 나간다. 임맥, 독맥, 발끝, 손끝까지 얼얼하고 어디선가 화두 소리가 계속 들리는데 집중해 보니 내 귀에서 들려온다. 오래 전부터 매미, 귀뚜라미, 오케스트라 같은 소리가 쉬지 않고 들려왔는데 병원에서는 노화 때문인 것 같으니 영양제를 먹으라고 했었다. 도해 선배님께서 선도체험기 37권에 이명에 대해 나와 있다고 보여 주셔서 관음수행에 가는 길이라는 것을 알게 되었다.

입정에 들자 전신은 기운으로 꽉 차 있고 하단전 기운이 넘쳐서 밖으로 빛이 퍼져나가고, 하단전 안에 하나 가득 파란 하늘이 보인다. 무수한 별들이 빛나면서 한참 보이다가 앞으로 이동하니 내 앞에 똑같은 하늘이 펼쳐져 있고 나도 같이 있다. 내 안에 하늘이 있고, 나와 우주가 하나가 되었다.

2020년 2월 14일 금요일

한밤중에 자다가 강한 열감으로 깨어나고 보니 뜨거운 기운이 양팔, 다리, 온몸에 가득하다. 화두수련하며 잠들었다가 아침 수련 1시간 후 생식 먹고 출근하면서 30분간 화두수련을 이어가니 잡념이 인다. 퇴근 길에도 화두수련하고, 저녁 103배 후 좌공, 와공으로 이어가니 피곤이 몰려와 잠들어 버렸다.

2020년 2월 15일 토요일

아침 6시에 좌공으로 1시간 수련하니 하단전 기운이 임독맥, 전신으로 퍼져 나가고 온몸이 따뜻하다. 토요일은 어머니 뵈러 가는 날이다. 93세인 어머니는 걷는 것이 힘들어 거의 집안에서만 지내신다. 동생네 이층에 살지만 다들 바쁜 관계로 찾아오는 사람이 없으면 하루 종일 혼자 앉아 계신다. 언니랑 내가 가면 너무 좋아하셔서 빨리 돌아올 수가 없지만 매주 한두 번은 들리는 편이다. 오늘도 가서 집안 정리도 하고 밥도 같이 먹고 말벗도 하면서 몇 시간을 보냈는데 올 때는 벌써 가느냐고 하신다.

오늘은 텃밭도 들러야 해서 근처에 있는 텃밭으로 갔다. 밭을 빌려 사용하는 아저씨를 만나 계약기간이 다 되었고 작년 3월에 비워주기로 한 창고는 1년이 지났는데도 그대로다. 언제 비워 주실 거냐고 물으니 오히려 역정을 내신다. 언니가 계약서까지 보여주며 보라고 하는데도 보지도 않고 화만 내신다. 내가 차분히 강하게 '그런 말씀 하시면 안 되죠. 아저씨도 다 알고 있고, 이웃사촌 될 수도 있는데' 하고 말했더니 좀 있다 밖으로 나오면서 큰소리 쳐서 미안하다고 거듭 사과한다. 나의 보호령님이 보호해 주시는 것 같다.

운동은 못하고 저녁 103배 후 화두수련에 드니 하단전에 바로 기운으로 가득하고 백회는 뻐근하면서 기운이 조금 내려오다 사라지곤 한다.

2020년 2월 16일 일요일

어젯밤에도 12시 넘어 깨어나 호흡을 하자 뜨거운 열감이 확 퍼지고 온몸 구석구석 기운이 뻗쳐간다. 손끝, 발끝, 백회에서는 이마로 여러 갈래 기운줄이 내려오고 전신이 떠 있는 듯하더니 마음이 한없이 기쁨으로 가득하고, 편안함과 환희지심이 느껴진다.

아침 수련 후 한라산 자락 숲속에 있는 동화 속에 나오는 집 같은 도해 선배님 댁에 가서 좋은 말씀 많이 듣고 45분간 같이 수련하다가 왔다. 따뜻하게 맞아 주시는 언니(사모님인데 언니라 부르기로 했다)가 점심도 해주시고 올 때는 가득가득 먹을 것도 싸주신다. 저녁 103배 후 9시 반부터 화두수련에 들어 좌공 30분, 와공 30분 하였으나 별다른 반응은 없었다.

2020년 2월 17일 월요일

아침 수련 1시간 마치고 출근하니 회사일로 짜증나는 일이 생기고, 신경이 좀 예민해진 것 같다. 수련 중에는 절대로 화내거나, 마음 거슬리는 언행을 하지 말라는 도해 선배님 말씀이 생각난다. 장애인 직원이 많은 편이라 일 처리에 있어 마지막까지 신경을 써야 한다. 정상인보다 훨씬 나은 애들도 있다. 장애인, 정상인이라는 분별도 하지 말아야지 사람은 누구나 장단점이 다 있고 각자 개성이 있는 것. 그들 또한 우리보다는 더 많은 고통을 안고 살고 있을 것이다. 저녁 수련 중 백회에서 기운이 들어오다 끊기곤 하였고, 회사 일에 대하여 관하여 보니 역시 '모든 건 내 탓이다'로 귀결된다.

2020년 2월 18일 화요일

아침 4시 반 좌공에서 40분 동안 화두수련하니 손바닥 전체가 얼얼하고 용천과 발바닥 전체에서 쏴아한 기운이 들어오고 와공으로 50분 이어가니 하반신이 없어진 느낌이다. 생식하고 출근하여 근무 중에도 호흡을 하니 강한 기운이 들어온다.

저녁 103배 후 좌선하여 자리 잡으니 잡념과 피로가 몰려와 와공하다 잠들었으나 뜨거운 열감으로 깨어 화두에 드니 하단전 깊숙한 곳에서 불이 붙는 것 같은 열감이 확 퍼지면서 전신에 땀이 밴다. 입정에 들어가니 내가 홀 안에 있는 널따란 원탁 위에 내려앉고 주위에 사이사이 사람 같기도 한 뭔가 엎드려 있다. 잠시 후 투명한 큰 나비 모양처럼 생긴 날개가 내 가슴 앞에 갖다 댄다. 양손으로 날개를 꽉 붙잡으니 둥실 날아가니 떨어지면 어쩌지 하는 생각에 끝이 난다.

2단계 유위삼매 (2월 19일 ~ 2월 23일)

2020년 2월 19일 수요일

아침 수련 시 1단계가 끝났다는 느낌이 와서 오후에 전화를 드렸더니 2단계 화두를 주신다. 퇴근 시 차 안에서 화두수련을 하니 부드러운 기운이 하단전을 강하게 자극한다. 절 수련 후 좌공 30분 이어서 와공하다 잠들었는데 밤중에 열감으로 깨어났다. 불덩이 같은 기운이 온몸 구석구석 돌아다니고, 오른쪽 발뒤꿈치가 쭉 계속 당겨지면서 안쪽으로 휘어진다. 기운이 독맥을 타고 올라가더니 중추쯤 왼편으로 따끔거리고 계속 아프면서 땀이 밴다. 그쪽 어딘가에 아픈 곳이 있는 것 같은데 전에도 독맥 올라갈 때는 똑같은 현상이 일어났었던 걸 보니 막힌 맥이 뚫리는 중인가 보다.

2020년 2월 20일 목요일

아침 4시 좌공으로 30분 수련하니 가끔씩 백회가 꾹 눌렸다가 사라지고, 왼쪽 머리가 벌레 기어가듯 스멀거린다. 나는 내 몸이 건강하다고 생각하지만, 기 흐름을 느껴보니 그렇지만은 않은 것을 알게 되니 몸이 우선 건강해야 마음도 건강하고 진리로 가는 길도 수월하겠다는 생각이 든다. 애인여기, 여인 방편 자기 방편, 역지사지 방하착 생각만 하지 말고 행동으로 하는 삶을 살아가도록 노력해야겠다. 인당에 강한 자극이 오면서 빛이 보이기 시작하더니 쫘악 퍼지고, 황금색 빛이 시계방향으로 돌아가면서 밝히며 계속 도니 마치 등대가 돌아가면서 빛을 비추는 것이랑 똑같다.

저녁 103배 후 화두를 잡고 좌공 30분 와공 30분 마치고 자다가 밤 12시 전후에 열감에 깨어나 다시 와공 화두수련하니 뜨거운 기운이 온 몸에 퍼져나간다. 오른발이 뒤틀리면서 왼발도 당기고 임맥과 독맥도 같이 올라가는데 독맥은 전과 같이 신도쯤에서 아프고, 뜨겁다. 양팔이 없어진 느낌이고 목까지 열기가 올라와 얼굴까지 뜨거우면 어쩌나 했는데 살짝 따스할 뿐이다. 시계를 보니 5분 전 1시이니 어제와 같은 시간대에 비슷한 기 수련이 되고 있다.

2020년 2월 21일 금요일

아침 수련 1시간은 평상시와 같았고, 저녁 수련은 103배 후 좌공, 와공으로 이어서 했다.

2020년 2월 22일 토요일

아침 수련 1시간 보통 때와 같이 진행했다. 이사해서 보니 필요 없는 물건들을 왜 이렇게 쌓아 놔뒀는지 일주일 동안 못 했던 집안을 정리하면서 한나절이 다 지난다. 덜 필요한 것들을 싸서 재활용 넣는 곳에 갖다 넣었다. 집이 정돈되고 깨끗해지니 마음도 시원하다. 가아도 한 꺼풀씩 벗겨내야겠다.

어머니네 집으로 가는 날이다. 나를 기다리시는 엄마를 생각하면 안

갈 수가 없다. 텃밭에 먼저 들려 창고 정리하고 주위 청소하고 어머니네 집으로 갔다. 점심 먹고 나니 온몸에 기운이 다 떨어진 느낌이고, 잠이 쏟아지고 머리도 지끈거리는 걸 보니 영가가 들어왔나 보다.

저녁 103배와 스트레칭하고 8시부터 삼대 경전, 반야심경 암송하고 화두수련하였으나 별다른 반응이 없다. 2단계 화두가 끝났는지 자성에게 물어보니 몸이 앞으로 숙여지며 꾸벅거려진다.

2020년 2월 23일 일요일

아침 1시간 삼대 경전, 반야심경 암송하며 수련하였으나 아직 머리도 띵하고 몸도 안 좋고 별다른 반응이 없다. 아들 친구 트럭을 빌려서 텃밭에 가져갈 물건들을 실어서 창고에 넣고 날씨가 좋아 햇빛을 받으며 내 차도 청소하니 기분이 업된다. 주위를 살펴보니 돌로 넓고 길게 쌓아진 울타리는 한쪽이 무너져 있고, 심어놓은 동백나무가 너무 울창해서 시야를 가린다. 일이 너무 많지만 천천히 하자. 마음이 느긋해진다. 저녁 4배 후 수련을 시작하였다.

3단계 무위삼매 첫 번째 화두 (2월 25일 ~ 2월 27일)

2020년 2월 25일 월요일

아침 4시 와공하는데 어제 저녁을 잘못 먹었나? 배에서 꼬르륵 소리가 요란하다. 가끔 식사시간이 지나서 좌공할 때 심하게 난다. 좌공하여 50분 동안 화두수련을 하니 가슴이 막힌 듯해서 와공으로 30분 더 하면서 '유위계와 무위계가 하나 아닌가?' 하고 자성에게 물으니 그렇다는 느낌을 받았다.

저녁 4배 후 8시부터 화두수련에 들어 좌공 35분, 와공 45분 진행하는 동안 쇳덩이 같은 강한 기운이 들어온다. 차츰 넓어지더니 단전에 기운이 가득하고, 몸통 양쪽 다리, 팔 전체가 기운으로 쌓여가더니 붕 뜨는 느낌이 든다. 환희지심, 대자유구나 느끼면서 얼굴에 미소가 저절로 번진다.

2020년 2월 26일 수요일

아침 4시 반 좌공으로 들어가니 기운이 약하게 들어오다가 와공으로 전환하여 천부경, 대각경, 반야심경 암송하고 화두수련하니 입정에 들었다. 1시간쯤 지나니 어디선가 "스님 스님"하는 소리가 들린다.

저녁 103배 절 수련 후 8시 50분부터 와공으로 수련하다 잠들었다가 밤 12시 지나 깨어나 화두수련하자 뜨거운 기운이 확 들어온다. 양쪽 발뒤꿈치까지 내려가더니 양발이 뒤틀리면서 잡아당긴다. 이제는 밤 중에 깨어 수련하는 게 일상화된 듯하다. 시계를 보니 12시 50분이다.

2020년 2월 27일 목요일

점심시간이 1시간 20분이어서 동료들하고 잡담하는 데 어울리지 못

하는 편이다. 거의 말없이 살아온 게 한 7~8년은 된 것 같다. 사장님은 나보고 말 없는 여자라고 한다. 점심 후에는 주변에 밭 사이 돌담길 또는 해안가를 걷는 편이다.

아침 4시 반 와공, 좌공 하다 생식 먹고 출근하였고, 저녁에는 스트레칭 30분 하고 4배 후 9시부터 좌공 30분 하니 피로가 몰려온다. 와공 수련 시 따뜻한 기운이 팔다리, 임독맥, 전신을 파고든다.

3단계 무위삼매 두 번째 화두 (2월 28일 ~ 3월 5일)

2020년 2월 28일 금요일

아침 수련에 들었는데 별 반응이 없고, 뭘 그렇게 잡고 늘어졌나 하는 느낌만 든다. 회사에서 근무 중 1시 좀 지나 선생님한테서 전화가 왔다. 3단계가 뭐였냐고 물으신다. 'ㅇ입니다' 하니까, 다음은 ㅇ화두를 하라고 하신다. 일하면서 생각해보니 이상하다는 생각이 든다. 이번은 11가지 호흡 같은데 화두를 주신다. 주셨으니까 해야지 하는 생각이 든다. 저녁에 화두와 11가지 호흡을 동시에 해보니 되지를 않는다. 그러면 그냥 화두만 하기로 마음먹었다.

2020년 2월 29일 토요일

아침 40분 좌공하고 와공으로 50분 진행하는 동안 잔잔한 기운에 취한다. 자연과 어울리는 두 분, 나무로 가득한 아름다운 정원이 있는 집, 도해 선배님 댁 방문하니 나무로 불 땐 방안은 따뜻한 기운으로 가득하다. 많은 좋은 말씀과 수련 45분 하고 점심도 차려주신다. 미안하고 고마운 마음 가득 안고 『선도체험기』 14권과 15권을 빌려와서 읽었다. 나는 『선도체험기』를 미국에 있을 때 35권까지 읽었고 여기 와서는 36권부터 사서 읽었기 땜에 앞에 책들은 가지고 있지 못하다. 기회되면 구비해 두어야겠다.

선생님의 현묘지도 수련기를 읽어보니 내가 너무 빨리 끝나는 것 같아 앞으로는 느긋하게 충분히 확인하고 끝내자 다짐한다. 공원 운동 40분과 103배 후앞 전 화두를해보니 별다른 반응은 없다. 화두수련 들어가니 임맥, 독맥, 양쪽 팔, 다리 기운이 다 퍼져나가고 독맥 신도쯤에서 또 아프고 뜨겁다.

2020년 3월 1일 일요일

아침 4시 반에 눈을 뜬 상태에서 와공으로 화두수련하니 하단전 열감이 온몸으로 퍼져 나간다. 발끝, 손끝이 따끔거리기도 하고, 피부호흡이 되는지 호흡은 소리 없이 길게 이어져 1시간 반 수련하다. 안개비도 내리는 일요일이라 근처 오름 사라봉, 별도봉을 걸었는데 요즘 코로나 때문인지 평소 많던 사람들이 거의 없다. 저녁 103배 후 와공, 화두수련하다 잠들다.

2020년 3월 2일 월요일

밤중 깨어 화두수련하다 다시 잠들었다. 꿈속에 마당을 쳐다보니 어디서 날아왔는지 검은 무늬에 흰색 무늬가 있는 오리 같은 새가 마당 가득 물을 마시러 날아와 앉는다. 그때(주인집 동물인 거 같은 느낌) 똑같은 검은 얼룩무늬의 흰색 무늬가 있는 염소 같기도 하고 또 옆으로 보면 소 같기도 하고 또 걸어갈 때 보니 돼지 같기도 한 큼직한 동물이 기운 없어 물을 못 마시는 한 오리를 안아 마시게 해 준다. 내가 밖으로 나가 옆을 지나가니 머리를 옆으로 숙여 얌전히 있어준다. 애인여기를 되새기게 된다. 저녁 103배 후 좌공 40분 하는 동안 평상시 기운과 똑같다. 『선도체험기』 14권 선생님 현묘지도 수련기가 많은 도움이 된다. 지금 화두가 3단계 화두와 의미가 비슷한 것 같다.

2020년 3월 3일 ~ 3월 4일

아침 좌공으로 1시간 천부경, 반야심경을 외우고 화두수련 들어가다. 기운은 평상시와 같은데 하단전 집중하고 백회에 우주 기운이 들어온다고 생각하면서 수련했더니 백회에서 기운이 뻐억 밀면서 아래로 내려온다.

저녁 9시 20분 103배 올리고 좌공, 와공하다 잠들었다가 밤중에 열기운에 깨어보니 12시 30분이다. 와공으로 화두수련하니 백회에서도 기운이 느껴지며, 하단전에 기운이 가득하고 하단전 앞부분도 둥그렇게 기운이 둘러싸여 있고, 머리 위쪽으로도 기운이 넓게 덮여 있는 느낌이다. 선계에서 기운을 보내준다는 생각이 확신해지면서 호흡을 살짝만 쉬어도 강한 기운이 물씬 들어온다. 팔, 다리, 중단전, 상단전, 온몸이 떠있는 느낌이고 얼굴과 몸에서 땀이 나면서 몸 안에 있던 탁기가 빠져나오는 것 같다.

2020년 3월 5일 목요일

아침 수련 좌공 1시간 한 후 새벽녘에 꿈을 꾸었다. 앞에 누군가 뛰어가다 무덤 앞에서 넘어졌는데 그 무덤 속에서 구멍이 생기고 나팔같이 생긴 게 나오더니 물이 나오는 것이다.

그 물을 마시려고 사람들이 줄 서서 기다리고 있어서 언니랑 나도 줄을 서 차례가 되어보니 무덤은 공중에 떠있고 그 위에 긴 의자가 있고 그 의자에 앉으라고 한다. 바가지를 받고 무덤 속으로 넣어 물을 떠서 먹어보니 '좀 맛있긴 하네' 하면서 언니한테도 건네주니 언니도 마시고 나서 주위 사람들에게 마시라고 준다. 진리를 전하라는 메시지인가 생각한다.

3시가 지나 선생님께 전화드려 네 번째 화두가 끝난 것 같다고 하니 5단계 화두를 주신다. 저 11가지 호흡 안 받았다고 하니까 그러면 11가지 호흡하고 5단계 화두를 하라 하신다. 아마도 내게 3단계 화두를 두 번 주신 것 같다.

퇴근 후 스트레칭 25분, 103배 절 수련 후 11가지 호흡에 들어가 1시간쯤 하다 보니 거의 외워진다. 와공으로 화두수련하니 백회에서 기운이 들어오고 하단전도 강한 기운이 팔, 다리, 중단전, 독맥으로 오르고 온몸으로 퍼져나가 1시간 수련하다.

4단계 무념처삼매 (3월 6일)

2020년 3월 6일 금요일

아침 4시 반 좌공 1시간 동안 11가지 호흡을 하면서 호흡을 맞춰 보니 자동으로 계속 이어진다. 오전 내내 몸이 아픈데 예전에 아팠던 자리가 다시 아픈 것 같고 점심시간에 해안가를 30분 걸으니 많이 풀렸다.

저녁 8시 30분 103배 올리고 일기를 쓰다 보니 9시 반이 되었다. 11가지 호흡이 몸을 풀어주는 것 같고 기운을 상단전으로 보내보았더니 백회에 반응이 온다. 또 중단전으로 보냈더니 가슴이 쏴아 하는 느낌이 들고 하단전으로 집중하니 열감이 온다. 기운이 마음 가는 데로 몰리니 이것이 심기혈정, 일체유심조인가 보다.

5단계 공처삼매 (3월 7일 ~ 3월 9일)

2020년 3월 7일 토요일

아침 4시 반 와공하니 노궁혈 손바닥 전체가 찌릿찌릿 얼얼하게 기운이 들어오고 용천혈에서도 발바닥 전체로 쏴아 하다. 좌공으로 전환하여 40분 동안 11가지 호흡 조금 하고 화두수련에 들어가니 공에서 온 이 몸이 오욕 칠정에 휘둘러 갈 길을 잃고 헤메다 보니 되풀이되는 윤회 속에 오늘까지 왔구나. 본래의 자리로 돌아가자, 한의 자리, 도의 자리, 진리의 자리로 나의 말과 생각과 행동을 부처님, 예수님을 바라보면서 닮아가도록 노력해 보자고 마음에 새겨본다.

도해 선배님 댁 방문하여 좋은 말씀 많이 듣고 수련하고 돌아왔다. 비도 좀 오고 안개가 아주 심한 한라산 5.16도로 아리랑 고갯길을 40분쯤 걸려서 집에 도착하니 피로가 쌓이고 눈 속 핏줄이 터지고 몸도 여러 곳이 아프다. 4배 후 와공하다 잠들었는데 밤 12시 전후해서 자동으로 눈이 떠지고 강한 기운이 감돌아 화두수련을 하다. 호흡이 멈춘 건지 안 해지는 건지 모르겠지만 그래도 뜨거운 기운이 전신으로 퍼져나가고 백회에서도 들어오면서 아팠던 곳을 다 풀어주는 느낌이다.

2020년 3월 8일 일요일

오전 수련 후 일요일이라 언니랑 텃밭에 가서 여러 가지 야채 씨 뿌리고 상추 모종 심고 자연 속에서 지내니 몸과 마음이 즐겁다. 햇볕이 따스하니 봄은 풍성한 야채를 보내주시는 계절이다. 풋마늘, 시금치, 미나리 한 아름씩 주위에서 주셔서 어머니네 집에 가서 따뜻한 햇볕 쬐면서 다듬고 나눠 갖고 왔다. 저녁 103배 후 11가지 호흡과 수련에 들어가니 잡념이 오고 가니 특별히 아픈 곳도 없는데 몸이 끙끙 앓는다.

2020년 3월 9일 월요일

한밤중에 깨어 그대로 화두수련 열감이 온몸에 퍼지면서 손바닥 전체가 찌릿거리고 얼얼하며 양쪽 다리로 용천혈, 발바닥 전체도 얼얼하다. 오른발이 저절로 비틀면서 안으로 쭉 당겨지고 아팠던 오른쪽 무릎으로 기운이 들어가면서 아픔이 느껴진다. 아침에 좌공 30분하는 동안 오른쪽 무릎이 아프기 시작한다. 그쪽으로 기운을 보내니 아픈 게 좀 없어지고 견딜 만하다.

6단계 식처 (3월 10일 ~ 3월 16일)

2020년 3월 10일 화요일

아침 수련 시 호흡을 깊게 하니 백회에서 기운이 쭈욱 밀고 들어온다. 이렇게 하다보면 언젠가 하단전 기운과 만날 것 같다. 출근해서 회사일이 한가하다 보니 사이사이 단전호흡도 가능하다. 오전에 선생님께서 전화 주셔서 5단계 끝난 것 같다고 하시며 6단계 화두를 주신다.

저녁에 어제 절였던 파김치, 동지김치 만들고 나서 샤워 후 103배 절 수련하고 화두수련 들어가니 하단전 기운은 가득하고 백회에서 기운 이 들어오다 끊기고 반복한다. 밤 12시 전후 깨어나서 와공으로 호흡 을 조금 했는데도 열감이 물씬 들어오고 임독맥, 팔, 다리 두 발이 저 절로 뒤틀리면서 너무 뜨겁고 손등까지 땀이 나면서 내 몸에 탁기를 배출한다.

2020년 3월 11일 수요일

아침 4시 반 알람에 눈을 떠 와공 30분 하다 좌공 40분 화두수련하니 서글픈 감정이 일어난다. 아들만 기다리던 집안에 7남매에서 넷째 딸 로 태어나니 아무도 관심이 없었던 것 같다. 어릴 적부터 잘 울지도 않 고 해서 작은 할머니가 군자라는 이름을 지어 주셨다고 한다. 초등학 교 가기 전 외할머니 집에 가서 살았고 어머니가 보고 싶어서 할머니 께 떼를 쓰니 어느 날 새벽 짐을 싸서 외할머니와 같이 출발했는데 반 나절 이상을 걸어서 집에 도착한 것 같다. 버스는 있는데 외할머니가 멀미가 심하셔서 걸어서 간 것이다.

나는 어릴 적부터 고생하는 어머니가 안타까워 보였고 다른 사람들 도 살아가는 모습을 보고 불쌍하다고 생각 들 때가 많았다. 어머니가 시키는 일은 마다한 적이 거의 없었는데 어릴 적에 심부름은 다 내가 하다 보니 장독대 항아리는 내가 다 깬 것 같다. 밤에 열감에 깨는 건 똑같다. 화두수련하다 잠들다.

2020년 3월 12일 목요일

아침 4시 반 알람에 일어나 좌공 40분 앉으니 잡념과 망상이 왔다 갔다 하다가 입정에 들자 인당에서 환한 화면이 뜬다. 밝은 회색 색깔인 작고 둥그스름한 작은 돌로 차곡차곡 쌓아진 길고 높다란 울타리가 아름답다는 느낌이 드는데 이렇게 화면이 뜨는 건 처음이다. 며칠 전 텃밭에 가서 무너진 울타리를 보며 내가 쌓아볼까 했었는데 그 생각이 나면서 나의 수련도 이렇게 하나씩 차곡차곡 쌓아 나가라 하시는 건가 보다.

2020년 3월 13일 금요일

아침 수련, 출근. 저녁 수련, 밤중 수련하고 『선도체험기』 57권을 읽었다. 단전호흡이 기초부터 자세하게 나와 있어서 예전 읽을 때는 지나친 것들이 지금은 실감이 난다.

2020년 3월 14일 토요일

아침 수련 후 토요일이라 항상 가는 어머니 댁 방문하여 내가 만든 김치를 갖고 가서 같이 점심 먹고 졸음이 와서 한잠 잔 후 텃밭 들러 집에 오니 한 게 없는 데도 피곤하니 텃밭 하는 것도 조금만 해야겠다. 저녁 수련, 103배 절 수련 후 와공하다 잠들다.

2020년 3월 15일 일요일

어제 밤중 똑같은 수련하고 아침 4시 반 삼대 경전 반야심경 암송 후 화두수련에 집중하니 부모미생전 본래면목 공 공 하늘 어디에나 있지 않은 데가 없으며 무엇이나 감싸지 않은 것이 없는 하늘이라고 한다.

가까운 사라봉, 별도봉에 운동하러 나갔는데 경사가 심한 별도봉 오름 길은 아직도 헉헉 거린다. 왕벚꽃나무 하나가 꽃이 활짝 피어있었는데 다른 나무들은 꽃봉오리도 아직 작은 편이지만 유난히 이 나무만 화사하게 피어있어 명당자리가 바로 여긴가 여겨진다. 햇빛이 환희 비추고 주위에 멀찍이 나무들이 바람을 막아주고 있는 곳이다. 관하는 습관이 조금씩 늘어가는 편이다.

2020년 3월 16일 월요일

무급휴가 신청하여 한가로우니 이 기회에 수련을 많이 해야겠다. 오늘은 아들과 같이 사라봉, 별도봉에 운동하러 갔는데 아들 역시 코로나 때문에 무급휴가 상태다. 바르게 살아라, 착하게, 지혜롭게 살아라 얘기할 때는 반발심을 보이지만 마음에 새겨 두는 것 같다. 안 하던 집안일을 척척 잘하고 있고 말 또한 사근사근하다.

오랜만에 주중에 쉬는 날이라 일들이 많아서 차 수리하고 은행 볼일 기타 몇 가지 더 해야 하지만 천천히 하자고 생각하니 시간 개념이 느슨해졌다. 저녁 103배 절 수련 후 좌공하다 와공하여 잠이 들었다가 11시 반쯤 깨어나니 뜨거운 열감으로 다시 좌공하니 6단계 화두수련이 끝났다는 느낌이 온다.

7단계 무소유처 (3월 17일 ~ 3월 18일)

2020년 3월 17일 화요일

새벽녘에 꿈을 꾸었는데 아름드리 나무가 있고 둘레에 쉴 수 있는 넓은 쉼팡이 있다. 주위에 뱀들이 보여 내가 부대자루를 갖고 잡아넣으려 하고 있고, 쉼팡 아래 아주 기다란 큰 뱀이 올라오려고 하고 있어서 그리로 갔다. 어디론가 싹 사라졌는데 어느 집 안으로 들어간 듯하여 그 집으로 들어가 보니 뱀은 부엌으로 들어가 있어서 보이지 않고 부엌에 있는 많은 사람들 보고 빨리 나오라고 손짓하면서 한 사람씩 손을 잡고 밖으로 인도한다. 바닥을 보니 굵기가 팔뚝만 하고 기다란 뱀은 벽과 이어진 바닥 끝에 기다랗게 누워 있는데 '머리가 어느 쪽에 있는 거지' 생각하는 순간 나의 오른 손목을 덥석 물었다. 아프지는 않은데 찡하는 느낌이 오면서 깨었다. 나는 뱀을 별로 무서워하지 않은 편이라 어렸을 때도 집 뱀이 항상 나와 앉아있는 자리에 가서 가만히 쳐다보곤 했다.

오후 3시 지나 선생님께 6단계 끝난 것 같다고 말씀드리니 7단계 화두를 주신다. 3시 15분부터 4시 5분까지 좌공하며 화두를 암송하자 백회 기운이 쭉 내려오고 단전에도 강한 기운이 들어오고 중단전이 따뜻해진다. 몸이 감기 기운처럼 피로와 온몸이 아픔이 있다. 집 옆 공원에서 50분쯤 운동하고 샤워 후 103배 절 수련, 6시 30분 화두수련 40분 하니 하단전에 강한 기운이 들어오고 백회는 들어오다 끊기곤 한다. 부모미생전본래면목 공이다. 허공, 아무것도 없다. 관음에 귀 기울이니 바람이라는 소리가 들리는 듯하다. 오욕 칠정에 휘둘려 허덕인 결과가 지금 내 모습이 아닌가? 인과를 짓지 않는 삶을 살아가도록 노력해야지. 순리대로 가자고 다짐해 본다.

2020년 3월 18일 수요일

어젯밤 역시 밤 12시 지나 저절로 눈이 뜨여 와공 수련하니 뜨거운 기운이 전신에 흐른다. 아침 4시 반 좌공과 와공하다 잠들었다가 6시 8분 50분간 좌공. 호흡을 강하게 하니 백회에서 기운이 쭉 밀고 들어와 하단전과 중단전도 따뜻하다. 걸어 다니면서 볼일 보고 집에 오니 오전 11시 20분, 30분 정도 화두수련 하였고 오후 텃밭 들려서 일 좀 하고 어머니 집 들러서 말벗하고 오다. 저녁 103배 후 화두수련. 입정에 드니 심안으로 내 얼굴이 보인다. 의아해진다. 아무것도 없다. 진공묘유가 떠오른다.

8단계 비비상처 (3월 19일)

2020년 3월 19일 목요일

거의 매일 밤 12시 지나 깨어서 와공으로 화두수련하게 된다. 뜨거운 기운이 몸 전체에 확 퍼지고 얼마 지나지 않아 다리 팔 얼굴까지 땀이 맺힌다. 가만히 생각해 보니 피부호흡으로 따뜻한 기온이 몸속으로 들어와서 일시에 몸이 더워지는 거 같다.

아침에 와공 20분 좌공. 1시간 하는 동안 3대 경전, 반야심경 암송 후 화두수련에 드니 백회 기운은 들어오다 끊기곤 한다. 하단전은 풍만하니 기운이 꽉 찬 느낌이고 인당을 집중하니 화면이 뜨는데 돌로 쌓아진 울타리 동글동글한 작은 돌로 이쁜 해바라기처럼 쌓여 있어서 해님 같다고 느껴진다. 본심본 태양앙명 인중천지일. 태양만 보면 떠오르는 글귀다.

동네 공원 1시간 걷고 운동기구에서 운동하고 와서, 저녁 7시 지나 선생님께 전화 드렸더니 8단계 화두를 주신다. 그리고 끝나면 문장이 길어도 좋으니 일지를 잘 써서 올리라고 하셔서 감사하고 노력하겠다는 말씀드렸다. 나는 화두 받을 때마다 벽을 마주 대하는 것처럼 느껴졌는데 막상 화두수련 들어가면 저절로 풀리기 시작하니 어떤 해답이 나올까 기대되기도 한다. 103배를 마음 가다듬고 올렸다.

8시 화두수련 20분쯤 지난 것 같은데 공, 허공, 하늘이다, 하나라는 느낌이 오면서 눈물이 흘러내린다. 하나는 시작 없는 하나에서 시작되고 하나는 끝없는 하나에서 끝나도다. '용변부동변' 쓰임은 바뀌어도 본바탕은 변함이 없네.

수련을 마치며

삼공 선생님, 사모님 마음 깊이 감사드립니다. 제가 현묘지도를 마칠 수 있을 거라곤 사실 상상도 못했습니다. 수술로 애 둘을 낳고 과연 기 수련이 가능한지 하다 말고, 하다 말고를 거듭하다가 '이 길밖에 없다'라는 생각이 들고, 죽더라도 기 수련하다가 죽는 게 낫겠다는 마음으로 수련하기 시작했습니다.

선계의 스승님들이 이끌어 주심을 느낄 수 있었고 관심을 가져주시는 삼공 선생님, 여러 선배님들 특히 도해 선배님 적극적인 도움에 깊이 감사드립니다. 여생 보림을 위한 노력과 언행과 마음가짐에 업을 쌓지 않는 삶으로 정진해 나갈 것을 다짐합니다.

2020년 3월 19일
김군자 올림

【삼공의 독후감】

육지와는 솔찬히 외떨어진 섬에서 더구나 전문 직업인으로서 도와주는 이웃 한 사람 없이 수련에 애오라지 전념하는 군자 씨의 갖가지 모습들이 가슴에 와 닿는다. 수련 방식도 필자의 것과 다소 생소한 점들이 없지는 않지만, 기본적인 노선에서 벗어난 점은 없다고 본다. 이제 화두수련이라는 난코스까지 마쳤으니 삼다도의 후배 제자들을 이끄는 데도 더욱 자신감을 갖고 임해주기 바란다. 도호는 군맹무상(群盲撫象)격인 어리석은 제자들을 많이 가르치라는 뜻에서 군사(郡師)로 하였다.

배인숙 현묘지도 체험기

2020년 4월 10일

스승 - 『오쇼 젠 타로』에서 발췌

'선(禪)에서 스승은, 다른 사람들에 대한 스승이 아닌, 자기 자신의 스승이다. 그의 말과 몸짓 하나하나가 그의 깨달은 상태를 반영하고 있다. 그에게는 개인적인 목표들도 없고, 지금 그대로가 아닌 어떤 다른 방식으로, 어떤 것이 존재해야 한다는 욕망도 없다.

그의 제자들은 그를 따르기 위해서가 아니라, 그의 현존(現存)을 흡수하고, 그가 보여 주는 예(例)에서 영감을 얻기 위해, 그의 주위에 모인다. 그의 눈 속에서 그들은, 그들 자신의 진리가 비춰진 것을 발견하고, 그의 침묵 속에서 그들은, 그들 자신의 존재의 침묵 속으로 보다 쉽게 빠져든다.

스승은 제자들을 이끌고 싶어서가 아니라, 그 자신에게 나눌 것이 너무나 많기 때문에, 그들은 환영한다. 독특한 개인 각자가, 그 혹은 그녀 자신의 빛을 발견하는 데 도움이 되는 하나의 에너지장(場)을, 그들은 함께 만들어 낸다.

만약 당신이 그런 스승을 발견할 수 있다면 그대는 축복받은 것이다. 만약 발견할 수 없다면 계속 찾아보라. 선생들에게서 그리고 장차 스승이 될 사람들에게서 배우고, 계속 나아가라. "차레베티(charaiveti), 차레베티"라고 고타마 붓다는 말했다. 계속 나아가라.

스승은 진리를 가르치지 않는다. 그것을 가르칠 방법은 없다. 그것은 경전들을 넘어선, 단어들을 넘어선 하나의 전이(轉移)이다. 그것은 하나의 전이이다. 그것은 그대 안의 에너지를 일깨우는 에너지이다. 그것은 일종의 동시성(同時性)이다.'

삼공 선생님을 처음 뵜을 때, 순수하고 맑은 아기의 눈망울에 흠뻑 빠져들어 하염없이 쳐다보기만 하였다. 어떤 말을 해야 하는지도 잊고, 사람을 빤히 쳐다보는 것이 얼마나 무례한 행동인 것인지도 모를 정도로 그렇게 삼공 선생님의 눈빛은 경이로웠다. 절로 웃음이 나왔다. 자꾸만 웃고 미소 짓게 된다.

오쇼가 언어로 스승을 표현한 저 문장들이 무얼 말하는지 나는 삼공 재에서 체험을 하였다. 처음 삼공 선생님을 뵙고, 또 그곳에 함께하는 분들의 침묵 속에서 만들어내는 에너지장에 공명하고 그 에너지가 주는 평온함에 기쁨이 넘쳤다. 다양한 기운을 느끼고 받아들이는 것도 새롭다. 삼공 선생님과 도반님들의 조화로운 기운 속에서 저절로 알아진다. 진리도 없고 가르침도 없이 그저 알 뿐이다.

나의 화두 수련기에 앞서

삼공재에 방문하면서부터 수련기를 틈틈이 적으라는 조언을 받아 매일 매번은 아니지만 그래도 기억할 수 있을 만큼의 내용들을 적어왔고, 내 컴퓨터의 바탕화면에는 다른 수련기 파일이 있지만 6번째 화두를 받아서 진행하는 지금 새로이 수련기를 쓴다.

지금 쓰는 수련기에는 날짜와 수련시간을 기록하지 않고 빼버렸다. 그 이유가 현묘지도 수련을 하기 전에 『선도체험기』를 읽을 때는 무심코 지나치며 쭉쭉 읽었는데, 수련을 진행하면서 참고하려고 선배님들의 체험기를 다시 읽다보니 날짜를 세고 있는 나를 발견하였다. '누구는 첫 화두를 며칠 만에 끝냈구나. 다음 화두까지 얼마나 걸리지? 이러면서 나는 얼마나 걸렸나?' 싶은 게 비교 아닌 비교를 하고 있다.

'내가 좀 빠른 편인가?' 하는 오만함이 보이면 '아, 저분은 장난이 아니네' 하며 쪼그라드는 나의 마음이 보여서... 그냥 날짜를 생략해 버렸다. 얼마나 걸리는지, 어떤 마음인지 비교하는 마음을 놓아버리는 방법으로는 지금의 나에게 이것이 최선이다. 그렇게 날짜를 없애버리니 수련 시간도 큰 의미가 없다. 하루에 몇 분, 몇 시간이 또 의미가 달라져서 수련기에 기록하지 않았다. 그런 마음 한편에는 게으름이 반응하고 있다. 새삼 성실하게 기록하시는 분들이 대단하게 느껴진다.

삼공재에서 수련 전의 개인 기록

2012년 명상에 관심을 가지게 된 건 정말 잘 먹고 잘 살고 싶은 물질 세계에서의 안위와 풍요로움에 대한 욕망이 제일 컸고, 그 다음 감정 적으로 힘든 시간들을 회피하고 싶은 마음이 있어서였다.

근 10년을 다닌 회사를 그만두고 싶은 마음이 굴뚝같아질 때 철학관 을 찾아갔다. 앞으로 뭘 해야 할지 어떻게 살아야 할지... 일하느라 보 낸 시간에 결혼도 안 했는데, 결혼은 하려나 싶고 궁금한 게 너무 많았 다. 면밀히 살펴보니 새로운 환경에 대한 막연한 두려움이 만들어내는 심리적 공황상태에서 빨리 벗어나고 싶은 마음이 제일 컸다.

이런 저런 이야기를 듣는데 흥미로웠던 것은 내 사주로 내 성격이 왜 그런지, 또 어떤 일을 하면 좋은지, 남자랑 연애는 어떤지 추측할 수 있다는 것이었다. 나의 사주 여덟 글자가 적힌 종이를 받아 나오며 그날부터 인터넷으로 내 사주팔자의 글자가 뜻하는 것을 검색하기 시 작했다. 그렇게 하나씩 독학으로 알아가면서 보니 명상까지 자연스럽 게 연결이 되었고, 간간이 명상을 하면서 철학관에서 알려준, 회사를 그만 둘 시기에 맞춰 퇴사를 하였다.

퇴사 후 바로 유럽 배낭여행을 가려고 계획하고 있었는데, 가입한 여행 카페에서 히말라야 안나푸르나 베이스캠프 등반객 모집을 하는 메일을 받았다. 생각하지 못한 곳이다! 혼자서 해외 여행한 경험도 적 지는 않고, 무엇보다 여행자의 수호신이 늘 함께한다는 생각이 있어서 인지 그냥 혼자 가도 되겠다 싶어 항로를 바꿔 히말라야가 있는 네팔로 정했다.

산을 오르는데 왜 이렇게 눈물이 나는 걸까? 산을 오르면서도 나는 앞으로 뭘 하고 살지 걱정하느라 그렇게 눈물이 난 걸까? 밤하늘에 은하수와 별들은 어찌나 아름다운지 추위도 피곤함도 잊고 눈에 별들을 담아냈다. 이틀 먼저 올라간 팀들은 폭설에 길이 막혀 베이스캠프까지 가보지도 못하고 기다렸다가 내려왔다는데 큰 어려움 없이 무사히 안나푸르나를 보는구나. 감사의 인사도 잊지 않았다. 영적인 여정의 시작을 알려주는 안나푸르나였다.

의명천시(意命天時)

2015년 1월 7일 아침에 눈을 뜨자마자 감사일기에 적어놓은 단어이다. 2012년부터 조금씩 명상을 하기 시작했고 괴로운 일이 생길 때마다 명상을 했다. 그 전날에도 명상하고 잠이 들었다. 평안하고 좋을 때는 명상을 하지 않지만, 명상하는 날이 더 많았기에 나름 성실하게 명상을 했다. 꿈인지 현실인지는 모르겠으나 천둥소리처럼 의!명!천!시! 라고 또렷하고 큰 소리가 들렸다. 두세 번 더 외침을 들은 듯하다.

여담이지만 나는 호흡 수련을 모르는 상태로 명상을 시작하였고, 하다 보니 집중이 잘될 때가 나의 심장박동에 귀 기울여 들을 때라는 것을 알았다. 그래서 심박수에 집중했고 살펴보니 호흡이 멈춰 있을 때에 최고로 잘 들리는 것을 알았는데, 숨을 멈추면 죽는다는 평범한 사실이 가슴을 퍽하고 내리쳤다.

그래서 고안(?)한 것이 숨을 가늘게 쉬는 것이었다. 이렇게 저렇게 호흡을 해보니 가늘게 숨을 쉴 때가 제일 잘 들려서 그냥 그렇게 했는데 그것이 나의 근원 주파수에 공명된 것 같다. 이때부터 명상을 하면 보이고 들리는 것들이 생기기 시작했고, 주로 분홍 복숭아빛 거품 같은 몽글몽글한 기운이 나를 감쌌다. 의식은 깨어 있는데 모든 것이 꽉 인 공간이다. 비어는 있지만 비어있지 않은 느낌적인 느낌. 그 후로 선과 악의 이분법적인 것들이 다르게 보이고 '우리는 하나다'라는 생각이 떠나지 않았다.

선과 악이 다르지 않다는 것을 알게 되니 여기 지구에서 살아간다는 게 너무 혼란스러웠다. 인간으로 태어나서 어떤 사람으로 살아가야 하는 것인가를 고민하게 되었고 그때 만난 것이 부처님의 4성제와 8정도이다. 8정도가 사람으로서 어떻게 살아가야하는지 나에게 길을 알려주어 마음속에 안정이 생기면서 다시 살아가는 기쁨을 느끼게 되었다. 정말로 부처님께 감사드린다. 그럼에도 불구하고 감정적인 에너지에는 항상 휘둘리고 있다는 게 함정이라면 큰 함정이다.

의명천시를 듣고 며칠 후 아침에 갑자기 인당에 기운이 모이더니 짙은 파랑의 솔방울 모양의 송과체와 세 개의 송과선을 보았다. 그것을 본 후 홀로그램이 무엇인지 저절로 알게 된 것 같다.

또 어느 날은 명상하는 중에 꼭 옛날 책자 같은데 표지에 한자 같기도 하고 아닌 것 같은 네 글자를 보았다. 책 표지는 누런색이지만 테두리에서는 빛이 나고 있었고 글씨는 검은색이다. 느낌적으로 한자는 아닌 것 같았다.

몽글몽글 복숭아빛 거품이 나를 감싸며 여자의 목소리가 들렸는데 외계어 같지만 따뜻하고 포근한 울림이 나한테 인사를 하는 것 같다. 겁은 나지 않았으나 알지 못하는 것에 대한 두려움이 올라와서 귀도 막고 눈도 막았다. 내가 두려워하지 않을 때까지는 보이고 들리는 것에 대해 허락하지 않겠다는 의도를 세웠다.

나는 오컬트 세계를 공부하러 무작정 네이버에 명상과 관련된 카페들을 가입하였던 것 같다. 명상 모임이나 특강을 주로 다녔는데 나의 개인 성향도 한몫했지만 그렇게 열심히 해야 할 것 같은 마음 때문이었다. 한번 다녀오면 흥미가 사라져 그냥 그러려니 했다. 사람이 가진 어떤 능력이 궁금했는데 보여주기 식의 자기자랑과 여러 결핍이 불러오는 욕망이 읽혀지는 것이 내 마음에 걸려 발걸음을 하지 않았다.

여기저기를 다녀 보아도 영 능력과 인간 됨됨이가 조화로운 이를 보지 못하고 실망감이 커질 무렵, 그때부터 나는 밖에서 찾는 것을 그만두고 나를 공부하게 되었다. 그래서 주로 책과 블로그, 카페에서 정보를 구해서 보았다. '대체 나는 왜 이러는 거야?'가 제일 궁금했다.

고대, 중세 철학사 강의를 들으며 '내가 명리학과 점성학에 관심이 있는 건 당연한 거구나' 인식하게 되었고, 명리와 점성학도 남이 아닌 '나는 왜?'를 위주로 살펴보았다. 심리학을 공부하면서 '이건 인간이어서 그렇구나' 위안을 얻었다. 그렇게 나를 들여다보는 작업과 명상을 같이 하다 보니 내 마음 가장 밑바닥에서부터 올라오는 두려움을 보는 게 일상이었다. 이놈의 두려움! 이건 인간이어서 그런 거지 꼭 나여서 그런 게 아니잖아! 그렇게 집단 무의식도 알게 되니 DNA도 찾아봐야 하고 쭉~~ 가다보니 물리학이고 화학이고 수학이고 특히 영어는 원서를 봐야 할 때 정말 필요한 것이다. 그래서 학교 다닐 때 공부 좀 했어야 했나 싶다. 만약 영어를 잘 했다면 하나만 쭉 팠을 텐데, 영어가 짧아서 번역서 보느라 본의 아니게 하나만 팔 수 없었다. 휴먼디자인, 진키(유전자키), 신지학, 타로, 카발라, 마법 등등 공부해야할 것들이 정말 많았다. 이때는 나에게 단전호흡은 부정적인 이미지가 강해서 인격은 안 닦고 초능력에만 집중하는 꼰대 집단으로 보였다.

그렇게 여러 곳을 다니면서 '의명천시'에 대해서 사람들에게 어떤 뜻인지 물어봐도 답을 해주는 이가 아무도 없었다. 일단 한자가 어떤 한자인지 몰라서 더 해석하기가 어려웠던 것 같다. 오히려 그런 걸 왜 물어보냐고 이상한 현상에 집착하는 거를 보니 문제가 있다는 식으로 말을 하니, 더 이상 할 수가 없어서 중국어를 배우는 곳에 등록을 했다. '아무래도 한자를 알면 의명천시의 한자도 알고 뜻을 알려주지 않겠어?'였는데 다들 큰 관심도 없고 한자 찾는 것도 어려웠다. 대충 조합을 해도 글자를 통합한 문장의 의미는 모르겠다는 말뿐 어느 누구도 뜻 해석을 하지 못했다.

내가 자통님과 스터디 인연이 닿아서 믿고 수련하게 된 동기가 '의명천시意命天時'의 한자도 찾아주시고 뜻도 해석해 주셨기 때문이다. 궁금해 하던 것이 4년 만에 해결이 되었으니 그 기쁨은 사막에서 오아시

스를 만난 것처럼 '이제 살았다!'였다. 자통님은 첫인상이 바보처럼 보였는데 이 해석을 받은 날은 문자로 나누는 대화임에도 눈이 부셨다. 아직도 바보같이 보이는 건 미스터리다.

'意' 모든 뜻과 '命' 명은 '天時' 하늘의 시간에 의한다.
'의'는 의식, '명'은 생명으로도 볼 수 있겠고, 다 때가 있다는 것이다.

나의 현묘지도 들어가는 날 조광님의 수련일지의 제목이 '天時천시'여서 이렇게 공개적인 일지에 써본다. 조광님은 알고 쓰신 게 아닐 텐데... 다 때가 있는 것 같다는 말을 그렇게 표현하셔서 나도 모르게 웃음 지었다. 삼공 선생님께 현묘지도를 받을 수 있는 것이 다 '의명천시'가 아니고 무엇이겠는가?

줄탁동시(啐啄同時)

닭이 알을 깔 때에 알속의 병아리가 껍질을 깨뜨리고 나오기 위하여 껍질 안에서 쪼는 것을 줄이라 하고 어미 닭이 밖에서 쪼아 깨뜨리는 것을 탁이라 함. 이 두 가지가 동시에 행하여지므로 사제지간(師弟之間)이 될 연분(緣分)이 서로 무르익음의 비유로 쓰임 [네이버 지식백과].
의명천시(意命天時)가 자통님과의 인연이라면 줄탁동시(啐啄同時)는 조광님과의 인연이다. 조광님, 자통님, 도성님을 스터디에서 만나게 되었는데 세분 모두 평범하시다. 선도 수련하신다는 말씀 안 하시면 그냥 좋은 어른들일 뿐이고 어딘가 모를 도인 같거나 완고한 모습은 보이지 않는다. 신선한 느낌이다.

모든 스터디 멤버가 수업이 끝나도 새로운 이야기들을 꽃피우느라 식사도 하고 문 닫는 시간이 될 때까지 차를 마시곤 했다. 그날도 어김없이 흥미진진한 이야기를 하는데 갑자기 내 오른쪽 가슴과 등 뒤 날개뼈 중간에 화살 같은 에너지가 꽂혔다. 따끔하고 끝난 게 아니라 그 느낌이 지속되었지만 말은 하지 못하고 그냥 참고만 있었다. 마주 앉아 계신 조광님을 보니 표정이 묘하다. 염화미소(拈華微笑)다! '어? 이거 혹시?' 했는데, 조광님과 중단전의 에너지가 공명이 되어 나의 막힌 혈이 풀리고 있는 거였다. 이런 경우는 처음이라 무척 놀랐다. 자통님은 직접 보셨는지, 나에게 그걸 느끼다니 기감이 아주 좋다고 하셨다. 혈자리를 내가 다 몰라서 설명할 수는 없지만 조광님과 중단전 공명 이후, 요가 할 때 등구르기 자세에서 오른쪽 등 뒤에 땅기던 불편감이 사라지고 근육이 부드럽게 풀렸다.

이날 후에 기몸살이 약하게 지속되었는데 그 다음 수업에 만나서 기운 없는 나를 보시며 조광님께서 기 치료를 해주셨다. 흥미롭게도 기 치료를 받는데 속옷이 헐렁해져서 깜짝 놀랐다. 조광님의 따사로운 햇살 같은 에너지가 힘이 되어주었다. 신뢰가 이렇게 쌓인다.

삼공재 첫 방문

도성님께서 삼공재를 추천해주시고 어떤 꿈이 이끌어 삼공재에 가 겠다고 말씀드렸다. 조광님 덕분에 『선도체험기』를 읽기 시작하면서 생식을 구입할 수 있었고 함께 좌선하며 수련할 기회를 얻었다. 삼공 선생님께서 앉아보라고 하신 곳에 앉았더니 목에 손을 대시며 진맥을 하셨다. 나에게 어떤 수련을 하고 있는지 물으셨는데 실제로 나는 하 는 것이 없어서 그냥 명상을 하고 있다고 말씀드렸다. 그나마도 최근 2년간은 개인적인 일로 인해 명상을 하지도 않았는데... 그런 내게 수 련에 소질이 있다며 말씀하시고 웃으셨다.

삼공 선생님의 눈망울이 얼마나 맑은지! 참 맑다. 예의를 갖추지도 못한 채 선생님의 눈을 바라보느라 정신이 없었다. 하염없이 빠져든 다. 아무 생각이 안 난다. 내 입꼬리는 올라가서 내려오지 않는다. 시 원한 에너지가 흐르고 있으니 물놀이 나온 아이마냥 절로 신이 나는구 나! 좌선하면서 내내 웃은 것 같다. 이거 혼날 일인 것 같은데 웃음이, 미소가 떠날 생각을 하지 않는다. 온몸이 떨려오고 왼쪽 목이 팔딱거 리며 뛴다. 그렇게 처음 삼공재에서의 수련시간을 보냈다.

뒤풀이 시간. 부산에서 오신 도반님은 눈의 모양이 예뻐서인가 남자 분인데도 계속 곱다~ 곱다~ 느낌이 와서 말씀드렸더니 전생에 여자셨 다고 하신다. 아~ 이런 이야기는 언제 들어도 흥미롭다. 이런 저런 이 야기 함께 나누는데 나의 목소리가 수월하게 나온다. 아까 왼쪽 목에 에너지가 집중되더니 목 차크라가 활성화된 게 이거구나 싶다.

저녁을 먹으러 조광님과 자통님, 인천 도반님 이렇게 이동을 했다. 거기서 삼공재에 오기 전 예지몽 비슷한 걸 꾸었다며 나의 꿈 이야기를 꺼냈다. 낮잠 중이었는데 꿈에 어떤 남자분과 여자분이 집안으로 들어왔다. 남자분은 에너지 형체로 느껴지고 여자분은 사람처럼 보였다. 남자분께 누구시냐고 물었더니 '내가 보이냐?' 해서 '보인다' 했더니 따라 오라고 하신다. 따라가니 우리집 주방인데 거기엔 함께 온 여자분이 계셨고 남자분은 준비해 온 것들을 주라고 하시고 사라졌다. 여자분은 멀뚱한 표정으로 주방 바닥에 여러 보따리들을 쌓아두고 그중 금색? 보자기에 싸인 것을 풀어 나에게 보여주는데 통 안에 파김치가 있었다. 내가 제일 좋아 하는 김치가 익은 파김치인데 완전 좋다 하며 꿈에서 깨어났다. 휴대폰을 보니 도성님으로부터 삼공재에 가면 어떻겠냐며 꼭 가보았으면 한다는 카톡 메시지가 와있었다.

그날 밤 잠이 들어 또 꿈을 꾸었는데 이번에는 자통님(스터디에서는 자통님 도호를 몰랐음) 댁에 간다고 그러는데, 옆에는 비구니 스님이고 또 한 여자분이 있었는데 두 분 다 모르는 분이다. 그렇게 세 명이서 길을 가는데 길 옆 창고 같은 곳에서 자통님이 큰 문을 열어두고 그 안에서 김장을 하고 계신 것이 보였다. 배추랑 총각무 등을 소금에 절이는데 일반적인 배추절임과는 다르게 배춧잎이 한 장씩 떼어져 오목하게 뒤집힌 채로 놓여있고 그 위에는 소금이 소복하게 쌓여 있었다. 한장 한장 모두 그렇게 되어 있고 자통님은 물 호스로 주변을 청소하고 계셨다.

비구니 스님과 자통님이 서로 안부를 물으며 인사를 나눴고, 우리 여자 셋은 자통님 댁으로 가야지 하며 다시 길을 나섰다. 그때 비구니 스님이 가방에서 진보라빛 가지 3개를 꺼내어 나에게 먹으라고 주셨다. 가지 모양이 마트에서 파는 것처럼 매끈한 게 아니고 자연에서 그냥 기르는 것처럼 모양이 반듯하지는 않아서 인상적이었다. 왜냐하면 얼마 전에 엄마 친구분이 시골에서 기른 채소라며 가지를 주시면서 '자연스럽게 기른 거라 마트에서 파는 것처럼 이쁘지 않아도 그냥 먹어라' 하신 게 꿈에서도 생각이 났다.

그렇게 그걸 받으니 고마워서 나는 비구니 스님께 무얼 선물하나 생각하며 자통님 댁으로 갔는데 꿈에서 본 자통님 댁은 실제 자통님 댁이 아니었다. 자통님 댁으로 들어가는 대문이 있고 그 맞은편에 어떤 남자분과 여자분이 등산복을 입고 계셨는데 우리를 기다리고 있는 모양이었다. 이 두 분은 낮의 꿈과는 달리 부부 같았다. 내게 강남구청역 가는 길이 어디냐고 길을 알려 달래서 큰 길로 쭉 가시면 된다고 했는데 굳이 자통님 댁 대문 안 쪽에 나있는 길로 가야한다면서 문을 열고 들어갔다.

문을 열고 들어가니 정말로 밖에 있는 큰 길과 똑 같은 방향으로 길이 나있는 게 아닌가! 정말 담벼락을 사이에 두고 길이 두 개였다. 두 길 모두 멀찌감치 나무들이 보였기 때문에 산길로 이어지는걸 알았다. 그렇게 꿈에서 깨어났다.

이 꿈 이야기를 조광님과 자통님께 할 때는 차마 강남구청역 가는 길을 알려달라고 했다는 말을 하지 못하고 쏙 뺐다. 삼공재가 강남구청역 근처라는 것은 알고 있었기 때문에 혹시나 지어낸 것 같은 오해를 하실까봐 하지 못했다. 『선도체험기』를 보니 삼공 선생님 부부는 등산을 즐겨하신 것 같은데 내가 꿈에서 본 분들이 두 분이라고는 못하겠다. 얼굴은 정말 기억이 나지 않고 등산복만 기억이 난다. 그렇게 꿈을 꾸고 나서 며칠 후 삼공재에 진짜로 가게 되었다.

그 전까지 스터디에서 조광님 자통님 도성님과 함께 다른 공부를 하면서도 그 스터디가 끝날 때까지 세 분 모두 단전호흡을 권하지도 않았고 삼공재에 대한 별 다른 이야기도 없었던 건, 나의 자발적인 선택을 기다리신 것 같다.

기몸살

삼공재 첫 방문 후 기몸살 여파로 후각이 민감해졌다. 오만 가지 역한 냄새가 코로 쳐들어왔다. 정말 그렇게 표현할 수밖에 없는 듯하다. 임신하면 입덧할 때 이럴까? 싶은 생각이 들면서 괴로웠다. 밥도 못 먹고 물만 마셨더니 속은 비어서 더 그런 것 같다. 물을 많이 마실수록 속은 더 울렁거리고 이제는 어지럽기까지 하다. 그 와중에도 '아~ 다이어트가 이렇게 되는구나' 하며 한편으로는 고마운 생각이 든다.

스터디 마지막 날이라 모두 모여 식사하러 이동했는데 역시나 식당에 들어서서 냄새를 맡으니 이건 지옥이 따로 없다. 양해를 구하고 집으로 돌아간다며 나왔다. 버스 안에서 '기몸살과 부작용'으로 폭풍 검색을 하다 보니 나도 모르게 집중이 되었는지, 갑자기 눈앞에 타조알 보다는 좀 더 큰 것 같은 붉은색 빛 덩어리가 보였다. 뭔지는 모르겠지 만 신기하다 하며 지켜보기만 했다.

며칠 후 유튜브에서 하단전으로 검색하다보니 인체 모형에 단전의 위치와 모양을 올려놓은 것이 있어서 그 동영상 보고, '아~ 내가 본 것 이 단전이구나!' 알게 되는 기쁨을 누렸다. 물론 조광님과 자통님께 본 것을 먼저 말씀드렸더니 하단전을 알려주셨고 그것을 인식하니 유튜 브에서 찾아보게 된 것이다.

그리고 민감해진 후각은 집에 있던 자죽염을 먹고 완전히 나았다. 빈속에 물을 많이 마셔서 균형이 안 맞아 소금 섭취가 필요했기도 하 고 소금이 정화작용을 강력하게 해주어서 바로 나은 것 같다. 이것도 재밌는 게 그냥 짠 음식이 먹고 싶어서 소금을 먹었을 뿐이고. 기왕이 면 좋은 거 먹자고 해서 먹은 거였는데... 몸이 원하는 걸 하니까 저절 로 몸의 문제는 해결이 된다. 식욕도 다시 돌아오고 고기도 소화가 잘 된다.

축기의 원동력

삼공재 가는 길에 조광님이 손에서 철빔 같은 레이저가 나온다고 하 셨는데 그 이야기가 굉장히 인상 깊게 남았나보다. 역시 아는 것 없는 초보라 욕심만 앞서는지 나도 손에서 레이저 쏘고 싶다는 생각이 좌선 하는 내내 맴돈다.

지난주 집에서 혼자 호흡 시 하단전에 기운이 모이더니 가슴까지 쭉 뻗어 나가고 나도 모르게 황홀경을 느낀 이야기를 하였더니 자통님과 조광님이 아쉬워하시며 상단전까지 쭉 이어졌으면 좋았을 걸 하신다.

삼공재 수련 후 이번 주에는 축기도 잘 안 되고 기운이 쭉쭉 빠져서 왜 그럴까 살펴보았더니... 축기를 많이 해서 손에서 빔 쏘고 싶고, 기싸움도 해보고 싶은 마음이 문제였다. 그 싸우고자 하는 마음이 곧 열망이 되어 축기의 원동력일 줄 알았는데 전혀 그렇지가 않은 것이었다. 수행자의 마음가짐과 생각의 바탕에 부정적이고 파괴적인 것에는 기운이 반응하지 않는다는 것을 몸소 체감하게 되었다. 마음가짐을 새롭게 하고 다시 살펴보자.

3개월 만에 삼공재 수련 방문

삼공재 수련을 하지 않았으니 조광님도 거의 두어 달 만에 뵙는 듯하다. 오랜만에 뵈어도 낯설지 않아서 편안한 마음으로 발걸음을 옮겼다. 아니나 다를까 삼공 선생님께서 그동안 나오지 않은 것에 대하여 수련은 그렇게 하는 게 아니라고 하시며 적어도 일주일에 한 번은 나오라고 하신다. 운동도 안 한 것이 표시가 났는지 생식도 말씀하셔서 뜨끔했다. 외출 준비하며 집을 나서는데 뭔지 모르게 이것저것 챙겨 나오고 싶다 했더니 역시나 쓰임이 있었다. 생식을 사려고 준비했던 것이다. 정확히 모르고 감으로 알았나보다.

자리에 앉아서 자세를 가다듬고 눈을 감는다. 조용히 호흡에 집중을 하는데 오늘은 럭키 데이~! 현묘지도에 들어가기 위해 소주천 대주천 점검 받는 분이 있어서 즐거운 마음으로 보는데 통과하셨다. 덕분에 옆에서 콩고물 주워 먹듯 기운이 쏟아져 들어온다. 개인적으로는 오늘 처음 뵙는 분인데도 축하하는 마음이 절로 났다. 그 중에 반은 부러움이다.

수련이 끝나고 뒤풀이 장소에서 어떻게 수련을 시작했는지 어떤 마음가짐인지 그의 이야기를 들었다. 명상을 하면 단전호흡이 절로 되었다고 하니 타고 났다. 게다가 꾸준하고 성실하게 수련을 해왔다. 그의 허락을 얻어 생년월일시로 어떤 성향의 사람인가 찾아보았더니 앞에 계신 조광님과 비슷한 성향의 사람이다. 또한 나하고도 대화가 잘 통하는 도반이 되겠구나 싶어서 나름대로 이것저것 설명을 해주었다. 작년 11월에 꾼 꿈에 인상적인 장면이 있었는데 그 중에 한 명이 이분인가 싶다. 오늘의 나에게 하고 싶은 말은 꾸준함과 성실함이다. 3개월간 재밌고 즐겁게 잘 놀았으니 이제는 꾸준하고 성실하게 수련에 임해보자 마음을 다져본다.

운동부족

호흡이 부드럽게 되지 않고 하나씩 꼭 흐름을 놓쳐서 내쉴 때 턱턱 걸리는 일이 잦아졌다. 역시나 운동 부족에 살까지 쪄서 그런가보다. 오늘은 다시 운동을 하려고 요가원에 등록하러 갔다. 정통 요가가 아

141

닝 매트 필라테스와 요가가 결합된 것으로 몸의 변화를 관찰하기에 나에게는 제일 적합한 요가원이다. 역시나 오랜만에 가니 살이 쪘다면서 몸무게를 재고 인바디를 하자고 하신다. 안 봐도 어떨지 알기에 기분이라도 즐겁게 하려고 단호하게 거부했다.

온몸의 관절 마디마디가 **뻑뻑하다**. 근육들 틈 사이사이에 물을 머금고 있는 느낌이 무거워 걸레를 짜듯이 근육도 비틀고 털어주었다. 한 타임으로는 부족해서 연달아 두 타임을 하고 났더니 시원함보다도 쉬어야겠다는 생각이 먼저 들어서 집에 오자마자 씻고 한숨 잤다.

『선도체험기』를 5권부터 다시 읽기 시작하다. 읽으면서 같은 곳은 아니지만 비슷한 곳들에 가보기도 하였고 경험한 것도 있어서 아주 이해가 잘 되었다. 역시나 스승은 내 안에 있지 밖에서 찾아다닐 것이 아니다.

인연이 되어 조력자를 만날 수 있다면 그것은 서로에게 행복한 일이지 스승 대접을 원하는 사람은 그냥 1타 강사 같은 기술자일 뿐이다. 자기 마음을 살피지 못하고 능력만 개발한 사람이 부지기수인데 더 놀라운 것은 배움에 있어서 능력이 중요하지 마음이 뭐가 그렇게 중요하냐는 말을 하는 사람들을 본 적이 있다.

직업상 파워포인트를 사용할 일이 많았기에 파워포인트의 현란한 기술을 배워서 하고자 할 때가 있었다. 그때도 전달하고자 하는 내용보다 화려함과 기술에 치중하다 보니 눈길은 끌 수 있어도 상대의 마음을 얻지 못했다. 전달하고자 하는 내용에 치중을 하면 화려함이 거

추장스러웠던 것도 이제는 이해가 된다. 물질계든 정신계든 사람의 진실하고 소중한 마음의 교류가 제일 중요한 것 같다. 그것이 효과적이고 효율적인 에너지 교류이구나.

운동의 여파

어제 오랜만에 한 운동의 여파로 오전 내내 잠을 자느라 아침을 굶었더니 몸무게가 조금 줄었다. 아직도 호흡은 고르지가 않아서 신경이 쓰인다. 가장 취약한 부분인 코와 인후, 편도에 관심을 가지고 깨끗한 상태를 유지하려고 노력한다. 좌선을 하고 호흡을 하다보면 단전 축기보다 명상으로 빠지는 경우가 많아서 더욱 집중해야 한다.

남들은 어떻게 하는지 궁금해서 검색을 해보니 다들 어려운 한자말로 되어 있어서 인식이 뚜렷하게 되지 않는다. 혈자리도 다 한자어이고... 대충 감으로는 아는데 명확한 인식이 안 되니 속도가 더디어질수밖에. 수식관이니 조식이니 나는 모르겠고 자통님이 알려주신 방법인 단전에 콧구멍이 있다고 생각하고 호흡하련다. 하다 보니 팬티라인 양쪽에서 기운이 아래로 흘러 한 곳에 모인다.

보름달

보름이다. 점성학을 배우고 난 후로 보름달을 살펴보는 게 하나의 중요한 일이 되었다. 아무래도 감정에 영향을 많이 주는 날이다 보니 매달 보름이 가까워지면 나의 무의식이 요동을 치며 눈물을 뽑는다.

이번 보름달은 게자리에서 일어나는데 월식까지 겹쳐서 내적인 정리와 정화의 시간이 될 듯하다. 그동안 당연하게 여겨 왔던 것들이 정리통합 및 전환이 이루어지는 시기라는데, 이번에는 어떤 주제로 나의 묵은 감정들을 정리하게 될지 사뭇 궁금해진다.

하단전과 베이스 차크라

좌선을 하는데 오늘은 빛이 투명한 것이기도 하고 불투명한 흰색 빛 덩어리로 보인다. 알지 못하는 것을 물어볼 수 있다는 건 정말 귀하고 소중한 거다. 자통님께 여쭈니 하단전 기운이 모이면 흰색 빛 덩어리로 단전집이 만들어진다고 하신다. 아~ 서양에서 말하는 베이스 차크라는 흰색이라고 하던데 이게 그거구나. 그렇게 나는 또 알아간다. 컬러 사진이 아닌 눈앞에 생생하게 보이는, 머리로 아는 것이 체험이 되어가는 그런 시간이다.

묵은 감정들

이번 보름달의 영향으로 묵은 감정들이 눈물로 분출되나 보다. 삼공재 가는 지하철에서부터 눈물이 흐른다. 삼공 선생님 댁에서 수련하는 동안에도 그냥 눈물이 줄줄 흐른다. 나는 알고 있다. 이 눈물의 뿌리가 어디인지. 곧 엄마의 3주년 기일이 돌아온다. 아무래도 그 영향이 제일 크지 싶다. 사랑하는 사람의 갑작스러운 죽음과 상실의 고통은 정말 경험해보지 않고서는 모를 것이다. 딱 3년까지만 애도하기로 했던 나의 결심이 이렇게 눈물로 드러나나 보다. 앞으로는 슬픔보다도 좋은 것들을 추억하고 웃으며 이야기 할 수 있을 테니 너무 아쉬워 말자.

내려놓음. 마음을 내려놓으라고 여기저기 명상책에도 쓰여 있고 사람들도 말을 한다. 나도 뭔가를 내려놔야 이 눈물이 멈출 텐데... '뭘 내려 놔야 해? 아~ 쥐뿔 아는 것도 없구나. 내 마음인데도 내가 뭘 내려 놔야할지 모르는구나. 정말 뭘 내려놔야 놓을지 모르겠으니 그냥 다 내려놔야 하나보다.'

눈물이 잦아들더니 허공에 천사가 보인다. 흰 옷과 날개가 보이니 천사가 맞지 않을까? 아무튼 그렇게 보이니 그렇게 생각하자. 천사의 가슴으로 빛이 쏟아지는데 그 빛들이 위 아래로 관통한다.

이번에는 지구 밖에서 보내는 에너지인 듯 지구가 보이고 태풍이 휘몰아치는 듯 회오리 에너지가 내 몸을 중심으로 마구 쏟아진다. 얼마나 강렬한지 몸이 마구 도는 느낌이다. 대맥이 빠르게 돌다가 어느 정도 들어왔는지 내 몸에 안착하려고 하듯이 하단전이 중심이 되어 좌우로 몸을 살짝 흔들면서 가라앉힌다. 평온한 느낌이다. 상쾌하다.

'어~? 다시 또 시작이다.' 붕~붕~붕~ 계속 쏟아져온다. 내 몸이 회오리의 중심이라 힘든 것은 없지만 그래도 몸이 또 흔들린다. 다시 안착하려고 하는 듯 좌선한 상태에서 좌우로 몸을 살짝 흔들어 가며 가라앉힌다. 비 온 뒤 상쾌함보다 더 깨끗하고 상쾌하다. 모든 소음이 사라진 듯 조용하다.

수련이 끝나고 나가기 전에 삼공 선생님께 오늘 특별히 더 감사하다고 인사를 드렸다. 인사를 드리는 와중에도 부끄러워서 선생님과 눈을 못 마주치겠다. 선생님께서 따로 혼자 찾아오든지 옆에 계시는 조광님과 함께 오든지 별도로 보자고 하신다.

뒤풀이 가는 길에 조광님께서 오늘 나한테서 탁기가 엄청 나왔다고 하신다. 탁기가 어떤 건지 몰라서 '탁기가 뭐에요?' 하고 여쭈었는데 그 자리에서는 별 다른 말씀이 없으시다. 집으로 돌아가는 길에 조광님의 마음이 담긴 메시지를 받았다. '축하해요~ 축기가 된 상태에서 오늘 기운 받아서 탁기가 확 배출된 거 같아요. 축기하다 보면 탁기 다 배출되고 환골탈태하는 과정이 있답니다.' 조광님은 격려가 뭔지 잘 아신다.

명상에서 정화한다는 표현을 선도에서는 탁기가 배출이 된다고 하는가보다. 결과는 같은 현상이지만 과정을 어떻게 보느냐에 따른 관점의 차이가 이렇게 다양함을 만들어내니 어느 것도 하나만 옳은 것이라고 할 수 없다.

맑은 기운이랑 탁기랑 어떻게 다른지 에너지적으로 인식할 수 있는 방법이 뭔지 궁금해진다. 그 와중에도 마음에서는 '탁기'라는 말의 어감에서 느껴지는 부정적인 것에 반응을 한다. 이미 그 단어에는 사람들이 반응하는 부정적 에너지가 붙어있나 보다. 탁기가 뭔지는 모르겠지만 부정적인 감정의 에너지체라고 한다면 그 현상만 표현할 수 있는 새로운 단어가 만들어져야겠다는 생각이 들었다. 빙의도 그렇고… 언어에서 느껴지는 뉘앙스가 새롭게 다가온다.

『선도체험기』

『선도체험기』가 이렇게 재밌을 줄이야! 그동안 궁금했던 내용들이 다 이 책 안에 있는 것이다. 명상하면서 했던 체험들이 역시나 이 책 안에도 비슷하게 쓰여 있어서 흥미롭게 재미나게 읽혀진다. 물론 명상 단체 내용은 좀 지루하기도 했지만... 그 부분은 설렁설렁 읽으며 쭉쭉 넘어간다. 시간이 어떻게 흘러가는 줄 모르겠다. 내가 알지 못한 새로운 세계다. 요가도 빼먹고 그냥 책만 읽고 싶은데 그럴 수 있나~ 요가 다녀와서 또 책을 읽는다. 아예 책 보기 편하게 독서대까지 주문해서 읽고 있다.

아! 내가 『선도체험기』에 나오는 사람들처럼 삼공 선생님과 이런 저런 대화의 시간을 가졌으면 참 좋았을 텐데 하는 아쉬움도 생긴다. 나는 자통님을 통해 그렇게 배우나보다. 꿈에서 본 담벼락을 사이에 두고 나있는 두 개의 산길(선도仙道)이 무엇인지 알 것 같기도 하다.

『선도체험기』 읽으면서 호흡에 신경이 쓰인다. 몸도 반응을 한다. 양치를 하는데 가래를 뱉으니 작은 검은색 먼지 뭉치가 툭하고 나왔다. 며칠 전부터 오른쪽 편도 부근에 이물질 같은 게 느껴져서 불편하고 약간의 두통이 있었는데 말끔해졌다.

현묘지도 전날 수련

오늘은 급작스레 수련이 땡기는? 날이다. 어제 엄마 기일로 인해 감정적 정리가 있어서 그런가보다. 인연이 닿아 수련에 도움을 주시는 조력자인 자통님을 만나서 수련을 했다. 15분씩 세 번을 했는데, 끝나고 어떠냐고 물으신다.

첫 번째는 그냥 집중이 잘되었다. 역시나 자통님과 좌선을 하게 되면 잡소음이 전혀 없이 너무 깨끗하고 조용해서 나의 호흡과 심장박동 소리만 의식이 된다. 늘 단전에 축기하라고 하시는 말씀이 생각난다. 이러다 또 명상으로 빠질라~ 단전에 축기 또 축기다.

두 번째도 역시나 축기다. 이번에는 폭포가 보인다. 높낮이는 개울가 정도밖에 안 되지만 폭과 물의 흐름이 폭포처럼 인식이 된다. 근데 갈수록 높이가 높아지면서 어? 진짜 폭포네~ 하면서 봤다. 너덧 번 바뀌더니 이제는 물이 떨어져 내려서 고여 있는 것도 보인다. 나이아가라 폭포도 보이면 좋겠다 싶었다.

세 번째도 역시나 축기다. 며칠 전에 봤던 말레피센트2 영화의 한 장면인 불사조가 눈에 보인다. 영화에서 본 장면처럼 붉은 실 같은 빛과 흰색 빛들이 너울너울 거린다. 마치 바로 이것을 이해하려고 그 영화를 본 것 같다는 생각이 들었다. 바닥은 잔디 같은데 잔디보다는 좀 더 길어 보인다. 풀숲에 가깝다고 표현할 수 있겠다. 아무튼 바닥에 불이 붙어서 번지고 있다. 불길만 생기지 불에 타지는 않는다.

자통님께 좌선하고 축기하면서 보인 것들을 그렇게 말씀드렸더니 알겠다고 하신다. 나에게 자통님은 선도의 빅 데이터 같은 분이시다. 살아계시니 인공지능은 아니고, 나의 개인적인 경험이나 체험들을 물어보면 막힘없이 이야기 해주시니 같이 있으면 배움이 쑥쑥 커진다.

척척박사인가 천재인가? 늘 그의 통찰력에 감탄하고 내 마음은 먹먹하다. 아이러니하게도 나는 자통님을 볼 때마다 순수한 바보처럼 느끼는데 왜 그런지 모르겠다. 천재의 통찰은 앎을 주지만, 바보의 통찰은 영감을 준다.

내일은 삼공재 가는 날이라 일진을 보았더니 경신일이다. 육신통 하려면 경신일에는 잠을 안 자야 하는데 나는 그냥 잠이 오니까 잔다. 그러고 보니 진짜 별별 것에 관심을 다 가지고 있었구나. 백마법 흑마법까지. 점성학적으로도 올해 1월은 주말을 기점으로 행성들의 움직임이 모이는 구조라 에너지가 증폭이 된다. 보통은 안 좋은 일을 주로 예측하는데 나는 왠지 기분이 좋다.

현묘지도

삼공재 사모님께 꽃을 선물하고 싶어서 미리 화요일에 예약하고 송금까지 했다. 토요일에 시간 맞춰 찾기만 하면 되는 꽃바구니를 꽃집에서 준비하지 않았다. 이럴 수가 있나 싶다. 꽃집에 사람도 꽃도 없다. 이런 낭패가 다 있나! 전화로 물어보니 꽃집 전화가 꽃 만드는 이의 전화번호가 아닌가보다. 전화를 주겠단다. 예약시간보다 조금 일찍 간 게 다행이었나. 전화로 미안하다는 말과 환불해주겠다고만 계속 되풀이를 한다. 5일 전에 예약하고 송금까지 했는데 어떻게 이럴 수가 있지?

'아~~ 정말 이럴 때 나는 어떻게 해야 하나? 화를 내야 하나? 아님 지금 이 상황에서 어떤 해결책이 있나? 이런 것도 내려 놔야 하나? 오늘 일진 좋은가 했는데 아닌가 싶고...' 결국 꽃은 포기다. 조광님과 만날 시간이 되어서 그냥 나왔다. 꽃집 주인은 얼굴도 못 봤다.

나는 예상과 다른 이런 일이 발생하면 나의 부정적 감정이 행동과 말로 나올 때 어떻게 반응하는 것이 긍정적인 것인지 잘 모르겠다. 참고 이해하고 그냥 넘어가는 것이 최선인 것 같지는 않다. 그렇다고 상대방을 탓하는 것은 내키지가 않는다.

'꽃을 선물하려고 했던 나의 마음의 근본은 무얼까? 그런데 왜 이런 일이 발생하였을까? 나의 의도와 결과가 다르게 나타난 것에 대해 나는 무엇을 보아야 하는 것일까?

시간이 다 되어 삼공재로 가면서 주절주절 조광님께 하소연하며 도착했다. 평상시 같으면 다른 도반님들과 기다렸다 함께 들어가는데 오늘은 그냥 먼저 들어가자고 하신다. 조광님이 삼공 선생님께 나의 점검을 요청하신다. 나는 기감이 발달되어있는 것이지 축기가 덜 되어있다는 것을 안다. 그래서 선생님께 '저는 아직 축기가 덜 되어서 안됩니다' 말씀 드렸는데 저기 앉아서 수련하라고 하신다.

선생님께서 부르신다. 수첩을 펴시고 메모지를 주시며 개인적인 것들을 몇 개 물어보시고 적으라고 하신다. 그러시면서 478번째야. 알아두라 478번째야.

'와~~ 나도 벽사문 다는 거임?' 『선도체험기』에서 읽고 소주천 대주천보다 벽사문에 더 흥미가 갔기 때문에 기대하고 있었는데 아무 말씀도 없으시다. 화두를 알려주신다. 다른 도반님들이 들어와서 보시고 축하 인사의 눈빛을 건넨다.

별다른 말씀이 없으셔서 화두 받아서 좌선을 한다. 오늘은 집중이 되다 안 되다 하더니 영화에서 본 한 장면이 스치듯 지나간다. 넓은 잔디밭이 펼쳐져 있는 한가로이 거닐 수 있는 숲이 보인다. 공 같은 큰 둥근 기운이 계속 들어와서 두 손으로 받치면서 그 기운을 안았다.

뒤풀이 가는 길에 2주전 현묘지도 수련에 들어간 나보다 하나 앞 번호인 도반님과 서로 축하의 기쁨을 나눴다. 두 번째 보는 거지만 아무래도 비슷한 시기에 현묘지도에 들어가니 더 반갑다. 벽사문 이야기부터 삼공 선생님께서 수첩을 꺼내셔서 적으면 그게 현묘지도 들어가는 것이라는 것도 알게 되었다. 뒤풀이 하면서 다른 도반님들이 내 이야기가 궁금하다 하셔서 또 이런 저런 이야기를 풀었다.

아, 오늘 나는 사모님께 드릴 꽃을 선물하려고 했던 것인데 만약 그랬다면 주객전도가 되어 내가 나한테 꽃 선물 하는 모양새로 의도와는 다른 결과가 있었을 수 있구나 싶다. 내 의도와 다른 일이 발생하면 잠깐 멈추고 기다려야 하는 것을 배우기 위함이구나.

오늘 삼공재에서 현묘지도 들어가게 되었다고 자통님께 말씀드리니 축하해주시고 웃으신다. 어제 갑자기 수련하고 싶어진 그 마음도 그렇고 뭔가 있구나 싶어 자통님께 여쭈었더니, 어제 했던 수련에 대한 뒷?이야기를 해주신다. 아하~ 그렇구나! 자통님께 감사하는 마음이 쭉 올라온다. 뭐라고 표현을 해야 할지 선명하게 드러나는 감정이 없다. 너무나 복합적이고 뽀글뽀글한 감정들이라 표현할 수 있는 단어를 지금의 나는 모르겠다. 교향악과 합창단이 어우러진 감정이라고 해야 하나?

첫 번째 화두

현묘지도 들어가면서 『선도체험기』에 화두 부분만 다시 또 읽어본다. 천지인 삼매라... 네 글자의 화두를 읊조리니 머릿속에서는 노래를 부르고 있다. 그렇게 재미도 붙여가며 화두에 집중해본다.

외로움

눈물이 난다. 눈물을 넘어서 통곡이다. 화두수련을 해야 하는데 화두는커녕 단전 축기도 안 되고 눈물만 나는 걸까? 외롭고 또 외롭다. 누가 나의 마음을 알아주랴? 자기 사랑을 하면 외롭지 않다는데, 나는 나를 사랑하지 않아서 외로운 건가 싶다. 눈을 감고 호흡을 관하여도 외롭다는 느낌이 떠나지를 않는다. 저녁에 요가를 하고 오니 배도 고프고 기분도 한결 나아진다. 그런다고 해서 외롭지 않은 건 아닌 것 같다.

감정적 트라우마

점심 약속이 있어 나갔다 들어오는 길에 서점에 들렀다. 제목을 보고 목차를 잠깐 살피고 3권의 심리학 책을 골랐다. 목차의 내용은 서로 달랐지만 내용은 하나같이 태어나서 부모와의 애착관계가 인간관계에 미치는 영향을 말하고 있다.

152

엄마가 돌아가시면서 심리학에 더 집중을 하고 내면아이의 상처를 많이 치유했다고 생각했는데 아동기가 아닌 유아기를 말하는 것이다. 좀 더 깊이 들어왔다고 할까? 책을 덮으며 인식이 되고 이해가 된다. '앞으로는 엄마 뱃속 9개월과 출산 시 트라우마(?)로 들어가겠구나' 싶은 생각이 스쳤다.

인간으로 태어나서 트라우마들이 인식되고 치유가 되면 이제는 마음껏 영혼세계도 자유롭게 다닐 수 있겠구나 하는 기쁨이 나의 인간적인 고통과 교차되면서 울고 웃겼다. 요즘 느끼는 외로움을 이렇게 인식하고 내려놓는다. 나중에는 치유가 아니라 근본 원인이 사라지길 바라본다.

자통님과 전화로 수련에 대해 이것저것 말씀드리니 오늘은 밤에 요가 가기 전에 식사를 간단히 하고 다녀와서 수련에 집중해보라고 하셨다. 보통 같으면 요가 가기 전에도 먹고 다녀와서도 먹는데 차마 그런다고는 말하지 못하겠다. 오늘은 조언해주시는 말씀 받아서 그렇게 해보자!

요가를 다녀오니 10시가 지났다. 씻어야 하는데 귀찮기도 하고 인터넷을 좀 살피다보니 한 시간이 지났네? 뜨거운 물에 20분 정도 몸을 맡기고 슬슬 씻고 마무리하니 가뿐하고 좋다. 평상시와 다를 것 없으나 집중이 더 잘되는 것 같다. 명상으로 빠지지 않게 축기! 또 축기에 집중했다. 오른쪽 다리가 저리는 것을 보니 20분 정도 지났나보다 생각이 들어서 다리 모양을 바꾸고 괜찮다 싶어서 눈을 뜨니 딱 30분을 했다. 그래~ 조금 쉬었다 다시 해야지 하며 누웠는데 그때부터다.

척추가 지글지글하다. 예전에 명상만 할 때는 자려고 누우면 척추를 두고 양 옆에서 오르락내리락 하는 물과 공기 압력 같은 기운을 느꼈었는데 이번에는 그에 비할 것이 못된다. 척추는 지글지글하고 꼬리뼈에는 꿈틀꿈틀 난리도 아니다. 정말 이런 기운은 처음 느낀다. 누워서 한다는 와공으로 단전에 집중한다. 나름 집중한다고 생각했는데 눈을 뜨니 한 시간이나 훌쩍 지나갔다. 아마도 잠깐 잠이 들었던 모양이다.

축기! 잊지 말자. 단전축기!

'나의 단전에 지금 이 순간의 호흡과 의식이 머문다'를 되뇌며 단전축기! 단전축기! 이 정도면 되겠지 하고 누웠는데 다시 시작이다. 이번에는 단전으로 회오리 에너지가 들어온다. 단전으로 호흡하는 게 모르겠다는 나의 물음에 자통님이 '단전에 콧구멍이 있다고 생각하고 숨 쉬어요~' 했던 말에 내가 낸 구멍으로 기운이 회오리치면서 들어온다.

책에서 보던 에너지 흐름에 관한 이미지들을 몸소 느끼게 되니, 내가 체험하는 모든 것들은 내가 몰랐을 뿐, 이미 경험한 누군가가 길에 표지판을 세워두었구나. 이러니 내가 아는 척을 할 수가 있나! 오만이 들어설 자리가 없구나! 오만하지 않은데 어찌 겸손하겠는가! 나는 오만도 겸손도 없이 그저 알기만 하는 것뿐이구나! 그저 체험하는 것을 그 자리에서 볼 뿐이구나! 그럼에도 가슴 한편에서 솟아오르는 기쁨을 모른 척할 수가 없다. 감사하는 마음이 늘 함께해서 다행이다.

기록

명상을 하면서부터 감사 일기나 꿈 일기를 틈틈이 적었으나, 엄마의 죽음 이후로는 그 감정적 고통들을 글로 남기기가 힘들고 두려웠다. 또한 엄마의 유품을 정리하면서 나의 기록을 누군가 보고 정리하는 것도 일이겠다 싶었다. 자연히 일기 쓰고 기록하는 것들을 멈추었다. 그리고 어릴 때부터 친구들과 주고받은 편지들을 다 정리해서 버렸다.

『선도체험기』를 읽으면서 다시 일기를 쓰고 싶다는 생각이 조금씩 든다. 옆에서 자통님과 조광님께서 틈틈이 수련일지 적어 놓으라고 말씀 주셨는데도 손 놓고 있다가 이제 하나씩 쓰고 있다. 나의 내면을 정리하고 통합하여 현묘지도 후 새롭게 변화되면 이 수련기가 어떻게 읽힐지 궁금하다.

단전에 축기가 되니 앉아 있을 수 있는 힘이 생긴다. 엄마가 돌아가시고 그 고통은 뱃속에서부터 처절했다. 수천 개의 바늘을 삼킨 것 같이 따갑고, 창자가 녹아내리고 끊어진다는 말이 이런 거구나. 앉을 수 있는 힘이 없어 거의 누워서 생활했던 게 엊그제 같은데, 애도 기간 동안 무기력해진 나에게 선도의 단전호흡이 새롭게 살고자 하는 희망과 생명력을 주는 것 같다.

축기가 될 때 아랫배는 올록볼록하게 나왔다 들어가는데 어느 정도 축기가 되면 숨이 위로 쉬어져서 배가 위로 올라가고 숨을 내쉬면 배가 내려간다. 이 현상이 계속 반복되어지면서 기가 뭉치는 것 같다.

눈물

슬픔을 정화하는데 얼마만큼의 눈물이 필요한 걸까? 이제 첫 화두를 받았을 뿐인데 매일 매일이 눈물이다. 하염없이 눈물이 주르륵. 태양신경총 부위의 압박이 엄청나다. 호흡을 하면 중단전에서 자꾸 걸린다.

현묘지도 시작 이틀 전이 엄마의 기일이고, 내 생일 일주일 전이다. 슬픔과 기쁨이 공존하는 기간이구나. 지금 이 시간에도 누군가는 태어나고 누군가는 죽겠지. 삶이라는 게 이런 거라 하지만, 나의 감정의 균형을 어떻게 잡아야 하는지 모르겠다. 그냥 보면서 let-go! 내려놓고 흘려보내는 수밖에 없구나.

엄마 돌아가시고 만 3년의 기간이 이별을 받아들인 기간이라면, 이제는 이별을 확정 짓는 시간인 것 같다. 슬프면 슬픈 대로 기쁘면 기쁜 대로 그리워하는 마음을 그냥 볼 수 있는 그런 시간. 타인의 죽음에 큰 관심이 없었고 어렴풋이 짐작될 뿐이었는데 사랑하는 사람의 죽음이 어떤 감정적 반응을 보이는지 알고 나니, 뉴스에서 매일 접하는 사건 사고들과 죽음의 이면에 있는 그들을 사랑하는 가족이나 연인, 친구들의 심정이 어떨까 짐작이 된다. 자연스럽게 나는 그들의 안녕도 빌어주며, 타인이지만 나와 다르지 않을 것이라는 생각만으로도 앞으로는 남의 고통에 웃거나 인과응보라고 말 못하리라.

모든 것에 진심으로 축복하고 감사한 존재로 인식하는 그 순간이 오면 나는 내 안에 있는 용기에 도움을 받아 순수하게 신성의 사랑을 전할 수 있을 거라는 믿음도 생겼다.

땀방울

단전 축기 중 이마에 굵은 땀방울이 흐르는 느낌이다. 이마를 만져보아도 땀의 흔적은 어디에도 없다. 백회가 시원하고 서늘한 기운이 자리를 잡고 있다. 중단전에서 하단전에 굵은 쇠막대를 꽂은 것처럼 단단한 기운이 꽂혔다.

『선도체험기』13, 14권은 현묘지도에 관한 내용들이라 한 줄 한 줄 놓칠게 없다. 13권 106쪽. 「구도자의 길도 다 천법과 천시를 타야하는 것 같아. 도반을 만나고 스승을 만나는 것도 다 하늘의 뜻에 달려 있다는 말이 틀림없는 것 같아.」 아! 의명천시다. 아직도 귀에 생생하게 들린다.

휘황찬란(輝煌燦爛)

휘(輝) : 빛나다 · 불빛 · 아침햇살

황(煌) : 빛나다(반짝반짝 빛나는 모양)

찬(燦) : 빛나다(광휘가 번쩍이는 모양)

란(爛) : 밝다 · 촛불 · 곱다 · 화려하다

휘황찬란의 사전적 뜻은 '광채가 눈부시게 빛나다'이다. 내가 본 것이 휘황인가 찬란인가? 빛도 밝음도 세밀하게 보면 조금씩 다름을 이렇게 우리는 언어로 창조했다. 또 한번 느끼지만 이미 온 세상에 있는 것들만 보아도 나는 오만할 수가 없다. 오만할 수가 없으니 겸손할 수도 없음을 안다. 이렇게 내가 경험한 것을 말로 표현할 수 있음에 얼마나 감사한지. 말로 표현하지 못하는 답답함을 알기에 이 순간 더 감사한가보다.

첫 화두가 끝났다는 것을 나는 빛으로 보았다. 보라색 빛 덩어리가 보여서 하단전으로 내리는 의념을 했더니 붉은 빛으로 변한다. 하단전에 힘이 모이니 허리서부터 척추가 쭉 서고 어깨에 힘이 빠지면서 펴진다. '와우~ 이게 뭐꼬?' 내가 보는 화면이 꽉 차서 사각형으로 보이고 밝은 미색의 빛이 꼭 하늘을 나는 양탄자 같다. 구슬이랑 거품 같은 파스텔 빛의 알갱이들도 휘젓고 다닌다. 이렇게 은은하고 고울 수가!

이 빛들을 휘황찬란이라고 하는 것 같다. '하지만 번쩍번쩍 하는 그런 것과는 다른 걸?' 휘황보다는 찬란에 더 가까운 그런 빛이다. 그 순간 저절로 알아졌다. 첫 화두가 끝났구나.

『황금꽃의 비밀』

이 책은 중국의 도교 경전 『태을금화종지 太乙金花宗旨』에 대한 칼 구스타프 융의 해설과 리하르트 빌헬름의 번역으로 이루어져있다. 심리학을 공부하면서 자연스럽게 융의 저서를 보게 되었고 이 책까지 샀으나 내용을 읽어봐도 잘 몰라서 그냥 책꽂이에 꽂아두었는데 갑자기 이 책을 꺼내어 보게 되었다. 태을금화종지 자체는 보지 않아서 모른다.

'양탄자 같은 빛이 너무 궁금해~' 하니, 이렇게 답이 왔다. 65쪽. 〈그

158

상징은 중심에 흰빛으로 자리 잡은 형태로 나타난다. 이 빛은 '사각 공간', 혹은 얼굴 중 특히 두 눈 가운데 자리 잡는다. 그것은 '창조적 지점'이며, 더 이상 공간적인 확장이 없는 내향적 의향성을 나타낸다. 사각의 공간은 즉 무한의 확장에 대한 상징적 표현인 것이다. 그 둘을 모두 합친 것이 도이다. 본성이나 의식은 빛으로 상징화한다. 그래서 그것은 의향성에 해당한다. 생명은 그러한 외향적 의향성과 함께한다. 전자는 양의 특성이고, 후자는 음의 특성이다.〉

완전~ 이보다 더 정확하게 내가 본 것을 설명한 게 있나 싶다. 사각의 공간에 흰 빛들이 찬란한 빛들과 맞물려 일종의 물결 흐름처럼 본 것을 나는 미색의 양탄자로 표현한 거였다. 이렇게 속이 시원할 수가!

손바닥에 올려진 자

꿈에 어떤 남자분이 투명한 남색의 자를 내 손바닥 위에 올려줬는데 길이는 내 손바닥보다 조금 길고 손가락 길이를 합친 것보다는 짧다. 자의 끝에는 돋보기가 달려 있다. 정확하고 세밀하게 자세히 보라는 것 같은데, 무엇을 그렇게 보아야 할까?

꿈에서 깨고 한참을 어떤 의미일지 생각하는데 오른쪽 눈꼬리 부분에 굵은 주사를 맞은 것처럼 따끔했다. 몇 시간이 지나고 왼쪽 눈꼬리 부분도 똑같이 따끔해서 신기하다. 역시나 궁금해 하는 것은 답이 온다.

〈모든 삶은 자기적(磁氣的)이며, 이 선물은 자기력을 사용하여 자신을 진정한 북쪽, 즉 우주 전체가 추구하는 내면의 방향과 리듬에 맞춤

159

니다. 이것이 우리가 말하고 있는 홈(고랑)입니다. 보편적인 에너지 그리드의 힘줄을 가로지르거나 어긋나는 방향으로 움직이는 것이 아니라 밑으로 끌어내리는 것입니다. 이 의미에서의 결단은 또 다른 의미를 드러냅니다. 삶에서 당신의 진정한 행로는 이미 정해져 있기 때문에, 당신이 해야 할 일은 단지 그것을 찾아내고 그것을 따라야 한다는 것입니다. (중략)

일단 홈에 자신의 중심을 잡고 당신의 행로가 점점 더 확실하게 느껴지면, 당신의 마음은 결국 당신을 해치지 않게 됩니다. 당신 몸안에서 흐르는 자연스러운 흐름이 보편적인 조화를 이루기 시작합니다. 그리고 그렇게 되면 뇌파가 느려지고 당신은 더 높은 의식의 장으로 들어갑니다. 당신의 영적인 주파수가 올라가면 갈수록 당신의 뇌파 주파수는 떨어진다는 것. 이것이 유전자 키의 역설 중의 하나입니다.

이런 급격한 정신적 기능의 변화는 당신의 삶의 행로를 능률적으로 만드는 데에 도움을 줍니다. 마음이 의식의 깊은 단계에서 작동함으로써, 당신의 자신의 정신적 구조, 즉 자신의 의견, 두려움, 믿음, 심지어는 희망까지도 버리게 됩니다. 당신의 마음은 더 넓고 집단적인 의식 속으로 가라앉게 됩니다. 마음은 갈수록 당신을 덜 해칠 뿐만 아니라 당신의 방향이 논리적으로 타당하다는 것을 확인해 줍니다. 높은 선물 주파수에서 시디 의식으로 도약하기 시작할 준비가 되기 시작할 때, 당신은 아주 작은 것들을 통과할 수 있는 막대한 힘을 알게 됩니다. 현실에 대한 당신의 비전이 확대되어 우주를 담게 됨에 따라, 당신은 자신이 실제로 얼마나 작은지를 깨닫게 됩니다. 동시에 당신은 자신이 진정으로 결단을 내려 자신의 가슴을 경청할 때 전체에 대한 자신의 공헌이 얼마나 큰지를 알게 됩니다. (중략)

당신의 삶이 우주적인 초점에 맞추게 되면 삶 자체가 당신 안에서 강렬해질 것이며, 자연스럽게 환경은 물론 다른 사람들과 훨씬 더 협력적인 패턴으로 당신을 이끌 것입니다. 모든 의도적인 행동은 창조의 힘 또는 쇠퇴의 힘을 움직이도록 설정된 마법적인 행동입니다. 당신이 여행의 시작 지점에 설 때마다, 전체 여행과 홈을 만들기 시작하는 다음 몇 단계의 음색을 설정하는 것이 첫 번째 단계입니다. 비교적 적은 단계를 거친 후라고 해도 방향을 바꾸는 것은 매우 어렵게 됩니다. 왜냐하면 그것은 당신 자신을 비틀어서 기존 홈에서 빼내 와 새로운 것을 만드는 일이기 때문입니다. 따라서 새로운 주기, 새로운 관계, 새집, 또는 새해에 자연스럽게 시작하는 단계에 이를 때마다 당신은 언제든지 이 진리를 기억해야 할 것입니다. 처음 몇 단계는 앞으로 있을 진화에 매우 중요하다는 말입니다. 당신의 꿈의 에너지를 잡아 깊은 내면에 붙들고 있어야 합니다. 왜냐하면 당신의 삶에서 마법과 드러냄의 힘을 집중시키는 렌즈로서 작용하는 것이 바로 그 꿈이기 때문입니다.〉

- 유전자 키(gene keys), 리처드 러드

자와 돋보기의 의미를 이렇게 또 확인하며, 그동안 공부한 것들이 이렇게 연결이 되는구나. 감사한 시간!

두 번째 화두

첫 화두를 진행하면서 느끼고 있던 것이 확실해졌다. 내가 관심 갖는 것들이 결국은 내가 해야 할 일들을 논리적(=명확하게)으로 받아들이기 위한 것이다. 보이지 않는 에너지 세계를 이해하고자 그렇게 관심이 가져졌구나.

12라는 숫자의 상징을 나타내는 여러 가지를 찾아보았다. 세상이 좋아져서 남들이 열심히 공부하고 알게 된 것을 그저 손만 좀 움직이면 쉽게 접할 수 있으니 또 감사하다. 신화에서 헤라클레스의 12과업이 다르게 읽힌다. 결론은 그냥 받아들이고 살아! 역시 점성학도 무관하지 않다. 마지막은 결국 죽음이네? 육신이 있어 지금 여기서 내가 체험을 하는구나. 내 몸 안에 우주가 있다.

역시나 이번에도 궁금해 하니 답이 온다. 앨리스 A. 베일리의 『묘가수트라 : 영혼의 빛』에서 찾았다. 그냥 끌리는 대로 했던 공부들이 지금 이 시간을 위해 존재하는 것 같다.

세 번째 화두

삼공 선생님께서 여기 오면 기운 교류가 빨라지니까 화두 끝나면 그냥 받아가라고 하시기에 그 자리에서 받았다. 두 번째 화두와 연관이 있을 거라고 짐작도 했고 저절로 알아지는 것도 있어서 금방 끝났다.

명현현상도 있어서 컨디션이 좋지 않고 목에 가래가 자꾸 생겨서 호흡도 거칠다. 그 때문인가 삼공 선생님께서 계속 가래를 뱉어 내시고 급기야 사탕까지 드신다. 죄송함이 절로 생기고 감사함으로 마음가짐을 해본다. 몸이 건강한 게 또 얼마나 중요한지 새삼 알았다.

삶이 있으면 죽음도 있는 것. 2단계까지는 명命을 아는 공부라면 3단계부터는 왜 성性인가? 하단전 축기의 도움을 받아 빛을 밝혀, 내면의 무의식의 바다를 용감하게 탐험하고 항해 해보자!

이원성에서 벗어나는 것. 자신의 꼬리를 물고 도는 우로보로스를 또 새롭게 이해한다. 삶에 대한 새롭고 다양한 관점이 다시금 희망을 가지게 한다. 바로 네 번째 화두까지 받아 즐거운 마음이다.

정월 대보름

자통님이 알려주신 방법인데 달을 보며 호흡을 가슴으로 넣어서 단전으로 내린다. 작년 추석에 알려주셔서 매월 보름이 되면 그렇게 호흡을 해본다. 그래서 꿈이 더 선명한 걸까? 꿈에서 학교를 거의 매일 가는 것 같다. 학교에서 집으로 가는 버스를 탔는데 버스 안에 의자는 없고 침대만 여러 개 있고 그 위에 사람들이 누워 있다. 나도 자리를 잡고 누웠는데 내릴 곳을 지나쳐버려서 어디서 내릴지 노선표를 살펴보았다. 대천동 시장을 간다고 한다.

대천동에는 유명한 내과가 있다는데 병원 이름을 몰라서 대충 대천동 시장만 휴대폰으로 검색해서 찾아갔다. 이래저래 결국 빨간 벽돌집으로 된 병원을 찾아서 들어갔는데 흰 가운을 입은 의사 선생님이 보여서 '진료 받으러 왔어요' 했더니 뒤쪽에 어떤 여자분이 카운터에서 접수부터 하라고 한다. 그랬더니 의사 선생님이 웃으면서 이미 자기랑 만나서 인사도 했는데 진료부터 먼저 하자고 하셔서 아픈 곳을 어쩌고 저쩌고 이야기하고 진료 받았다.

아침에 꿈에서 깨어 진짜 대천동이 있을까 싶어 검색했더니 있긴 있다. 대한민국에 있는 대천동이 아니고 삼천대천세계의 대천을 의미하는 것 같다. 자통님께 꿈 이야기를 들려드렸더니 이런저런 해석을 해주시는데 감동이다. 바보의 통찰은 영감을 준다.

진료받은 것이 맞나보다. 밥을 먹고 낮잠을 잤는데 꿈이 이어졌다. 목 뒤랑 허리 천골 쪽에 비늘? 같은 동그란 껍질들을 손으로 쓸어서 쓰레기통에 버렸다. 후두두둑 떨어지지만 놓치지 않고 다 버렸다.

갑자기 화면이 바뀌면서 고두심 씨와 한가인 씨가 드라마 한 장면처럼 바다가 보이는 절벽에 서서 싸우고 있다. 고두심 씨가 뭐라고 했는지 한가인 씨는 더 이상 못 견디겠다고 이렇게 살기 싫다고 여기서 못 살겠다고 나간다며 싸운다. 그냥 그렇게 꿈에서 깼다. 내 안의 그림자들이 전투 중인가보다. 바다가 보이는 절벽은 내 마음의 경계일까? 왜 고두심 씨와 한가인 씨지? 아하! 이름에 힌트가 있구나!

斗(말 두 / 싸울 두), 心(마음 심) = 에고
佳(아름다울 가), 人(사람 인) = 아름다운 사람, 변화된 나

네 번째 화두

자시수련 전 샤워를 하는 습관이 생겼다. 기운이 바뀌는 때여서인가 속옷도 잠옷도 모두 갈아입고 가볍고 상쾌한 기분으로 변화를 주고 시작하게 된다. 주변 공간도 쾌적하게 정리를 한다. 미니멀 라이프가 이렇게 되어져 간다. 삶이 단순해지니 별 일이 없다. 죽기 살기로 수련을 하기보다는 즐거운 마음으로 편안하게 나의 근원, 자성을 만나자 하며 한다. 축기도 너무 애쓰고 싶지 않고 그냥 흘러가는 것을 보고 싶다. 조금씩 틈틈이 내키면 호흡한다.

잠을 자는데 대천동에서 진료 받은 게 또 나타나는지 방구는 아닌데 방구처럼 기운이 쑤욱 빠진다. 30cm가 넘는 방구가 있을까 싶을 정도로 크게 쑤~욱 빠졌다. 냄새가 날까봐 이불을 들추었는데 아무 냄새도 없고 방구도 아니다. 아무튼지 시원하다. 그것과 별개로 오늘 하루는 방구가 잦았다.

드디어 무념처삼매로 기운을 느껴보려 마음을 낸다. 내가 하는 것이 아니고 자성에게 맡긴다는 생각으로 A4 용지에 11가지 내용들을 적었다. 이 순서는 못 외우니까 알아서 되어지겠지 하는 마음이었다. 축기도 얼마나 했는지 모르겠다.

축기하는데 갑자기 생각나는 사람이 있어 웃음을 지었더니 반응이 온다. 1번과 2번 후에 오른쪽 다리만 저절로 위로 아래로 마구 떤다. 멈추더니 이번엔 왼쪽 다리가 떨린다. 다시 멈추고 두 다리 모두 떨린다. 3번부터 7번까지는 쭉 되면서 하나씩 넘어갈 때마다 중간 중간 몸을 부르르 떨었다. 8번부터 10번까지는 몸이 일정한 방향으로 돈다. 11번을 의식하니 이제부터는 빛의 향연이다.

처음에는 보라색이었는데 진분홍색으로 꽉 찬다. 다홍빛으로 변하다 다시 진분홍색으로 변하니 그 색에 빠져든다. 좌선하는데 왼쪽 팔이 진동하고 멈추고 오른쪽 팔이 진동하더니 몸이 좌우로 움직였다. 무릎 높이 정도의 풀나무 숲들이 보인다.

날짜를 정하고 마음을 먹고 화두를 하려고 하였더니 외부에서 도움도 왔다. 저녁 요가를 갔는데 이날따라 원장님이 수업 후 전신 마사지를 옆 사람과 짝을 지어 할 수 있는 방법을 알려주었다. 나는 짝이 없어 원장님이 시범을 보여준다며 직접 온몸을 마사지로 풀어주셨다. 여태 이런 적이 없었는데 참으로 감사하게도 몸에 에너지가 수월하게 흐를 수 있도록 몸도 준비가 된 그런 시간이 되었다. 그래서인지 어떤 불편함 없이 잘 체험하였다. 감사하다.

화두를 끝내고 꾼 꿈에서 시체들이 즐비하게 널부러져 있는 것을 봤다. 시체로 보인 것들은 나의 과거와 부정적인 에너지가 만들어낸 세포들의 죽음을 이야기하는 게 아닐까? 아무래도 몸에서 기운을 받고 정화가 되니 에너지적으로 큰 변화를 죽음으로 보여준 것 같다. 환하고 밝은 배경에 쭉 늘어지고 쌓여있는 시체들을 보는데, 나의 감정은 슬픔이나 괴로움이 아니다. 그저 실망과 희망이 교차하고 있다. 복잡한 감정이 나를 혼란스럽게 한다.

다섯 번째 화두

명상 초보자라도 다 알 것 같은 그런 화두다. 자통님은 나에게 축기! 축기!를 늘 강조하시며 축기하다 명상으로 빠지지 말라고 늘 주의 주시는 것이 생각이 난다. 정신 차리며 화두에 집중한다.

코로나 때문에 삼공재에 가지 못해서 답답하지만 축기로 에너지 변화가 미치는 나의 마음의 변화를 관찰해본다. 도 닦는 사람들이 왜 산에서 혼자 하는지 알겠다. 혼자 있어봐야 스스로의 상태를 알게 되니, 다른 누군가와 함께할 때 마음의 변화를 알아차릴 수 있구나 싶다. 뭔가 내 상태가 달라질 때, 이건 뭘까? 하는 마음을 보는 데 큰 도움이 되는 시간이구나. 그럼에도 불구하고 나처럼 혼자서 추진하는 힘이 부족한 사람은 함께하는 우리가 참 소중하다.

똥꿈

아~! 탄식이 저절로 나온다. 현묘지도 시작하면서부터는 매일 매일 꿈을 꾸고 그 꿈이 생생하고 기억이 난다. 그 전에는 꾸었어도 기억이 안 난거였겠지. 현묘지도 수련기가 아니라 배인숙의 꿈 일기라고 해도 좋을 만큼 매일 꿈이다.

이번 화두를 받고서는 웬 똥과 오줌 꿈을 이렇게 꾸는 것이야! 이틀에 한 번은 똥을 싸고 물 내리고, 오줌 싸고 물 내리는 꿈이다. 어느 꿈 분석가는 모든 꿈은 길몽이라고 했다. 흉몽은 없다고... 미리 나쁜 일을 알려주니 그것부터가 길몽이라고 하는데, 나도 동감은 하지만 이

167

건 좀 너무하다 싶어 자통님께 하소연을 하니 자통님도 같은 말씀을 하신다. 꿈을 통해 상징으로 쉽게 에너지 상태를 보여주는 것이니 자성에게 감사하는 마음을 가지고 잘 살펴보라고.

어떤 날은 학교 화장실에서 볼 일 보는데 화장실이 너무 지저분하고 불편해서 화장실 주인에게 고쳐 달랬더니 직접 고쳐도 된다고 허락을 해주어 수업 듣는 사람들한테 돈을 걷어서 새롭게 고쳐야겠다고 마음먹은 날도 있다. 꿈 이야기를 쭉 풀어 가면 그것도 나름 상징들과 의미를 파악하는 데 재미가 있지만 화장실 고치는 꿈 이야기는 너무 길어서 생략한다.

이제는 하다하다 남이 싸놓은 똥까지 내가 물을 내린다. 다행히 더럽다는 생각은 안 든다. 내 똥오줌도 치우는 것도 지겨울 정도로 자주 하는데 이젠 남의 똥까지 치워주다니~ 일단 치우고 보자. 어떤 날은 화장실 변기에 거미줄이 쳐져 있어서 치우고 일 보느라 힘든 날도 있었다. 그래도 깨끗한 변기를 보는 건 상쾌한 일이다. 변기의 물도 맑아 보인다.

낮에 와공을 하는데 이마에 입이 하나 생긴 것 같다. 누군가 컵에 물을 담아서 내 이마에 있는 입에 들이 붓는 것 같다. 이건 시원하다고 표현하기가 너무 진부할 정도다.

구공탄과 번개탄

똥꿈과 더불어 학교꿈도 거의 매일인 것 같다. 학교 화장실에서 똥

싼 꿈이 제일 많은 것 같다. 하하하~ 근데 오늘은 조금 다르다. 교실에서 나와 복도를 걸어가는데 복도 오른편에 책상이 있다. 책상 옆 아래에 연탄난로가 있는데 맨 아래는 연탄이고 위에는 번개탄이 있다. 연탄도 번개탄도 불은 붙어 있는데 구멍이 맞지 않기에 쇠막대로 그 구멍을 맞췄다. 이제는 가스도 안 나오고 더 훨훨 잘 불타겠구나. 구멍을 맞추니 안정감이 생긴다.

은하수

꿈에 밤하늘을 보는데 수많은 별들이 동시에 반짝이며 또렷하게 진해진다. 꿈인데도 감탄하면서 보다가 핸드폰으로 사진 찍어야겠다는 생각이 들었다. 열심히 찍는데 안 찍혀서 보니 손에 든 것이 핸드폰이 아니다. 핸드폰을 찾으니까 책상 위에 있어서 그걸 가져온다고 하면서 찍었는데 또 안 찍힌다. 이게 뭔가 싶어 봤더니 사진이다. 진짜 사진. 이미 찍혀서 인화된 사진이 내 손에 들려 있었다. 그 사이에 별들은 은하수로 변하고 사진은 한 장 뿐이지만 '그래~ 내 눈으로 직접 보고 담았으면 된 거야' 했다.

하늘의 별을 보느라 어딘지 몰랐는데 나는 모르는 여자 두 분과 캠프 파이어를 하고 있다. 불도 쬐고 이야기도 나누다 다시 하늘을 보니 은하수 사이에 헬리콥터 모양의 우주선 같은 게 보였는데 (크기도 컸지만 일반적인 헬리콥터는 아님) 은하수를 가로질러 가고 있다. 그 비행물체 안에서 사람 형태의 무언가가 줄을 타고 내려와서 나에게 젠더 아이디(gender - id)를 묻는다. 나는 피메일(female)이라고 대답을 하니 다시 올라간다.

갑자기 핸드폰 벨이 어디서 울리는데 우리 셋 모두 자기 핸드폰을 찾는다. 알고 보니 셋 다 벨소리가 똑같다. 방탄소년단의 '소우주'가 내 벨소리인데 어쩜 노래 가사와 꿈이 비슷한지 꿈인데도 신기하다는 생각을 했다.

이날 화두가 끝이 난 것을 알았다. 6번째 7번째 화두도 알 것 같은데 전화 드려서 화두를 받기보다는 좀 더 기다려야겠다는 생각이다. 현묘지도 수련일지를 적어야 하는데 지금은 그럴 에너지가 없는 것 같다. 기다렸다 반응이 오면 연락드리고 진행해야겠다.

내 영혼의 그윽히 깊은 데서

내가 좋아하는 찬송가다. 며칠째 계속 맴돈다. 유튜브로 찾아 반복해서 들었다.

〈내 영혼의 그윽히 깊은 데서 맑은 가락이 울려나네 -
하늘 곡조가 언제나 흘러나와 내 영혼을 고이 싸네.
평화 평화로다 하늘 위에서 내려오네.
그 사랑의 물결이 영원토록 내 영혼을 덮으소서.〉

예술가들은 알게 모르게 최소한 자성을 흘낏이라도 보았거나 만나 본 적이 분명히 있다고 본다. 어쩜 저렇게 명확하게 가사를 쓰는지 놀

170

랍다. 찬송가가 새롭게 들리는 나도 놀랍다. 3~4년 정도 교회를 다니길 잘한 건 성경 공부를 한 것이고, 그 덕분에 바티칸과 유럽의 박물관이나 미술관의 내용들의 배경 지식과 서양 문화를 이해하는 데 도움이 되었다.

동양에서 태어나길 잘했다 싶은 건 불교관이 상식이라 큰 어려움 없이 부처님을 접할 수 있다는 것이다. 실제로 태국의 유명한 절인 도이 수텝의 벽화가 부처님의 생애를 그려놓은 것인데 외국인 가이드가 관광객에게 설명하는 것을 보며 알아듣는 내가 신기했다. 아, 물론 인간 석가라는 책을 전에 읽었던 것이 도움이 되긴 했지만.

힌두교는 요가로 접했는데 앙코르와트에서 빛을 보았다. 앙코르와트 가기 전 박물관의 설명이 큰 도움이 되었다는 건 비밀로 하고 싶다. 요가 용어 덕분에 신지학이나 서양에서 표현하는 에너지 세계가 어렵지 않게 느껴지기도 하다. 카발라와 헤르메스학은 이집트에서 느껴보아야 할 텐데 느낌이 없어서 아직 가보지 않았다. 한국에 태어나 지금 여기에서 현묘지도를 받고 있는 건 의명천시로구나! 그래서인가 나는 종교에 편견이 없는 것 같다.

내 마음의 패턴

감정적으로 요동치는 일이 생겼다. 이번에는 과거의 선택과 다른 선택을 해서 중심을 찾고 싶다. 꼭 긍정적일 필요 없이 부정적인 것부터 멈추어 보자. 나의 어떤 것이 즉각적으로 반응하여 이성을 잃고 감정적으로 되는지 살펴보았다.

행위의 주체자는 나인데, 나의 의견을 물어보지 않고 청유를 가장한 명령어로 나의 행동에 제약을 두는 말을 듣거나 보게 되면 감정적 불쾌감이 폭발하며 상승한다. 이성은 어디에도 없다. 잠시 멈춤도 없다. 그래. 이럴 때 미친 x구나. 미친 것 같은 나를 인정하자. 무시 당한 거와 존중받지 못한 건 조금 다른데 그런 맥락에서 같은 반응을 하나보다.

며칠 같이 지낸 친구의 행동이 꼭 우리 가족들이 나에게 하는 모습과 겹쳐 보인다. 내가 아주 싫어하는 행동인데 '어쩜 이렇게 똑같이 나한테 대하지? 무엇이 저들이 나에게 저런 행동을 하게 하는 걸까?' 서로 아는 사이도 아닌데 말이다.

'내가 저들을 그렇게 행동하게 만드는구나. 행동 유발자는 나였구나. 나였어...' 입맛이 쓰다. 인정하기도 진짜 진짜 싫은데 인정해야 한다고, 단전에서 올라온다. '상대방의 행동이 나의 거울이라던데 이게 그건가 보네.' 어떻게든 허용하고 수용하고 포용한다면, 새로운 선택을 하고 이 패턴에서 벗어나겠지.

그동안에 나는 감정이 강하게 올라오면 나는 윈윈보다 부정적 반응을 보였다. 나도 손해볼 것을 알면서도 상대에게 타격을 주는 선택을 하는 확률이 상대적으로 높았음을 알겠다. 이제는 '윈윈은 못 하더라도 멈추고 지켜보겠다는 선택을 하겠다'고 의지를 내어본다. 아니면 적어도 내가 상대의 그 말이 나에게 이렇게 느껴지는데 말하고자 하는 의도가 맞는지 먼저 물어봐야겠다. 관계에 있어 상대를 존중하며 상대의 선택에 여지를 주는 화법을 구사해야겠다.

인간관계에서 이해는 서로의 입장 차이를 옳고 그름으로 선과 악으로 따질게 아니고 그냥 그 차이를 인정하고 사이의 틈을 줄이도록 조율하는 과정인 것 같다. 깨닫게 되면 언어의 선택이 정교해진다고 하는데 무슨 의미인지 알겠다. 더 높은 이해를 위해 마음을 열고 지혜를 구해야겠다.

『가담항설』 90화 - 네이버 웹툰, 작가 랑또

〈그동안 나는, 타인의 마음에 맞는, 타인의 목적을 위한 삶을 살면서 한번도 스스로의 마음을 들여다보지 못했다는 것을. 그것이 내가 나를 불행하게 만든 벌을 받게 했다는 것을. 계기는 단순했지만 감정은 강렬했죠. 그리고 저는 결계를 풀었어요. 무엇이 나를 속박하고 있는지를 알았고 무엇이 내가 원하는 것인지를 알았으니까요. (중략)

어떤 슬픔은 어렴풋한 슬픔이고, 어떤 슬픔은 처절한 슬픔이죠. 소소한 슬픔도, 아련한 슬픔도, 잊혀가는 슬픔도, 문득 기억이 떠올라 때때로 가슴이 아파지는 슬픔까지, 같은 슬픔조차도 사실은 전부 달라요.

책을 읽고 풍부한 단어를 알게 된다는 건, 슬픔의 저 끝에서부터 기쁨의 저 끝까지. 자신이 가지고 있는 수많은 감정들의 결을 하나하나 구분해내는 거예요. 정확히 그 만큼의 감정을, 정확히 그 만큼의 단어로 집어내서, 자신의 마음을 선명하게 들여다보는 거죠.

내가 얼마만큼 슬픈지, 얼마만큼 기쁜지. 내가 무엇에 행복하고, 무엇에 불행한지. 자신의 마음이 자신을 위한 목적을 결정하도록. 그리고 자신의 마음을 타인에게 정확히 전달하도록.

같은 단어를 알고 있다면 감정의 의미를 공유할 수 있고, 같은 문장을 이해할 수 있다면 감정의 흐름을 공유할 수 있어요. 그리고 그건 서로를 온전히 이해할 수 있게 만들죠.〉

2017년 10월 18일 네이버 웹툰에 올라온 것을 한 부분 발췌하여 메모장에 옮겨 적은 것이다. 그 아래에 적힌 나의 메모다.

〈나는 안다. 알아. 나의 숨결이, 마음의 결이, 감각의 결이, 생각의 결이, 감정의 결이, 의지의 결이. 씨줄과 날줄이 되어 새로운 시공간이 열리고 새로운 차원을 엮는 다는 것을. 나의 결들이 비슷한 여정을 하는 이들에게 희망의 이정표가 되기를. 믿고 함께. 유쾌하게 모험을 즐기자. 모든 존재적인 사랑에 따뜻한 경의와 감사를 보낸다.〉

이제 보니 낙서 같은 메모조차도 배움이다. 내가 선택하고 만들어낸 결과를 마주하는 순간이로구나. 바로 지금!

사랑

나는 손발이 오그라질 것 같은 감정을 표현하는 것에 어색하거나 불편함이 없다. 남녀노소를 막론하고 내가 좋으면 손도 잡고 포옹도 하고 뽀뽀하는 것이 즐겁다. 서로의 일부분이 맞닿아 느껴지는 감촉으로도 좋아한다는 것을 알리고 싶어 한다. 그래서 나는 사랑이 아주 많은 줄 알았다.

애정표현이 자연스럽고 풍부하다고 해서 그게 사랑이 많은 것이 아니라고 인식이 된다. 감정적인 행복이 사랑이 아니다. 물론 집합으로 따지면 신성의 사랑에 포함이 되는 에너지 현상이지만 등가공식은 성립하지 않는다. 그저 에고의 애착을 사랑이라고 착각했다. 내가 하는 사랑이 에고의 긍정적인 인식 필터가 만들어내는 것이라는 걸 인정하기까지 나는 얼마나 외로워하며 울었던가. 인간적인 사랑이 아닌 신성한 사랑을 표현하는 존재이고 싶다.

내려놓음

삼공재에서 수련할 때 뭘 내려놓아야 할지 몰라서 다 내려놓겠다고 한 적이 있다. 아, 그때의 나는 고통과 슬픔 등 부정적인 감정들을 다 내려놓은 거였다. 그게 전부라고 인식을 했던 거다. 이럴 수가! 그게 전부가 아니라는 것을 인식하니, 지금의 나는 좋은 감정들과 추억들도 내려놓아야 한다는 것을 인정해야 한다.

아이고 괴롭다! 좋은 것도 내려놓아야 한다는 것만으로도 고통이 생기는구나. 내려놓는다는 것은 부정적이든 긍정적이든 모두 내려놓는 거야. 나의 의식이 부정적인 것만 보여줬다면 무의식은 긍정적인 것들을 보여줬어. 무의식에 가득 찬 나의 애착들까지 다 내려놓아야 비워지는구나. 여태 좋은 것들을 가지고 있어서 완전히 비워지지가 않은 거였어. 그래. 그랬구나. 잘 가라 bye - bye.

에고의 죽음

좋은 것이든 나쁜 것이든, 다 내려놓겠다는 나의 선택에 의지를 세우니 어제의 나는 없다. 지금의 내가 새롭다. 지금의 내가 새로우니 내일은 모르겠다. 이렇게 에고의 죽음을 알게 되는구나. 그래서 매일매일, 순간순간 비워지고 새로워진다고 말하는구나. 늘 펼쳐지는 지금이란 말이 저절로 이해가 된다. 사도 바울은 '매일 죽는다'라고 했고, 자통님은 '매일 매일이 생일'이라던 말의 의미가 이렇게 피부에 닿는다.

알아차림과 깨어있음

알아차림은 바로 지금 알고 있다가 아닌, 지난 후 알게 되는 미묘한 시간차이가 있다. 그래서 늘 과거의 의미를 내포하고 있다. 또한 나의 무의식에서는 내가 잘하고 있다는 생각보다 못 하고 있다는 생각이 깔려 있어서 늘 긴장 상태를 만들어 내는 것 같다. 얼마나 잘 알아차리고 있는지 스스로를 시험하기 위해 불안과 두려움을 끌어당기고 있는 나를 보았다. 이 패턴도 이제는 바꾸고 싶다.

에너지적으로도 알아차리는 건 깨어있을 때보다 비효율적이다. 깨어있는 건 나의 자성이고, 알아차리는 건 나의 에고라서 그런가보다. 이렇게 아는 것 같은데도 나는 에고가 주시하는 걸 깨어있다고 착각을 한다. 언제쯤 깨어서 바르게 보게 될까?

하모니

언제부턴가 피아노를 배우고 싶다는 생각이 들어 학원에 등록하러 갔는데 실제로 등록하지는 않고 나왔다. 그렇다면 피아노를 배우고 싶다는 생각의 뿌리는 무얼까? 하모니! 조화로움이다. 내가 지금 만나는 상대가 '도' 음역의 주파수에 사람이라면, 나도 같이 '도'의 주파수이거나 화음을 이루는 '미'나 '솔'의 음을 내고 싶은 거구나.

관계에서 누군가를 그대로 보고 인정하는 것이 조화로움의 근본인가보다. 사람들의 말과 행동에서 실제 의도의 근간을 알고 온전하게 보는 연습이 나에게 많이 필요하다. 판단하고 차별하고 싶지 않은데 그게 잘되지 않는다. 분명 나의 앎은 우리 모두가 하나라는 것이다. 근데 왜 다르다고 판단하냐고!

아무튼 내가 원하는 건 상대와 조화를 이룰 수 있는 화음으로, 높은 음의 사람을 만나면 낮은 음도 되어보고, 낮은 음의 사람을 만나면 높은 음으로 화음을 이루어 보는 것이다. 가끔씩 엇박자와 변박자로 유머가 담긴 농담도 하고 싶다. 이런 마음이 신성의 사랑이었으면 좋겠다.

변화무쌍한 감정

아침에 눈을 뜨면 내 감정이 어떤지부터 살펴보는데 한번도 같은 날이 없다. 진짜 신기할 정도다. 오르락내리락, 왔다 갔다, x축 y축에 한계가 없는 듯하다. 감정은 몸의 화학반응이 만들어내는 고정되지 않는 변화의 흐름인가?

의식은 확장하고 성장하지만 마이너스가 되지는 않으니까 다른 것 같다. 모든 것이 허상이고 실체가 없다는 것은 물리적인 관점에서가 아닐까? 단전호흡을 하면서 나는 모든 것을 에너지로 보고 싶다는 의도를 세웠는데, 감정도 에너지로 본다면 고정된 실체는 없지만 에너지로는 느껴지기 때문이다. 에고가 지켜보는 감정은 고통의 변주곡 같다. 그냥 잘 모르지만 갑자기 이런 생각이 들어서 적어 본다.

주인공과 서브 주인공

『선도체험기』에 나오는 대행스님 이야기에서 주인공이라는 단어가 가슴에 확 꽂혔다. 물론 자성, 근원, 참나, 진아 등등 여러 표현이 있지만 주인공이라는 단어가 쉽게 와 닿았다. 그럼 에고는 뭐지? 아하 서브 주인공쯤으로 하자.

'나의 에고야 너는 아니? 요즘 드라마는 서브 주인공이 악역이 아니야. 너무 세련되지 않았니? 우리 함께 배인숙의 드라마를 찍어야 하는데, 주인공을 돋보이게 하려고 못되게 굴지 말자. 못된 건 너무 촌스럽지 않니? 기왕이면 서브 주인공도 주인공 못지않게 성장도 하고 함께 맛깔 나는 드라마를 만들어보자. 주인공이랑 협력해서 같이 상생해보자. 너도 알다시피 매일 새로 태어나잖니. 어제의 서브 주인공은 없어. 오늘은 오늘의 주인공이랑 매일 새롭고 다양한 스토리를 우리 함께 만들어보건 어때? 단, 교묘하게 착한 척하기 없기! 긴가민가 밀당하지는 말자고~'

여섯 번째 화두

삼공 선생님 생각이 난다 했더니 며칠 후 조광님께 연락이 왔다. 화두 진행을 점검하신다. 5단계는 마무리되었고 그냥 있다고 하였더니 다음 화두를 얼른 받으라 하셔서 처음으로 삼공 선생님 댁에 전화를 드렸다. 사모님 목소리를 들으니 정말 반갑고 뵙고 싶다는 감정이 올라온다.

전화로 6번째 화두를 받았는데 삼공재에서 전화가 걸려 왔다. 받으니 삼공 선생님께서 아까 알려주신 게 7번째 화두고 6번째 화두는 이거라면서 다시 알려주신다. 세상에 우연은 없다고 5단계 화두 진행하면서 '6번 7번도 뭔지 알겠다' 했더니 그게 맞았나보다. 그래서 6단계 7단계를 같이 진행하겠다고 말씀드렸더니 그러라 하신다.

삼공 선생님의 그 침묵의 에너지 장이 그립다. 자통님께서 삼공재에 갈 때의 마음가짐을 알려주신 적이 있는데, 오늘 그 마음이 나온다. '기를 받으러 간다는 생각을 버리고! 삼공 선생님과 도반님들 그리고 천지신명께 감사하는 마음으로 오늘 이 자리에 함께 공부하러 왔습니다'라고... 오늘 그 마음가짐이 새롭게 느껴지는 날이다.

누군가를 의지한다는 것이 꼭 나약하다거나 독립적이지 못하다는 걸 말하는 게 아니더라. 가끔 그렇게 의지해야 한다는 그때가 오면, 그때 믿어도 된다는, 믿을 수 있다는 신뢰와 더불어 가슴이 따뜻해지는 것을 알게 된다. 삼공재에서 함께한다는 것은 나에게는 그런 거다.

식견

수행자들의 글을 읽고 살펴다보면 내가 체험한 부분들은 절로 알아지는 것들이 많다. 그렇다면 내가 경험하지 않고 이해가 안 되는 것들은 어떻게 받아들여야 할까? 우주의 섭리를 알고자 하는 열망이 공부를 하게하고 식견을 높여주었다면, 이제는 온 우주에 한치의 오차도 없음을 그저 인정하게 된다.

니편도 내편도 없다. 이젠 좀 그만 싸울 때도 되지 않았나? 밖에서 싸우는 거 말고 자기 안에서 자신의 그림자와 전투할 때 필요한 에너지인데 밖에서 옳고 그름 따진다고 싸우느라 평화는 없고 말뿐인 정의만 있는 것 같다. 그냥 각자가 자기 삶과 화해하고 나 자신은 물론 남과 다투기를 그만한다면, 나부터 멈추고 평화롭다면, 이 세상도 하나 둘 평화의 물결이 흐르겠지. 죽기도 내 안에 빛을 밝히려는 것뿐이라 생각하니 조급하게 생각하고 행동할 것도 없다. 그저 지켜보고 순응할 뿐!

평화롭게 멈추어 서서 우주의 흐름에~ 나의 주인공에게~ 그냥 맡기면 되는구나. 지식으로는 결코 알 수 없는 그 무언가도 우주의 섭리구나. 내가 접하는 지식에서 나의 에고의 인식 필터들이 무엇인지 보았다.

좋고 나쁜 것을 떠나서 공통적으로 나타난 어떤 에너지적인 현상에 정의를 내리면 그것이 그때부터 또 다른 한계를 지어 다시 갇히게 된다는 것을 알아지는 날도 오는구나. 길흉화복이 지극히 인간적인 에고의 관점이었다면 주인공의 관점이 더 궁금해진다. 지식이 주는 속박에서 벗어나 참 자유를 느끼고 싶다.

내 가슴이 하는 말에 귀 기울여 보자. 물질과 삶에 대한 통제권도 나의 주인공에게 몰락 맡기는 것. 그것이 내가 할 수 있는 오직 하나의 방편이구나.

어떤 기운

좌선 중에 어떤 기운이 가슴에 무겁게 꽂힌다. 엄지손가락 마디만 한 것 같다. 좋은 느낌은 아니다. 불편함이 느껴지는데 어쩌지 하다가 그냥 쭉 지켜보자는 마음이 들었다. 선도에서 말하는 빙의가 이런 걸까 언뜻 생각이 들긴 했지만, 내 안에서는 그냥 보라고만 한다. 내 느낌에 이 에너지적인 현상에 이름을 붙이면 인식할 때 한계를 긋고 흔적을 남길 것 같다. 내 방식대로 경험하고 해체될 때까지는 미리 알려고 하면 안 될 것 같다. 이틀 정도 꽂혀 있다 없어졌다. 시원한 느낌도 없고 개운하지도 않지만 불편함도 없다. 머릿속 생각은 이게 뭔지 알아보라고 압력을 주지만, 내 가슴에서는 하나의 과정이라고만 할 뿐이다.

일곱 번째 화두

세상에 예쁘고 귀여운 것 싫어하는 사람이 있을까? 있을지도 모르겠지만 어느 책에서 읽었는데 인간이 자연에서 선택적으로 필요한 것들을 제외하고는 예쁘고 귀여운 것들만 남겨놓았다는 말이다.

나의 영혼은 어떤 모습일까? 예쁘면 좋겠는데 하는 생각을 하며 잠이 들었다. 꿈에서 누군가를 돕기 위해 내 차로 양파를 필요한 곳에 보내주기로 하고 주소를 받아서 나서는데 여자 2명, 남자 1명이 내 차에 같이 탔다. 그 중에 한 명은 예전에 친하게 지낸 후배인데 만날 때마다 불편한 감정이 들어서 지금은 보지 않고 있는 친구다. 같이 가는데 역시나 사공이 많으면 배가 산으로 간다더니 운전하기가 너무 힘들다.

4차로 길가에 차를 세우며 브레이크만 꽉 밟고 모두 내려달라고 부탁하였다. 나는 백미러로 뒤에서 다른 차들이 오지 않을까 계속 살피면서 말을 했고 그들은 아무 문제없이 내렸다.

아이쿠~ 주소가 적힌 쪽지는 나한테 없는데 어쩌나 하면서 어디론가 갔고 큰 길가에 주차를 하고 골목골목을 지나 어느 식당에 갔다. 식당 주인이 반겨주며 밥도 주고 함께 이런저런 얘기를 나눴다. 주소가 적힌 쪽지를 잃어버렸다고 하니 어떤 통을 내 앞에 두며 혹시 있는지 찾아보란다. '어? 진짜 쪽지가 있네~' 살펴보니 주소를 몰라도 상호만 보니 알겠다. 쪽지가 없어도 잘 찾아가겠구나. 또 내비게이션도 있어서 목적지만 넣으면 주소는 없어도 된다는 것을 알겠다. 그렇게 고마운 마음 가지고 길을 나섰는데 차 없이 그냥 걷는 나를 본다.

큰 사거리인데 도로에 차가 거의 없다. 날씨가 화창하다. 횡단보도를 건너려고 서있는 내가 있다. 얼굴만 빼꼼히 내밀어진 개 3마리를 보자기 같은 큰 가방에 넣고 무겁게 들고 있는 사람을 보았다. 나에게 와서 인사를 한다. 내 눈길은 개를 보는데 그냥 봐도 이건 그냥 일반 개가 아니라 무슨 귀족 강아지다. 꿈에서 깨어 인터넷에 귀족 강아지로 검색하니 보르조이라는 품종으로 진짜 귀족 강아지로 불린다. 세 마리 모두 같은 품종인데도 가운데가 제일 예쁘고 사랑스럽다. 나와 눈을 맞추고 한참을 예쁘다 하며 보아주었다. 그 개도 자기가 예쁜 걸 안다. 하물며 개도 예쁜 걸 좋아하는구나. 그래서 사람들에게 더 관심을 받고 사랑을 받을 수 있다는 것을 아는구나. 그런 생각이 들었다.

나르시즘을 자기 사랑으로 혼동할 적에, 내 무의식의 저 밑바닥에서는 결핍이 에너지를 갈구하고 있는 것을 보았다. 채워도 채워지지 않는 그런 에고의 사랑.

개의 주인과 헤어지고 한참을 개가 멀어질 때까지 보았다. 나는 나의 길을 가야지. 신호등의 불이 바뀔 때까지 나는 멈추어 기다린다. '어~ 뭐지? 내 발 밑에 반짝이는 게 있다. '거북이다!' 손바닥에 올리니 꼬물꼬물 살아 움직인다! 거북이가 맞는데 등껍질이 내가 아는 거북이랑 다르다. 꼭 옥으로 만든 바둑판 같다. 옥으로 작은 타일들을 만들어 이어 붙인 것 같은 바둑판 모양이다. 옥색 등껍질이 반질반질 윤도 나고, 생기가 돌며 빛이 곱다. '아이고 참 조그맣다. 언제 클까? 하며 꿈에서 깼다.

보통 꿈은 아닌 것 같다. 분명 화두랑 맥락은 같이 하는데 저 거북이의 의미는 정말 모르겠다. 인터넷에 거북이와 관련된 해몽을 찾아보니 물질적인 풍요 얘기만 있는데 아닌 것 같다. 나는 오늘도 자통님 찬스를 써야겠다. 그동안 나의 똥꿈 부터 별별 꿈들을 들으시고 해몽해주셨는데 오늘도 여쭤봐야겠다. 바보의 통찰은 영감을 주니까.

꿈 이야기를 하면서 '차에 탄 3명은 다른 사람이 아니고 내 안에 있는 캐릭터들을 대표해서 인물로 나타난 것 같아요. 결국엔 그 3명도 나인데 이 길을 가는데 두고 가야 할 나의 부정적인 성향인 것 같다'고 말씀 드렸더니 '그게 맞아요'라고 말씀하신다. 꿈에서 보이는 다른 사람들의 모습은 나의 성향이 그렇게 드러난 거라 '모두가 나'라고 하신다. 나머지 해몽은 나의 가슴에 넣어둔다. 그렇게 나의 일곱 번째 화두도 결을 맺었다.

여덟 번째 화두

지난번처럼 시간을 두어 받지 않고 어제 화두에 결을 맺었으니 바로 연락을 드렸다. 감사한 마음 한편에도 얼른 코로나가 종식되어 빨리 뵙고 싶다는 마음이 솟는다.

나의 몸

몸의 이완을 위해 요가로 몸을 풀어서 그런가? 의식을 집중하니 전보다 선명하게 심장박동이 온몸으로 느껴진다. 하단전에 의식을 두니 몸이 좌우로 돈다. 나도 모르게 심장박동에 의식이 두어지며 리듬을 탔더니 몸이 앞뒤로 흔들린다.

요가 동작을 할 때마다 비틀어진 골반에 의식을 두고 호흡을 하려고 하다 보니 잘되지 않는 자세가 많다. 자세를 만드는 게 목적이 아니라 바른 균형을 잡으려고 하니 애쓰는 마음이 놓아진다. 바른 균형을 잡고 나면 자세는 저절로 만들어지겠지 하는 믿음이 남들보다 잘하려는 비교하는 마음과 욕심도 함께 놓아지게 한다. 못한다고 자책하는 마음도 없이, 그동안 비틀어진 상태에서 균형 잡고 살아내느라 고생한 나의 몸에게 미안해하고 고마워한다.

자유의지

태양과 행성들 그리고 별들이 뿜어내는 에너지의 하모니를 휴먼 디자인에서는 수없이 많은 뉴트리노(중성미자)가 대기 중에 흐르고 있다고 한다. 명리학에서는 일진이라 하고, 점성학에서는 트랜짓이겠지. 살아 숨 쉬는 동안 내 몸은 호흡을 하며 그 에너지를 받아들이고 내보내고 있다.

단전호흡에서는 하단전에 집중하여 호흡을 깊게 하여 기운을 모으는 것이라고 하니, 대기 중에 흐르는 오행의 에너지들이 부지런하다면 매일같이 쌓이겠지? 아무 생각 없이 숨만 쉬어도 그 에너지의 영향을 받고 있는 우리다.

나의 사주팔자에 있는 오행의 성질들이 어떤 것은 끌어당기고 어떤 것은 밀쳐내고 있다. 하단전에 모든 오행들을 쌓아서 필요할 때 꺼내어 쓰는 건 어떨까? 모든 에너지가 내게서 늘 흐르고 있으니 흔들림 없이 중심을 잡을 수 있을 거야. 나는 오직 멈추어 서서 필요한 것이 무엇인지 보고, 무엇을 선택하면 될 뿐. 아마추어 서퍼가 아닌 프로 서퍼가 되기 위해 죽기 또 죽기!

아는 것에 한계 지어지는 것도 그 에너지 흐름에 동참하는 것도 무한한 확장으로 자유의지를 자유롭게 한다. 이렇든 저렇든 모든 현상은 신의 뜻이니 편을 가를 수가 없다.

정말 재밌는 게 이 글을 쓰는 지금도 별들이 보내는 신호에 반응하는 나는, 그 에너지의 도움을 받아 이 수련기를 마무리해야 한다는 추진력을 얻는다. 실제로 별들의 움직임을 읽고 예측하는 이들도 그렇게 말을 한다. 내 태양의 별자리에 머물고 있는 화성은 할 일을 끝내도록 압력을 준다고 말이다.

에너지적으로 불편함 없이 자연스럽게 글을 쓰는 것을 보니, 순응이라는 것이 이런 것이구나. 그냥 이렇게 사는 것이 나의 할 일이구나. 별다른 게 없다. 사명도 없고 되어야 할 것도 없다. 그저 이렇게 흐름 안에서 존재할 뿐이다.

전생

알지 못하는 두려움 때문에 보이고 들리는 것을 막았더랬다. 한참 전생에 대해서 궁금한 적이 있었는데 그것에 대해 마음을 접게 된 생각이 있었는데 8번째 화두를 곱씹으니 그 생각이 난다.

'내가 궁금하고 궁금해 하는 그 전생이라는 게, 미래의 나는, 지금의 내 모습이 전생인 거잖아? 오 마이 갓! 뭐야~ 내 미래에서 지금의 나를 보면 실망하는 거 아니야? 아마도 그럴 확률이 큰데 어쩌지? 특출나게 잘하는 것도 없고 미모가 뛰어난 것도 아니고 내세울 게 아무것도 없는데 어떡하지? 아~ 나 전생 안 궁금해. 그냥 안 볼래. 몰라~~ 모른다고. 그거 궁금해 하고 보는 능력 개발하는 것보다, 지금의 나를 미래에서 보고 좋아하게 만드는 일을 해야겠어!'

그렇게 마음을 먹으니 전생이 궁금해지지 않고 조금씩 성장하는 내 모습을 보게 된다. 물론 변화무쌍한 나의 감정들이 내가 사람인가 싶게 만들 때도 있지만, 그것을 통해 내 의식이 변화가 되고 새로운 날들이 펼쳐지게 되는 것을 보는 내가 새롭다.

감은 눈

하단전에 축기는 꺼지지 않는 빛을 만들어 주는 것 같다. 그 빛이 나의 무의식 바다를 탐험하는데 등대가 되어준다.

깊게 잠들어 있는 밤, 화장실에 가고 싶어 일어나 눈을 뜬다. 방안은 어두워서 눈을 뜨고 있어도 불편한지 모르겠다. 화장실에 들어가기 전, 불을 켜니 나도 모르게 얼굴을 찡그리며 한 쪽 눈을 감는다. 떠 있는 눈조차 가늘어지니 초점이 맞지 않고 희미하게 보인다. 그렇게 어둠속에서 눈을 뜬 후 빛을 바로 볼 수 없음이, 나의 마음인가 싶다.

아침에 깨어 꿈을 살피니 기분이 살짝 찜찜하다. 깊은 무의식 속에 있는 나의 부정적인 행동들이 양심에 어떻게 반응하는지 보았다. 아직도 애착을 놓지 못하고 작은 것에 연연해하는 나를 본다. 한밤중 화장실의 불빛에도 나는 눈을 감을 수밖에 없는 나를 보며, 눈이 부셔 내 안의 빛을 보고 두 눈을 감아버리는 일이 없었으면 하는 용기를 내어 본다. 이제는 눈을 감아도 되지 않는 빛 속에 있는 거 같은데 말이지~

분별력

여기저기 공부하러 다니다 보면 이런 것 저런 것 해보았다는 이야기를 할 경우가 있는데 나에게 돌아오는 얘기는 '분별력이 없다'였다. 그러게 내가 똑똑했더라면 이것저것 가려서 배우러 다녔을까?

요 며칠 꿈에 연연해하며 마음을 살펴보니 분별에 관한 알림인가보다. 어떤 일에 에너지적으로 반응할 때 그냥 멈추기. 어떤 판단도 분별도 하지 말고 그냥 보는 것. 그것이 사람이라면 내 가족인지 친인척인지 중요하지 않아. 그냥 사람인거야. 혈연, 지연, 학연 같은 그런 에너지 반응을 거두고 그냥 보는 것.

나의 행동과 누군가의 행동을 도덕적인지 아닌지, 정의로운지 아닌지, 옳은지 그른지 분별하는 것은 중요하지 않아. 각자 모두 필요한 경험을 하는 것일 뿐이잖아. 나부터 멈추어 서서 그냥 보면 되. 나는 그냥 그렇게 되어지면 되. 그렇게 멈추어 보니, 우리는 하나라는 생각도 없어. 아무것도 없어. 아무것도...

현묘지도 수련을 마치며

낮부터 '오늘 결이 지어지겠구나.'하고 알아졌다. 온화하고 따스한 햇살이 바람에 흩날리는 벚꽃 잎들과 함께 반짝거린다. 손에 들린 한 잔의 커피는 그 향기를 쌀쌀한 바람에 실어 나의 감성세포를 깨워낸다. 틈틈이 가꾸어 온 다육이 식물들은 꽃을 피워내며 봄의 생명력을 보여준다. 그저 별다른 것 없이 평화로울 뿐이다.

8단계까지의 화두를 끝낸 지금의 나는 담담하다. 마주한 현실에는 경천동지할 만한 큰 변화가 있지도 않다.

처음 명상을 시작할 때, 나를 자리에 앉아 눈을 감도록 이끈 것은 고통이었다. 아직도 어떤 불편함은 나를 그렇게 이끌어 집중하며 마음을 보게 한다. 명상만을 위한 호흡을 하였을 때, 나는 내면 깊숙이 있는 무의식을 맞닥뜨릴 때마다 널뛰기하듯이 변하는 감정들에 끌려다녔다. 공부를 하고 있으니 좋아질 때도 있었지만, 부정적인 감정들에 똑같은 패턴을 겪을 때마다 느끼는 좌절감은 자존감을 떨어뜨리고 죄책감과 늪에 빠진 것마냥 짓누르는 무기력감에 나 스스로 마음에 감옥을 지었었다.

현묘지도 수련 과정에서의 나는, 하나의 결을 맺을 때마다 조금씩 잠잠해지는 그 변화를 온몸으로 느끼고 받아들인 것 같다. 이것이 하단전 축기의 힘이라는 것을 알겠다. 무의식의 바다에 등대가 되어주는 그 빛에 신의 사랑이 있음도 알아진다.

나의 '의명천시'에 귀하고 소중한 인연이 되어주신 삼공 선생님께 감사드린다. 삼공 선생님이 아니었으면 '스승'이라는 의미를 지식으로만 알뿐, 가슴에서 알아지는 기쁨을 모르고 살았을 것이다.

'바보의 통찰은 영감을 준다'라고 표현했지만, 순수하게 큰 힘이 되어주신 나의 조력자 자통님께 형용할 수 없는 감사의 마음을 담아드린다. 오직 하단전의 축기로, 축기가 되면 절로 되어진다는 눈높이 설명과 함께 인격적으로 동등하게 대해주셔서 편안하게 어려움 없이 공부할 수 있었다. 다그친 적도 없으시고 혼낸 적도 없으시다. 대화할 때 자통님의 유머에 나의 심각함은 저절로 내려놓음이 되어졌다.

젠틀하신 조광님이 웃으시면 말간 눈망울로 수줍어하는 소년 같다. 조광님 덕분에 삼공재 입문을 프리패스 하였으니 정말 감사하는 마음이 우러나온다. 늘 관심 가져 주시고 점검해 주셔서, 늘어지고 게을러지는 마음을 잡을 수 있었다. 블로그에 빠짐없이, 한결같이 매일 올려주는 수련기만 보아도 조광님의 성품은 절로 알 수 있다.

아, 지금의 나를 삼공재로 이끌어 주신 도성님께 사랑의 마음을 듬뿍 담아 감사함을 전해본다. 남성 위주의 체험이 많은 곳에서 현묘지도를 잘 마치시고 생활수련이 무엇인지 몸소 보여주시는 드문 여성이다.

침묵의 장에서 늘 함께 교류하고, 뒤풀이 장에서는 즐겁고 흥미로운 대화로 함께 해주신 도반님들께도 진심으로 감사드린다. 나의 자성과 함께하는 바로 지금 이 순간이 '의명천시'이다.

【삼공의 독후감】

삼공재에 찾아오는 수많은 수련생들이 지금껏 제출한 수련기들 중에서 가장 길고 알찬 것을 이틀 동안에 걸쳐 독파했다. 결론적으로 말해서 배인숙 씨가 삼공재를 찾지 않았더라면 어떻게 되었을까? 철학관 쪽으로 흘러가 기상천외의 무당이 되지 않았을까 생각된다. 자통 조광도성의 공로가 크다. 삼공선도가 그만큼 성숙해진 것을 하늘에 감사한다. 그녀의 후배들을 잘 인도해 줄 것을 염원하여 도호는 대성(大成).

조광의 현묘지도 수련 완료 후 수련기

2019년 3월 21일 목요일

퇴근길, 바람이 차다. 엇~! 벗나무 하나에 꽃이 피었네. 다른 벗나무들은 아직 겨울 느낌인데 얘만 홀로 꽃을 피워 스산해 보인다. 지 마음대로 꽃을 피운 것도 아닐 테고, 자신도 어쩌지 못하는 흐름에 순응한 것이겠지. 나도 수련을 누가 시켜서 하는 게 아니라 어떤 흐름에 이끌려 하고 있단다.

저녁식사 후 산책 나갔다. 1시간 30분. 보공을 하는 중에 스트레칭과 하체운동도 했다. 그런데 산책하면서 보니 꽃이 핀 벗나무가 또 있다. 얘도 아까 본 한 그루의 나무처럼 어떤 흐름에 따라 꽃을 피웠겠지. 어떤 끌림에, 그게 영성인지 인과인지 모르겠지만, 수련하는 사람이 나 말고도 많듯이...

오늘 밤, 특별히 콘서트 동영상을 틀고 음악명상을 하기로 했다. 게시된 지 이틀밖에 안 된 하우저의 공연 유튜브라서 빨리 시청하고 싶었다. 네 번째 곡, 〈오 솔레 미오〉부터 운기가 되기 시작하여 내내 기운 샤워를 받았다. 음악은 진동이고, 진동은 정보이자 에너지이다. 기감은 바로 이 음악에 실린 작곡가, 연주자의 마음과 기운에 반응한다.

아름다운 천재 피아니스트 로라. 그녀와 하우저의 듀엣은 참으로 멋지다. 듣고 또 들으며 천재들의 그 뭔가와 하나된다. 선천적인 재능과 후천적인 노력, 그리고 때와 사람을 잘 만난 천운이 결합하여 만들어진 작품이 아닌가. 칭송하고 즐기는 한편 교훈으로 삼는다.

2019년 3월 22일 금요일

어제는 목요일이라 늦게 잠자리에 들어서인지 아침에 기상이 힘들었고 오후에도 조금 졸렸다. 컨디션 조절은 역시 양질의 수면에서 시작해야겠다.

전부터 『왜 인도에서 불교는 멸망했는가』가 궁금했는데 같은 제목의 책을 어제부터 읽었다. 불교가 인도에서 소멸한 이유는 이슬람의 침공과 당시 인도 불교 자체의 한계 때문에 그랬다는 설이 대세이다. 이 책은 그 사유에 대해 검토하는 내용이다.

인도 불교는 힌두교의 계급주의 전통에 대한 대항 세력으로서의 역할을 했다. 그러다 이슬람교도의 침공, 힌두교도의 불교에 대한 보복 등으로 그 세가 약화되었다. 결국 불교의 종교, 교리적인 면을 중시한 불교도는 힌두교로, 반 힌두적인 정치, 사회적 기능을 중시한 사람은 이슬람교로 개종하다 보니 불교가 소멸했다는 것이다.

시기적으로는 현장이 인도를 방문했던 7세기 전반만 하더라도 사원은 3600여 곳, 승려는 26만여 명이라 할 만큼 성했는데 750년경에는 쇠퇴했다. 뱅갈 지역에 남았던 불교도 1200년 경에는 소멸한다. 결국 브라만교로부터의 종교 개혁으로 기원한 불교는 자국에서 사라지고 주변 국가에서 명맥을 이어가게 된다.

요즘 『청바지를 입은 부처』를 매일 한두 챕터씩 읽고 있다 보니 오늘날 불교가 서양에서 영적인 방황을 하는 이들에게 길이 되고 있음을 알겠다. 개인적으로도 불교가 수행에 도움이 되는 부분이 있음을 인정한다. 그런데 의식이 달라지니 불교를 포함, 종교를 보는 시각도 변하더라.

밤에 요가 운동하러 가다. 3주차 마지막 날인데 회원이 조금씩 줄고 있는 듯하다. 그만큼 운동에 시간을 내어 규칙적으로 하기 어렵다는 것이렸다. 갔다 와서는 음악명상 조금 하다가 와공을 많이 했다. 동공을 겸하며 수련하던 중 짧은 영상이 몇개 빠르게 지나가며 보였다. 중지된 화면도 몇개, 그중 벽돌을 쌓아 놓은 듯한 도형이 종종 보이는데 왜 그런지 모르겠다.

2019년 3월 23일 토요일

아침 늦잠을 즐기고 일어나 고대문명 관련 유튜브를 보다. 원래 역사 과목을 좋아했는데, 고교 때 시험 문제가 암기와 논리를 요하기 때문에 점수가 생각만큼 잘 안 나왔다. 만일 점수가 잘 나왔다면 사학과를 가지 않았을까. 그래도 역사책과 다큐를 즐겨 보고 있으며, 특히 고대 문명에 대한 관심이 많다.

죽은 자는 말이 없기 때문에 역사는 승자의 입장에서 기록된다. 그래서 역사는 진실이 묻힌 채 왜곡되거나 조작된 채 전해지기도 한다. 그래서 역사는 진리가 아니라 참고 사항일 뿐이다. 고대문명의 경우 당시 역사 기록이 없어 미스테리에 싸여 있고, 가설이 진실인 양 우리의 의식을 좁히고 있다.

그런 상황에서 에리히 폰 데니켄, 그레이엄 핸콕 같은 이들은 고대문명을 탐구하며 우리의 의식이 깨우쳐지도록 일조하고 있다. 나의 경우 고대문명에 관한 다큐를 보다 보면 재미와 더불어 좁혀진 의식이 넓어지는 듯한 기분을 느낀다. 오늘 본 다큐는 영상미까지 곁들인 수작이다.

삼공재 가는 길. 전철간에서 내면에 집중하다가 머릿속 송과선을 관한다. 삼공재에서도 눈을 감고 의수단전하며 심안으로 송과선을 계속 본다. 그 후유증을 겪는다. 즉슨, 뒤풀이 가서 얘기를 나누는데 말소리가 웅웅거리며 마치 물속에서 듣는 것 같다.

단전호흡의 기본은 축기에 있다. 축기를 언제까지 해야 하는지 묻는다면 평생 해야 한다고 답한다. 단전은 기운의 밧데리이자 보일러, 저수지이므로 계속 채워야 하기 때문이다. 관련하여 오늘 들은 이야기 하나를 푼다. 축기를 하다 보면 단전의 모습이 빛의 타래처럼 보이는데, 계속 관하여 그것을 뚫고 바닥까지 가야 한다.

바닥까지 이르면 꿈에서 시련 즉 테스트를 받는다. 마귀가 나타나 조금씩 다가온다. 코앞까지 와서는 무서운 모습으로 변하며 잡아먹으려고 한다. 이때 겁먹지 말고 마귀를 바라보고 있으면 사라진다. 이게 나흘 동안 천천히 진행되니 매일 공포에 떨며 목숨을 걸고 임하게 된다.

이런 시험을 통과해야 축기가 끝난다고 한다. 이때 수많은 빛의 실이 몸을 구성하고 있음을 보게 되고, 항상 축기 빵빵하여 더 이상 두려움을 모르게 된다. 내공이 오를 때마다 시련을 겪는데, 이렇게 축기가 최종 단계에 이르러 시련을 통과할 때까지 처절하게 수련해야 한다.

집에 와서 다큐를 한번 더 보고 수련한다. 송과선을 계속 관한다. 머리로 기운이 상기된 듯하고 물속에 잠긴 듯 귀가 먹먹하지만 끝까지가 보면 어찌 될지 궁금하다.

2019년 3월 25일 일요일

스터디하러 가다. 점심은 지난주 갔던 곳을 지나 다른 반점을 갔다. 외관이 맛집 같아 보였기에 들어갔는데 기대와 달리 맛이 없다. 반점에 배신감과 일행에게 미안함을… 그리고 음식을 조금 먹었음에도 졸았으니 선생님에게 죄송함을 느낀다.

그런데 스터디 후반 다룬 내용에서 빛, 격자 문양, 차크라 쉴드 등 수련 시 봤거나 경험했던 것들에 대하여 힌트를 얻었다. 그리고 여기서 권하는 사항 중 'Be the Change, Be the Action!!' 이는 사고방식의 유연성, 말보다 행동 먼저라는 나의 코드와 잘 맞는다.

귀가 시 명상수련하다. 저녁식사는 간단히 때우고 6만 명이 부르는 보헤미안 랩소디 유튜브를 들으니 눈물이 저절로 나온다. 많은 사람들이 마음을 모을수록 기운이 커지고 공명, 감동을 일으킨다. 그러니 세상사는 데 각자 옳다고 분열되지 말고 부디 좋은 쪽으로 합심하면 좋겠다.

저녁식사 후 산책 나가 스트레칭과 근력운동을 하고 차크라 쉴드 돌리는 연습을 하며 보공했다. 위치는 고관절 높이와 겨드랑이 높이. 쉴드를 서로 반대 방향으로 돌린다. 훌라후프 두 개를 각각 반대 방향으로 돌리려고 연습하는 듯하다.

책과 유튜브를 조금씩 보고 침실로 이동, 와공을 한 후 좌공을 한다. 송과선을 관하다가 하단전으로 이동, 잠들 때까지 계속 관한다. 관, 즉 쳐다보는 시선에는 마음이 실리고 여기에 기운이 함께한다. 마음은 파동으로 움직이니 이 또한 에너지의 흐름이다. 심란하면 에너지가 흩어지고 마음이 고요하면 에너지가 모이고 축기가 된다.

2019년 3월 27일 수요일

미세먼지 상태 안 좋은 아침. 마스크 쓴 채 호흡수련하며 출근. 퇴근 후 독서모임 참석. 귀가하며 호흡수련. 요가 운동하러 가는 날인데 늦어서 못 갔다. 대신 수련을 많이 하자.

1차수 (10시~11시 30분) : 어제 들었던 사운드 테라피 들으며 호흡수련하다. 곧 단전 용광로가 점화되고 내내 강하게 운기가 되었다. 이 사운드 테라피를 여러번 들었는데 오늘에서야 효과를 발휘하는 듯하다.

2차수 (11시 45분~0시 20분) : 빗소리 유튜브 들으면서 음악명상하다. 저절로 단전호흡이 된다. 입정에 드니 백회가 빠개지는 듯한 통증이 수반되며 짧은 영상도 보이며 명상이 깊어진다.

3차수 (0시 30분~2시) : 커피 마신 덕분인지 잠이 안 와서 와공을 오래 했다. 수련할 때는 적을 만한 내용이 많구나 싶었는데 지금 막상 쓰려니 기억이 나지 않는다. 다음에는 기억력 증진 사운드 테라피를 들으면서 수련해볼까?

2019년 3월 28일 목요일

아침에 하우저의 첼로 연주를 듣고, 코를 푸는데 피가 조금 묻어 나왔다. 간밤에 늦게까지 수련해 수면이 부족했나 보다. 그래서 관련 사운드 테라피를 들으며 명상했다. 이것은 그림이 좀 거시기해서 그렇지 사운드의 명상 몰입, 운기 효과는 뛰어나다.

밤 9시 넘어 귀가. 1차수 (9시 40분~10시 10분) : PC 앞, 의자에 앉은 채 가부좌를 틀고 호흡수련하다. 집중이 잘 안되어 그만 하다.

2차수 (10시 10분~35분) : 수련 분위기를 바꾸기 위해 동공을 시작했다. 즉 호흡을 하며 스트레칭을 하는 것이다. 요 위에 앉아 몸을 풀었지만, 언제 편한 시간에 몸이 저절로 움직이는 동공을 할까 싶다.

3차수 (10시 35분~11시 20분) : 두손을 깍지 끼고 엄지손가락을 맞대어 원형을 만들어 배꼽 아래 위치시킨다. 그 원 안으로 기운이 들어온다고 의념하며 단전호흡을 하니 단전이 용광로처럼 끓는다. 앞에 동공을 한 효과가 나타나는 듯하다. 브레이크 타임에 요가 메트 위에서 등 굴리기와 스트레칭을 짧게 하다.

4차수 (11시 35분~0시 30분) : 유튜브로 백색소음 들으며 단전호흡을 한 후, 와공으로 가이드 명상 유튜브를 듣다가 잠이 들었다.

2019년 3월 29일 금요일

출근하며 『청바지를 입은 부처』 '불법이 곧 봉사이다' 편을 읽다가 공명운기가 강하게 일어나기에 놀랐다. 도대체 누구길래 이런 내공을 보이나? 다이애나 윈스턴. 그녀는 사회운동에 불교 수행을 접목하여 이를 실천하는 단체를 만들어 운영했다. 태국, 미얀마 등의 사원에서 수행하였고 달라이 라마로부터 들은 "불법이 곧 봉사입니다"를 지침으로 삼고 있다. 현재는 UCLA 내 한 기관의 Mindful Awareness Research Center 장으로 있다. 인터넷으로 본 그녀의 사진에서 전해지는 기운이 비범하다.

245쪽. 우리의 마음속에 존재하는 탐욕과 증오와 망상은 외부의 사회와 그 구조 속에 존재하는 것들과 다르지 않다는 것을 깨달았다. 개인적인 고통과 사회적 고통도 서로 다른 것이 아니다. 조직의 일원으로 지쳐 있을 때 우리는 불법의 지혜로 서로에게 힘이 되어주었다. 우리는 참선 수행자로서 그리고 사회 변화를 위해 일하는 운동가로서 서로를 밀어주고 격려했다.

같은 책, '나로부터의 변화' 편 239쪽에 인용된 "우리는 우리가 추구하는 변화 그 자체가 되어야 한다"는 마하트마 간디의 말에 자극을 받은 터였다. 여기에 수행과 봉사를 접목하여 활동하는 다이애나 윈스턴의 이야기를 접하고는 나의 수행 방향에 대해 다른 각도에서 반성을 하고 있다.

9시 30분 넘어 수련 시작. 명상음악을 들으며 단전호흡하다. 백회가 뽀개질 듯이 아프고 입정에 들자, 20세기 중반 패션, 무릎 아래 긴 치마를 입은 서양 여자들이 우루루 담장 안의 길을 걸어 오는 게 보인다. 키도 비슷, 머리 스타일도 비슷... 누구지? 왜 보였을까? 설마 집단 빙의는 아니겠지.

침실로 이동, 와공 자세로 수식관하며 자율동공하다. 몸이 허리, 고관절 부위를 중심으로 저절로 조금씩 스트레칭하다가 하단전 진동도 일어난다. 다시 서재로 이동, 고관절 통증에 효과가 있는 아래 사운드 테라피를 들으며 명상하다. 백회가 심하게 아프다. 잡념... 관하기도 하고 잠시 사로잡히기도 했다.

2019년 3월 30일 토요일

가벼운 마음으로 PC 작업도 하고 사운드 테라피 음악 들으며 잠시 명상도 하고, 그레이엄 핸콕 동영상을 시청하다. 그는 고대 문명을 추적하지만, 역사를 전공하지 않았기 때문에 학계의 고정된 관념에서 벗어나 사고의 폭이 넓다. 그리고 그의 유튜브에서처럼 사람의 의식을 넓히는 데에도 관심을 두고 있다. 나도 고대문명에 관심을 두고 있는데, 역사는 인류의 의식 수준이 어떠했는지 보여줄 뿐만 아니라 의식의 발달에도 영향을 주니 재미있고 탐구할 만하다.

삼공재 가서 수련하다. 배꼽 위치 요추, 명문에서 기운이 들어와 단전에 모여 축기가 되는 명문호흡을 한다. 그러다 1번 차크라 위치에서 양쪽 고관절을 도는 쉴드를 돌린다. 이 과정에서 운기가 되고 기운도 들어온다.

수련 끝나고 뒤풀이, 저녁식사, 커피 한잔. 여기서 나누거나 들은 이야기 몇 개를 풀자면... 일행 중 혼자 인도의 라즈니쉬 명상센터에 가서 단기간 수행한 분이 있다. 수련과 생식을 하니 예지력이 생겨 주의하고 있고 딱 필요할 때 보호령이 도와주고 있음을 안다고 한다. 조만간 또 인도에 갈 거라고 하니 영성 추구에 대한 그의 노력이 대단하다.

영, 빙의령이 보이는가? 내공이 깊어지면 영안이 트여 그때 보인다. 입정에 들면 보인다. 그런 게 항상 보이면 어떻게 정상적으로 살겠냐? 영이 어떻게 생겼는지 몰라도 괜찮다. 그런 게 들어왔음을, 영향을 주고 있음을, 나갔음을 알면 된다. 천도하는 데 기도나 주문이 효과가 있을진데 항상 그런 것은 아니다. 관을 하면 되니 그 내공을 기르려면 축기하라 등등...

축기를 하여 12경락을 다 뚫으면 건강이 보장된다. 축기가 된 단전의 저변까지 의식이 꿰뚫으면 하늘이 응하여 사람에 따라 마귀, 천룡 혹은 부처가 나타난다. 신비한 현상에 미혹되지 않고 시험을 통과하면 더이상 빙의령에 시달리지 않고 모든 두려움에서 해방된다...

귀가하여 아침에 보던 그레이엄 핸콕의 유튜브를 마저 다 봤다. 피라미드, 스핑크스가 만들어진 시기가 12,000년경 이전인 이유, 세계 각

지역에 유사한 거석상, 건축술 등이 나타나는 이유 등을 제시한다. 그리고 고대 문명이 멸망했던 상황이 반복되지 않도록 과거의 교훈을 살리고 선택을 잘하여 세상을 잘 만들어 가야한다고 제안한다.

2019년 3월 31일 일요일

토요일과 일요일 중 하루는 가급적 집에서 쉬려고 한다. 3월에는 한번도 그러질 못했는데 오늘 간만에 휴식을 취한다. 아침 시간은 스터디 자료 공부, PC 작업, 그레이엄 핸콕 유튜브 청취, 명상 그리고 스트레칭으로 구성했다.

점심식사 후 산책 나갔다. 수행은 발전하는 과정인데, 발전을 하려면 변화가 있어야 하는 법. 오늘은 무엇을 변화시킬까? 그래. 요즘 안 뛰었지. 천천히 한바퀴 뛴다. 매일 뭔가 조금씩 달라지면 한달 후 제법 변해 있을 것이고, 일년 후엔?

내 몸이 조금 피곤하고 어떤 욕구가 있음을 안다. 그 욕구에 휘둘리지 말자. 이렇게 인식하고 생각하는 주체가 나인가? 그 주체가 정신인가, 영혼인가, 의식인가? 그런데 그 욕구, 정확히 말하자면 성욕인데 그것이 어디서 오는지 관하고 있다. 식욕, 수면욕처럼 몸에 귀속된 현상 같기도 한데, 좀 다른 것 같다. 정신적인 혹은 영적인 면에서.

다큐 영화 〈Free Solo〉를 보다. 밧줄 없이 맨몸으로 암벽을 오르는 스토리인데, 그 암벽이란... 2천 미터가 넘는, 아무도 맨몸으로 오르지 못한 곳을 정복하는 극한의 도전이다. 무모한 도전 같지만, 당사자는

그냥 준비를 철저히 해서 오를 뿐이다. 단지 보는 사람들이 걱정하고 긴장되고 떨리고 손에 땀이 날 뿐이지

프리 솔로 등반이나 수행하는 거나 당사자는 그냥 할 뿐이다. 평소에 준비하고, 임하는 동안 집중하다 보면 어느덧 정상에 오르고 한소식 하는 것이다. 차이가 있다면 생명의 위험 수준? 그런데 등반할 때의 집중력과 체력으로 수행을 한다면 대단한 내공을 쌓을 것 같다.

〈런던 리얼〉, 그레이엄 핸콕 편을 시청하다. 〈런던 리얼〉은 작년 4월 10일 아니타 무르자니 편을 본 이래 처음 시청하는 것이니 그동안 공부를 많이 하지 않았음이렸다. 핸콕은 어렸을 적 임사체험을 통해 우리가 몸이 아니고 몸이 우리의 일부임을, 의식이 몸으로 현현한 것임을 알았다고 한다. 그래서 주어진 상황에 의식을 뺏기지 말고 편하게 임하라고, 의식을 확장하라고 권하고 있다.

미 대륙의 고대 문명과 그것이 사라진 이유가 이번 토크쇼의 소재이지만 전달되는 바는 그 이상이다. 이렇게 영성, 의식이 높은 분의 이야기를 접하여 교훈을 얻는 것도 수행의 한 방법이다. 깨달음은 큰 것 한 방도 있지만 작은 깨달음을 축적하기도 한다. 깨달음을 구하고자 한다면 명상뿐만 아니라 공부나 일상생활에서도 얼마든지 얻을 수 있겠다. 얻고자 한다면 그리고 마음을 연다면...

2019년 4월 1일 월요일

어젯밤 명상을 안 했기에 출근하면서 만회한다. 사람에게는 12개의

의식이 있다고도 한다. 그럼 다른 의식으로 바꿔볼까? 지금까지 있던 방에서 나와 다른 방으로 들어가듯... 반 입정 상태에서 나 자신을 관한다. 희미하게 뭔가 보였다가 사라진다.

오랜만에 미세먼지 상태가 좋기에 간밤에 창을 조금 열어 놓은 채 잤더니 아침 기상 시 몸에 냉기가 있었다. 난방을 켜지 않은 결과다. 사무실 창문 하나를 활짝 열어 놓고 내내 있었더니 오후에는 추웠다. 조금만 열어 놓을 걸...

퇴근 무렵 기어이 몸이 차갑고 손의 온기도 사라졌다. 전철간에서 단전호흡하니 몸이 훈훈해진다. 빈자리에 앉아 눈 감고 수련을 하다. 갑자기 처음 보는 털 많은 동물이 나에게서 나와 걸어가는 뒷모습이 생생하게 보이기에 깜짝 놀랐다.

개찰구를 통과하니 새로 문을 연 센베이 과자집이 있기에 조금 구입했다. 아침에는 라테 한잔 사 마셨으니 차를 몰고 통근하는 것보다 돈이 더 든 셈이다. 저녁은 식사 대신 센베이 과자로 때우고 유튜브 보다가 졸다가 하면서 요가하러 갈 시간을 기다렸다. (산책하려고 했는데 깜빡했다.)

요가 갔다와 와공과 동공을 겸하여 수련하다. 이 시간은 고양이가 다가와 집적거리기 일쑤다. 부르지 않았는데, 물론 불러도 안 오지만, 제 발로 와 스르르 안긴다. 이거 밀쳐내기도 그렇고... 도닥도닥 거리며 생각하길, 귀여움, 관심, 사랑 받는 것은 다 자기가 하기 나름인가 싶다.

2019년 4월 2일 화요일

『청바지를 입은 부처』를 읽을 때 공명운기가 되었던 '불법이 곧 봉사이다 편'의 필자로 다이애나 윈스톤을 알아 본 적 있다. 그런데 '몸은 마음을 따라간다 편'을 읽을 때도 공명운기가 되었기에 필자인 데이비드 주니가에 관심이 생겼다. 그는 달리기를 명상으로 승화시켰던 인물로, 책의 저자 소개(280쪽)에는 티베트에서 불교 수행을 했다고 나와 있다.

그런데 텍사스 대학의 약학대에서 개최하는 세미나의 강사 소개에 의하면, 그가 티베트가 아닌 한국에서 선사가 되었다고 한다. 그리고 암환자의 임종을 돌보는 일을 한 후 임상심리학자가 되어 우울, 분노, 대인관계, 슬픔, GLBT, 스트레스 등의 장애를 가진 사람을 돕고 있는데, 그가 30분간의 무료상담을 제공한다는 자료도 있다.

실제로 데이비드 주니가는 태권도를 배웠고, 하버드 대학(대학원)에서 불교상담심리학 공부를 하던 중 한국의 태고종 소속 스님을 만나 인연을 맺었다. 그러다 선암사에 와서 수행을 했다고 한다. 이에 대한 이야기가 2005년 발행된 기사에 있다.

오후 늦게부터 컨디션이 안 좋아진다. 허리도 아프고 배탈기도 있어 불편하다. 귀가하니 10시가 넘었다. 누워서 허리를 달래며 동공, 휴식을 겸하다가 잠이 오려 해서 좌공 자세로 변경. 깜빡 졸 때마다 어떤 화면이 잠깐 보였다 사라진다. 이거 꿈은 아니다. 힘이 딸리고 졸리다 보니 화면을 잡아서 보지 못한다. 몸이 괴로우니 그만 할까나.

명상은 의식 있는 수면이라고도 한다. 잠을 자면 의식이 수면계 혹은 4차원으로 가지만 기억을 못한다. 대신 입정에 들면 의식을 한 채로 4차원 또는 그 이상으로 통할 수 있으니 모두 다 기억할 수 있다. 이 의식 현상의 무한한 가능성, 그 신비를 탐구하는 재미도 따른다.

2019년 4월 4일 목요일

아침에 눈을 뜨니 몸이 무겁기에 최대한 늦게 기상한다. 어젯밤 운동이 과했나. 그런데 그 무거움이 운동에 의한 것이라 깨끔한 여운이 있다.

출근 전철간에서 명상을 하는데 갑자기 꿈이 기억난다. 즉슨, 평이 좋지 않은 어떤 여인과 면담한다. 가족 얘기를 들려주는데 애들은 장애가 있고 남편은 다가오지 않는다고 한다. 그러면서 날 유혹한다. 흐음... 그녀의 집을 방문하여 얘기한 내용이 사실인지 확인한다. 그녀가 오해받고 있음을 알게 된다. 짧은 드라마 같은 이야기. 생뚱맞게 이런 꿈을 꾼 이유가 뭘까? 일종의 시험인가?

어느 자료를 보니 열반(해탈, 니르바나)에 이르는 11가지 조건이 있다. 탐욕, 성질, 어리석음에서 벗어나야 한다. 아프지 않으면, 슬퍼하지 않으면, 비탄에 잠기지 않으면, 고통에 잠기지 않으면, 우울하지 않으면, 고난이 없으면 된다. 늙음에 대하여 너무 생각하지 말고, 죽음에 대하여 너무 연연하지 않아야 한다.

나의 경우 여기에 제시된 조건 중 고난과 어리석음에서 걸린다. 고

난은 가정과 직장에서 생기는데, 가정의 경우 어려운 고비를 누차 넘으면서 지금의 나로 발전했고, 직장의 경우 보수를 받는 대가이니 패스해도 될 듯하다. 어리석음의 경우 스스로 어리석은 사람이라고 자처하고 있으니 여기서 과락이네. ㅠ

월리엄 핸콕의 동영상을 마저 다 보다. 세계에 흩어져 있는 고대 동굴 벽화의 공통점을 보이며, 샤만이 트랜스된 상태에서 본 장면을 그린 것임을 증명했다. 또 환각 상태의 의식 차원에 대한 연구 결과 등을 소개했다. 이 유튜브를 시청하고는 편견과 선입견에서 자유로운 의식, 그리고 그러한 의식이 어디까지 확장되는지에 대해 생각해 봤다.

2019년 4월 5일 금요일

아침에 쉽게 기상하지 못했다. 요즘 운동량을 늘려가다가 어제는 휴식을 취하며 늦게까지 유튜브 청취, 좌공 잠깐 하고 잤을 뿐인데...

출근길 전철 문가에 서서 눈을 감고 머리 안쪽을 보며 명상을 하니 기운이 인다. 그리고 공간 이동한 듯 금방 도착했다. 오후에 간간이 스쿼트 15번씩 7회를 하니 몸이 뻐근하다. 퇴근후 모임에 가서 저녁식사 조금 하고 술도 안 마시고 중간에 나왔다.

집에 도착하니 좀 피곤하다. 요가원 가지 말고 쉴까! 망설이다가 시간 맞춰 왔으니 가자고 격려한다. 가보니 안 온 회원들이 많다. 막상 하다 보니 가길 잘했다는 생각이 든다.

자시수련. 아침에 했듯이 머리 안쪽을 보며 명상하다. 강한 기운이 머리 뒤로 들어온다. 두어 장면이 선명하게 연속으로 보인다. 시선을 단전이 아닌, 머리 안쪽에 두고 있는데 몇번 해 보니 깊이 들어가는 효과가 나타나고 있다. 이 방법은 순간에 집중하려고 시도했던, 미니멈 메디테이션 때 두었던 시선 방향이다.

2019년 4월 7일 일요일

아침. 비몽사몽... 앗! 늦었나? 아직 이른 아침이라 안심. 동공 조금 하고 기상. PC 작업하고 스터디하러 나간다. 지하철 타고 명상을 하니 금방 도착한다. 자료를 빌려 봤으니 고마움을 표하고, 스터디 분위기에 조금이라도 기여하고자 빵집에서 콩고물 찹쌀떡을 사 갔다.

4월 첫 스터디. 시작하면서부터 지리리리~ 계속 공명운기가 되니, 점심을 안 먹어도 배고플 것 같지 않았다. 참석한 분들의 공부에 대한 열정이 대단들하다. 아는 만큼 보이고 해석하는 법이니, 식견을 넓힐수록 수련에서의 성과도 높아지리라 본다.

다른 얘기지만, 살다 보면 상처도 받고 한도 맺히기 마련이다. 용서는 피해를 준 사람을 사하는 것인데, 내가 피해를 받은 데 집착하기보다 아무런 의미를 부여하지 않는다면 용서 또한 성립되지 않을 것 같기도 하다. 내가 만든 관념이니 내가 없앨 수도 있지 않겠는가?

그런데 맨날 실수하는 나로서는 부지부식 간에 남한테 피해를 줄 경우가 많을 것 같다. 이때는 지체 없이 인정하고 용서를 구하는 게 최고다. 특히 친한 사람, 가족일수록 함부로 대하기 쉬우니 가까운 사람부터 잘해준다. 대신 실수하는 나를 스스로 용서해 주는 아량도 필요할 듯. 나는 실수를 모르는 완벽한 사람이 아니니까. 나와 남의 실수에 너그러우면 마음이 편해진다.

점심 먹은 게 소화가 안 되어 저녁식사는 스킵. 밤에 산책 나가 보공한다. 의수단전의 집중력을 높이기 위해 호흡수를 단전에 생각으로 쓴다. 이어서 달리기를 했다. 달리기를 시작한 지 3일째인데, 속도를 높여 트랙 3바퀴를 돌았다. 내일은 4바퀴 돌까나. 스쿼트는 110회 하다.

밤에 PC 작업을 하고, 명상에 들어가니 동영상 뷰어가 처음 깜빡깜빡 거리듯 화면이 형성되는 게 보인다. 이어서 어제 보던 유튜브를 마저 다 봤다. 명상으로 머리를 비워서인지 영어가 잘 들린다. 명상 학습법을 특허내 볼까나.

2019년 4월 13일 토요일

아침 일찍 눈이 떠졌다. 몸이 조금 무겁지만 동공을 한다. 브릿지 단전호흡 100회, 복근운동도 호흡에 맞춰 수십 회, 프랭크는 호흡 20회 하니 2분이 지난다. 동공을 끝내니 몸에 활기가 찬다. 그런데 시간이 지나니 노곤함이 느껴진다.

삼공재 가는 길. 걷는데 기운이 지리리~ 일며 오라가 형성된다. 전철간에서 단전이 활성되고 기운이 활활거린다. 강남구청역에서 만난 도반님께서 내 얼굴이 좋아 보인다고 한다. 운동해서 피곤해 보일 거라 응답하니 왈, 기운이 깊어진 게 겉으로 드러난다고 한다.

삼공재 입실. 선생님 원고 작업하시는 에디터 잠깐 봐드리고 본격적으로 수련 시작. 전철간에서 하던 수식관을 이어서 하니 기운이 계속 일어난다. 이윽고 입정에 들자 영안이 열리고 어디 풍광이 영화처럼 넓다랗게 보인다. 살짝 뜨는 잡념은 흔들리며 영상에 녹아 사라진다. 발전기에서 전기가 생산되듯 기운이 계속 생기면서 온몸으로 전파된다.

저녁에 산책을 하니 피곤기가 느껴져 조금만 하고 귀가. 밤에 피곤이 풀렸기에 동공을 했다. 가슴운동에 좋은 푸시업. 바닥에 손을 대고 하면 팔목이 아파서 오랫동안 안 했다. 이번에 팔목 부담이 덜하게끔 기구를 사용해 보기로 했다. 적응 기간을 가지고자 무릎을 바닥에 대고 어제 10회 오늘 20회 했다.

스쿼트 단전호흡 140회 하고 침실로 이동, 좌선에 들었다. 수식관을 하니 단전이 작렬한다. 그런데 얼굴 옆, 양쪽 귀에서 머리를 둘러 두껍게 잡고 있는 빙의현상이 감지된다. 빙의를 관하니 영안이 열리고 머리쪽에서 얼굴이 허연 남자가 일어나 나를 보며 나간다. 그 화면의 크기가 작다. 이어서 그와 관련된 듯한 장면이 지나가는 경치처럼 보인다. 그리고는 양쪽 귀와 머리를 수건으로 감싸고 있던 것처럼 느껴지던 압박감이 사라졌다.

2019년 4월 15일 월요일

아침에 눈을 뜨니 창밖이 환하여 늦잠 잔 줄 알고 순간 당황. 시간을 보려고 핸드폰이 있을 곳을 더듬거리니 없다. 일어나 찾아보니 안경도 없다. 아~ 어젯밤 잠시 휴식 겸 동공하러 왔다가 그대로 잠들었구나. 서재에 가 보니 불과 PC가 켜 있고 책상위에 핸드폰과 안경이 있다.

시간을 보니 6시 반쯤 되었다. 브릿지 단전호흡을 20분 하고 프랭크 운동을 한다. 그저께 했을 때보다 호흡 1번 더해 21번! 몸을 一자로 만들어 바닥에 닿지 않게 버티는 프랭크 동작. 온몸에 힘이 들어가니 단전호흡하기가 어렵지만 그냥 시도해 본다.

이 우주는 15개의 차원이 순서대로 3개씩 모여 5개의 밀도를 형성, 서로 뒤틀린 채 동시에 존재하고 있다고 한다. 각 차원과 밀도에 속하는 존재는 속성이 다른데, 제일 낮은 차원의 존재는 물질 형태로 존재하지만 높은 차원의 존재는 빛의 형체를 띨 뿐이다. 물질의 농도가 진한 아래 차원의 존재는 위 차원의 존재를 볼 수 없다. 대신 높은 차원의 존재는 낮은 차원의 존재를 볼 수 있다.

그런데 높은 차원의 존재를 꿈이나 명상으로 볼 수 있다. 그런데 이를 본다 해도 자신이 아는 대로 해석하거나 혹은 그 존재가 나의 인식 수준에 맞춰 나타나기 때문에 실제 모습이 왜곡된다. 따라서 관념, 편견을 버리고 임해야 하는데 이게 더 어려운 일 같다. 입정 중에 자성의 모습을 여러번 본 적 있다. 마지막엔 사람 모습이 아닌 원래의 모습으로 나타나 달라고 했다. 그랬더니 빛으로 나타났다. 그러면 자성은 저~ 높은 차원에 속하는 것인가?

밤에 요가원 가서 몸을 최대한 스트레칭하고 오니 힘은 들어도 깨끔한 느낌이 좋다. 프랭크 2분. 스쿼트 단전호흡 150번을 하니 후끈거린다. 이후 음악을 들으며 명상을 하니 심신이 평안하다.

2019년 4월 16일 화요일

6시 반 알람 소리에 일어나 동공할까 조금 더 누워 있을까 결정을 못 내리고 있다가 7시 알람 소리에 눈을 뜬다. 지금 단 하나의 운동을 한다면? 프랭크. 2분 5초 동안 견디며 단전호흡을 하는데 중간부터 몸이 찢어질 것 같다. 아침이라서 더 힘든가? 그나마 인내의 보상으로 은근한 성취감, 희열감이 따른다.

어제 우주는 15차원이 5개의 밀도로 동시에 존재하며, 각 차원에 해당하는 물질로 구성되는 존재가 있다고 언급했다. 즉 물질 성질과 에테르 성질이 각 차원마다 다른 비율로 섞여 있는데, 이에 따라 다른 차원으로의 이동 방법이 다르다. UFO를 이용하는 존재가 있고, 그런 운송수단 없이 생각만으로 바로 이동하는 존재도 있다.

지구 밖에서 온 사람이라 해서 외계인이라 호칭되는 그들은 종족이 다양한데, 어디에서 왔냐 말고도 어떤 차원에서 왔냐로 구분해야 할 듯하다. 이에 관한 이해는 관련 자료들 외에 지인과 나의 경험이 근거가 되었다. 즉, 외계 존재와 자주 접하고 얘기를 나누었던 사례, 꿈에서 혹은 수련 중 사람이 아닌 존재를 본 사례, 의식이 지구가 아닌 어떤 곳을 다녀온 사례 등이다.

단전호흡하며 스쿼트 40회씩 4세트 하다. 하루에 1,000회를 하는 사람도 있으니... 지금은 까마득~하다. 전에 서울 성곽을 하루에 일주할 때 오전 이른 시간 남산에서 아득하게 멀리 있는 인왕산을 바라봤는데, 걷고 또 걷다 보니 오후 늦게 그 인왕산 성곽에 서서 남산을 바라보던 감회가 떠오른다. 가고 또 가다 보면 어느새 그곳에 가 있더라는!! 수련의 과정도 그렇다. 아무리 해도 안 된다고 중도에 포기하지 말고 계속 정진하다 보면 언젠가 한소식한 자신을 보게 된다.

2019년 4월 19일 금요일

동공하고 기상. 그런데 눈이 잘 안 보이는 게 몸 상태가 이상하다. 기가 역상한 것 같다. 편두통이 오려나... 전철간에서 명상, 연정호흡을 하는 동안 조금씩 회복되었다.

오후에 스쿼트 80회 하다. 어제 70번 했을 때보다 운동 후의 고통?이 덜하다. 귀가하면서 『세스 매트리얼』을 읽기 시작하다. 어엇! 잔잔하게 운기 현상이 일어나네~ 기대된다. 책에 몰입되어 있다 보니 금방 목적지 역에 도착했다. 1장 읽으며 밑줄 친 부분을 일부 인용하자면,

우리는 물질세계 속에서 물질화되고 개인화된 에너지입니다. 에너지로 관념을 생각해내고 물질화시키는 법, 즉 관념의 건축을 배우는 것이 우리의 목적이죠. 우리는 관념을 물리적으로 처리할 수 있도록 3차원적 사물로 투사시킵니다. 그러므로 모든 사물은 물질화된 생각이죠. 이러한 관념의 물질적 표상 덕분에 생각하는 나와 생각의 차이점을 배우게 됩니다... 존재는 비물질적이며 근본적인 불멸의 자아입니다. 그것은 다른 존재들과 에너지 차원에서 교신하며, 거의 무궁무진한 에너지를 자유로이 쓸 수 있죠. 개인은 우리가 육체적으로 거의 표현하기 힘든 전체적인 자아의 일부분입니다.

산책 조금 하고 몸을 풀고 운동모임에 갔다. 불금이라 그런지 회원이 평소의 반도 안 나왔다. 어깨, 허리, 엉덩이 근육 운동, 프랭크 등을 하고 귀가. 스쿼트 100회 하여 오늘 목표량 180회 채웠는데 어제만큼 힘이 들지 않으니 운동에 적응되어 가는 것인가? 그러면 좋겠다.

자시수련. 음악 들으며 명상을 하고 이후 와공 겸 동공을 하였다. 와공 중 밝게 빛나는 붉은 색의 둥근 도형이 보였다. 어디 붙어 있는 걸 조금 들춰 보여주듯... 그때 황홀한 빛이 함께했다. 만다라인 줄 알았는데 지금 생각해 보니 원 안에 격자무늬가 있다. 아~ 전에 봤던 도장의 문형 같기도 하다.

2019년 4월 20일 토요일

아침 일찍 눈 뜨다. 누운 채 와공 겸 동공을 하다. 그 짬에 외국인을 포함해 사람들이 줄줄이 나에게 들어오는 게 보이기에 급히 천도시킨다. 프랭크 2분 30초로 마무리하고 기상.

어젯밤 운동할 때 밴드를 잡고 가슴을 펴는 동작을 취하고 있는데 기운이 지리리~ 일어나기에 왠일인가 싶었다. 오전에 PC 작업하며 백그라운드 음악으로 미토콘드리아 사운드 테라피를 틀어놨는데, 기운이 가볍게 계속 동한다. 수련이 다시 상승하려나? 기대해 본다.

스터디 관련 공부를 하다가 시간이 되어 외출한다. 친구가 일원인 트럼펫터 앙상블 공연을 보러 간다. 그런데 작년 공연 보러 갈 때 비가 왔고 빙의로 편두통이 생겨 고생했었는데, 오늘도 비올 듯한 날씨의 아침에 집단 빙의가 들어왔으니... 시험인가?

단원을 쭉~ 보니 작년 공연 모습과 비슷한데, 부녀와 부자로 보이는 멤버가 있어 보기 좋았다. 공연 시작. 곡마다 다르게 공명운기가 되었는데, 어떤 곡은 몸이 폭발할 듯 격하게 기운이 공명하며 반응했다. 이러다 어찌 되려나? 공연 중, 귀가 중 그러고 보니 아침에도 단전의 통증이 극심했었다.

2019년 4월 21일 일요일

어제 밤에 자시수련 시 좌선으로 수식관 하던 중 단전이 덜컹 하더니 부글부글 끓는 붉은 해가 나타났다. 모양은 작은 구형이다. 조금 있다가 중단이 상응했다. 이 경험이 망각 속에 있다가 불현 생각났다.

8시 반쯤 집을 나선다. 왕십리역까지는 앉아서 명상하였고, 신촌역까지는 일부러 서서 갔다. 스터디에서 소개된 내용인데, 비센 라키아니가 존 부처라는 인물과 인터뷰하는 동영상이 있다. 존 부처는 사업가이자 아티스트로서 이름조차 범상한, 해탈한 사람 같다. 열반에의 조건으로 나이 먹는 것에 대해 너무 생각하지 않음이 들어가 있다.

불로의 비결은 좋은 습관에 있다고 한다. 그것은 목표를 설정하고 그것을 성취하기 위한 방법을 생활화하는 것이다. 남들처럼 먹고 마시고 즐기지만 센스 있게 적당히 한다고 한다. 존 부처는 건강, 지적 생활, 정서 생활, 성격, 영성 등의 개인 영역, 사랑과 가족, 사회생활 등의 관계 영역, 경력, 재정, 전반적인 삶의 질, 삶의 비전 등 모두 12가지 영역에서 조화와 균형을 이루며 사는 사람인데, 그렇게 사는 그의 방법론을 참고할 필요가 있겠다.

스터디가 정점에 이르고 있다. 만다라 같은 코드를 활용한, 기공 비슷한 테크닉 외에도 의식의 정화와 현현(manifestation)에 좋은, 의념 수련 비슷한 테크닉 등... 일부는 유튜브에 공개되어 있기도 하다. 이렇게 배운 것을 익혀서 습관화해야 공부했다고 할 수 있으니 다 내가 할 나름이다.

귀가하며 스터디 자료 복습하다. 밤에 산책 나가 스트레칭 조금 한 후 스쿼트 12회를 16세트 하다. 이어서 보공하며 수식관 하다. 자시수련으로 동공과 좌공, 와공을 두루 하고 수면계 여행을 하다.

2019년 4월 22일 월요일

어제 존 부처(동영상에서 그가 불릴 때 전 부처, 혹은 전 붓처로 들리기도 한다)를 소개했는데, 그는 삶의 목표를 설정하고 이를 달성하는 방법을 생활화하라고 했다. 그래서 내 삶의 목표가 뭔지 생각해 보니 도인으로 사는 것이라 하겠다. 수행이 생활화되어 있으니까.

여기서 존 부처가 제시한 12가지 영역. 이 모두를 조화롭게 그리고 균형 있게 이룬다면 가히 현대의 도인, 해탈한 경지의 다른 측면이 아니겠는가 싶다. 그럼 나의 경우는 어떤지 보자.

1. 건강 : 타고난 약골, 저질 체력이지만 수련을 통해 좋아졌다고 자

부함

2. 지성 : 공부와 독서가 취미다 보니

3. 정서 : 잡고 있던 것을 놓고 벽을 허무니 안정감이 생기고, 누구든
지 나와 함께 있으면 행복해진다는

4. 성격 : 타고난 걸 어찌하랴? 단지 사고가 유연해지면서 여유가 생
긴 듯

5. 영성 : 수행을 많이 했으니, 또 앞으로 할 것이니 그 만큼 높아지
기를 기대함

6. 사랑 : 으흠~ 이거야 부족함이 없지. 사랑이 넘치는 사람이라

7. 가족 : 가화만사성, 내 기준에 맞추지 말고 있는 그대로 인정한다

8. 사회생활 : 혼자서도 잘 노는데 굳이 사람들하고 교류해야 하나?
그래도 인연은 소중하게 생각함

9. 경력 : 나름 이것저것 해 봤으니 이젠 조용히 살까 함

10. 재정 : 욕심 부리지 않고 실용적으로 소박하게 사는 한 문제없음

11. 전반적인 삶의 질 : 남과의 비교, 과거에의 집착과 후회는 불행
의 씨앗. 지금의 삶에 대략 만족하고 있음

12. 삶의 비전 : 그냥 끌리는 대로 살 거라서 비전 같은 거 없는데...
굳이 설정하자면, 근심과 두려움 없는 도인으로 사는 것

현재 시점 내 자신에 대한 12가지 영역 평가가 너무 후한 것 같다.
하여튼, 오늘 평소와 다른 변화가 있었다면 프랭크 운동을 두번 즉, 아

침과 밤에 했다는 것. 요가원 갔다와 PC 앞에 앉지 않고 바로 좌선을 했다는 것. 하단전이 뜨거워지자 어제는 중단전이 상응했는데, 오늘은 상단전이 상응했다는 것 등이다.

2019년 4월 23일 화요일

자시수련을 대략 밤 11시부터 다음날 새벽 1시까지 하는데, 상황 봐서 융통성 있게 임하고 있다. 즉 다음날 중요한 일이 없거나 피곤하지 않으면 졸릴 때까지 수련한다. 수련을 많이 하면 다음날 컨디션이 좋을 때도 있지만, 오랜 기간 누적되다 보니 수면부족 현상이 생긴다.

유명한 여성 CEO, 아리아나 허핑턴은 너무 바빠서 잠을 줄여 살다가 사무실에서 쓰러지고 말았다. 이렇게 사는 게 행복한 것이지 반성하고는 잠을 잘 자기로 하였는데, 그 결과 머리가 맑은 상태에서 최적의 의사결정을 하게 되었다고 한다. 수행도 나름 행복을 위해서 하는 것이고, 머리가 맑은 상태에서 수련을 하면 좋을 테니 아리아나의 충고를 수용하여 양질의 수면을 취하는 방향으로...

우연히 네이버 블로그 홈에서 핫토픽 내 로맨스 영화, 〈명장면이 많은 감동 영화〉를 보게 되었다. 전에 봤던 영화지만 스토리는 생각이 안 나는데, 글을 읽다 보니 대충 내용이 생각나며 잔잔하게 전율이 계속 인다. 영화 볼 때는 안 그랬던 것 같은데, 이 잔잔한 전율이 계속되다가 어떻게 될까봐 겁이나 딴일에 신경을 돌린다.

귀가하니 10시. 휴식 삼아 PC 작업, 유튜브 시청, 음악 감상하고 자시수련에 임한다. 와공을 하며 의수단전하니 단전 아래 전립선 부위가 너무나 뜨거워 놀랐다. 월화의 피곤이 쌓인 밤시간, 몸을 존중하여 꿀맛 같은 수면을 취한다.

2019년 4월 26일 금요일

이번 주 처음으로 지하철 타고 출근하며 독서하다. 금요일을 기념하여 라테 한잔. 11시 넘어 가벼운 편두통 증세가 생겼다. 명상을 하니 태평양 전쟁 때 일본군 복장, 철모를 쓴 젊은 남자가 사진처럼 보인다. 이이 때문에 편두통이 발생한 건가? 점심을 굶고 계속 명상하다.

퇴근 길 독서. 『세스 매트리얼』 10장에서 아래 문장을 인용한다.

여러분은 자신의 현실 세계에서 정신 에너지가 무엇이며, 그것을 어떻게 사용하는지를 배우고 있습니다. 사념과 감정들을 끊임없이 물질화시킴으로써 그렇게 하고 있는 것이죠. 그러므로 주변 환경을 살펴봄으로써 자신의 내적 발전도를 분명하게 파악할 수 있습니다. 자신과는 별개로 존재하는 듯한 외부의 사물이나 사건은 실상 자신의 감정, 에너지, 정신적 환경이 물질화된 결과이죠... 우리는 현생이나 사후의 삶에서뿐만 아니라 최소한 여러 가지의 삶을 통해, 자신의 물질적 현실을 만들어가며 에너지의 관념을 체험으로 전환시키는 법을 터득하게 됩니다. 지금의 환경뿐만 아니라 부모와 성장환경까지도 사전에 선택한 것이죠.

위키피디아 〈니콜라 테슬라〉 중, 테슬라의 독특한 발명 방식 편을 읽을 때마다 스르르~ 하며 기운이 동한다. 해당 문장이 영적인 혹은 기적인 영역을 언급하고 있기 때문이렸다. 유튜브 〈Lessons form Nikola Tesla - Mindfulness〉를 시청하니 테슬라의 영성, 사고방식과 시각을 보건데 그가 깨달은 사람임을 알겠다.

(1) 우주의 비밀을 알려면 에너지, 주파수와 진동 개념으로 접근하라. (2) 혼자 있어라. 그러면 발명을 하게 되고 아이디어가 생긴다. (3) 뇌는 우주의 코아로부터 지식, 힘과 영감을 받는다. (4) 개인과 공동체 간에 가깝게 접촉하고 깊이 이해하고, 이기주의와 자만심을 없애야 한다. 우주적인 깨달음을 얻으면 평화가 생긴다 등등.

2019년 4월 27일 토요일

아침부터 외출할 때까지 공부, 류현진 선수 경기 시청 등으로 시간을 보내다. 지하철에 탑승, 반대 출입문 쪽에 자리를 잡았다. 이대로 서 있다가 이쪽 문이 처음 열리면 내려 환승하면 된다. 한 중년 남성이 내 뒤에 서서는 잔기침을 계속 한다. 나라면 기침을 참거나 입을 가리거나 위치를 바꾸거나 할 텐데, 아랑곳 하지 않으니 타인 배려심이 전혀 없네. 차라리 내가 비키고 말지. 다행히도 곧 내릴 것이라 참는다.

강남구청역에서 도반님과 1차 합류, 아파트 현관에서 2차 합류한다. 삼공재 입실하기 전, 현묘지도 화두수련을 마친 분에게서 기운이 강하게 전파된다. 선생님께 일배하고 정좌 자세를 취하니, 오늘 삼공재 안에 기운이 충만하다. 수식관, 운기, 진동을 하는 한편으로 허리의 불편함 때문에 몸을 조금씩 뒤틀다가 근래 가장 좋은 자세가 잡혔다. 이대로 오랫동안 꼼짝하지 않고 수련할 수 있을 것 같은데, 그만 시간이 다 되었다.

뒤풀이 가서 현묘지도 수련 끝낸 분의 소감을 듣는다. 두려움과 근심이 없어져 마음이 편하졌다는, 그게 얼굴에 그대로 나타나 보인다. 한소식 얻으면 그 효과로 이렇게 마음이 편해진다는 공통점이 있는데, 그동안의 정진에 대한 보답이기도 하다. 정진은 다짐과 함께 기존의 습관을 바꾸는 것이라 할 수 있으니 결단력, 의지, 격려도 필요하다.

근원에서는 과거 현재 미래가 섞여 있지만, 현실에서는 시간이 흘러가기 때문에 지금의 내가 다른 시간이나 차원대에 사는 또 다른 나를 만나기 어렵다. 단지 영화에서나 볼 수 있는 이런 일이 실제로 일어난다면? 유체로 나와 어디를 가니 다른 시간대 전생의 나를 한번에 두명, 도합 세 사람이 만나 어떤 일을 함께 했다는... 뒤풀이 2차 가서 들은 이야기 중 하나다.

2019년 4월 30일 화요일

새벽에 잠이 깨다. 어제는 피곤하고 허리도 불편하고 빙의 현상 때문에 호흡을 깊이 하지 못했는데, 자고나니 괜찮아졌다. 허리 요양을 위해 와공을 하고 기상.

리더십을 발휘하고 가르치고 평가하는 일, 사회 경력과 공부가 쌓이다 보면 그런 일을 해야 할 위치에 서게 된다. 익숙하면서도 때로는 잘

하고 있는지 반성하기 일쑤이다. 리더를 잘 만나야 어떤 조직이건 잘 풀리기 때문이다.

『초격차』 30~32쪽에서 리더의 덕목으로 진솔함, 겸손, 무사욕 등의 내면적인 것이 먼저 거론된다. 여기에 외적 덕목으로 통찰력, 결단력, 실행력, 지속력 등이 더해져야 하는데, 이 7가지 덕목을 동시에 발휘해야 한다. 이러한 리더십은 조직, 남을 대상으로 하지만 나를 대상으로 적용할 수 있다고 본다. 그럼 나는 어떤지 체크해 보자.

진솔함 : 그러한 사람이 되고자 함
겸 손 : 그런 것 같은데, 은근히 자만심이 발동될 때가 있음
무사욕 : 대개는 그러한데 가끔은 욕심이 생김.
통찰력 : 직감이 자주 발동됨
결단력 : 결정장애가 있어 우유부단함 ㅠㅠ
실행력 : 있기도 하고 없기도 함
지속력 : 있기도 하고 없기도 하고...

10시에 귀가. 간만에 프로야구 하이라이트를 시청한다. 시간이 아깝다는 생각이 들어 TV를 보며 스쿼트와 고관절 운동을 병행한다.

11시부터 좌선. 수식관 시작하자 바로 단전 열감이 형성되고 운기가 이루어진다. 마치 꺼진 엔진이 다시 걸리는 듯하다. 떠오르는 잡념을 흘려보내면 다른 잡념이 떠오른다. 수식관 100회 해도 입정에 안 들기

에 수식관을 계속한다. 입정에 든 것인지 반수면에 빠진 것인지... 빙의령을 부르니 어떤 형체가 나타난다. 빙의령이냐고 물으니 모습을 바꾼다.

2019년 5월 1일 수요일

출근하며 독서하니 일상으로 돌아온 듯하다. 오전에 대맥 주변으로 기운이 저절로 형성되며 펄펄 끓으려 했는데 신경을 딴 데 쓰다 보니 이후 소식을 모르겠다.

저녁에 강아지 데리고 산책 나가다. 빙의 후유증이 남아 있어 호흡을 깊게 하기 어렵다. 걷다 보니 걸쭉한 기운이 백회 주변으로부터 머리 가득히 들어와 몸으로 천천히 들어가 내려간다. 호~ 이런 기운, 생소하다.

운동 가다. 오늘은 강사가 살살 진행하여 힘들지 않았다. 다음에는 빡쎄게 진행하겠지. 그러길 바라고 있다. 혼자 운동하면 강하게 밀어 붙이질 못하니까.

PC 앞에 앉아 헤드폰을 끼고 음악명상을 하고, 스터디에서 하던 가이드 명상을 짧은 버전으로 따라해 본다. 간만에 합장하고 소리에 집중한다. 인당 부위, 굴럭굴럭 붕괴하면서 동굴이 생기는 장면이 보인다.

2019년 5월 4일 토요일
미 비포 유

이 영화가 시작되는데 지리리~하고 운기가 되기에 심상치 않다. 잘 나가다가 사고로 전신마비가 되어 삶의 의미를 잃어버린 청년과 6개월 동안 그를 돌보기로한 여주인공 간의 이야기. 절망감 가득한 청년이 그녀의 헌신적인 보살핌, 정성으로 변하기 시작했다. 배려하는 마음이 싹트고 삶의 희망이 살아나는 듯했으나...

인락사

나의 탄생은 인연의 작용이라고도 하고 기억하진 못하지만 나의 선택에 의한 것이라고도 한다. 후자가 진실이라면 죽음도 선택할 수 있는 거 아닐까? 살고 싶지 않은 사람을 굳이 살려야 하는지, 사회에 아무런 도움도 안 되고 폐만 끼치는데도 인간의 존엄성이라는 관념 때문에 끝까지 보호하고 살려야 하는지에 대해 다른 의견을 가지면 안 되나.

삼공재 수련

오늘 방문자 5명 중 4명이 현묘지도 전수자라서 그런지 수련 중 기운이 크게 들어왔다. 그리고 바로 입정에 들었다. 심장을 처음으로 관해 봤다. 하고 싶은 말 있으면 하라고 하니 여러 상이 연속으로 보였다. 가부좌하면 오른쪽 고관절이 아팠는데 근래 정좌해도 안 아팠다. 그런데 오늘따라 아프네. 요즘 고괄절을 푸는 운동을 많이 했는데 오히려 통증이 전해지니 아이러니하다. 고관절과 심장 부위를 분리해서 보지 않고 이것들을 전부 포함한 나를, 우주를 하나로 본다... 오늘 수련 잘된다.

뒤풀이

오랜만에 뵌 도인, 삼공재 앞에서 보자마자 기운이 느껴졌었다. 뒤풀이 장소에서 자리 하나 사이에 두고 옆에 앉아 있는데 공명운기가 격하게 일어난다. 물어 보니 본인도 그렇게 느껴진다고 하여 서로 놀란다. 조만간 함께 장시간 수련해 보고 싶다. 지난주와 오늘 선생님에게서 기운이 통째로 전해진다는 다른 도인의 이야기. 여기까지 듣고 일정 때문에 먼저 일어섰다. 계속 이어질 얘기가 재미있을 텐데 아쉽다.

공연

올림픽 체조경기장에서 개최된 미스트롯 공연. 노사연 이무송 부부가 사회를 보는데 참 잘한다. 출연자들의 끼와 재주, 재능과 노력 또한 인정할 수밖에 없겠다. 그건 그렇고 궁금한 것... 과연 트로트 노래에서 공명운기가 될까? 결론은 두 명의 가수에게서 느껴졌는데 첫번째는 그러려니 했다. 그런데 두번째는 밝은 이미지의 가수가 부른 노래라서 의외였으니 영성과 캐릭터는 관계가 없나 보다. 공연이 거의 끝나갈 무렵, 송가인이 부르는 〈진정인가요〉를 듣는데... 저절로 눈물이 나온다.

2019년 5월 5일 일요일

어제 공연 보러 갔다온 후유증에 빠져 있다. 공명운기를 일으킨 가수와 눈물 나오게 한 가수의 노래를 듣고 또 듣고, 조사도 하여 포스팅 자료로 만든다. K - POP, 걸 그룹, 아이돌이 대세인 가요계. 가수가 되고 싶었거나 무명 가수로 전전하던 이들에게 이번 미스트롯 프로가 인생의 터닝 포인트였다고 한다.

누구나 자신의 꿈, 희망을 가질 것이다. 살다 보면 꿈을 획득할 기회가 몇번 주어진다고 한다. 그것을 잡을 수 있도록 평소에 노력, 준비할수록 성공할 확률이 높겠지. 가브리엘 번스타인은 자신의 경험을 근거로 기적이 일어나길 믿고 기다리라고 했다. 미스트롯 가수들은 그 기적이 이루어지기까지 참고 기다린 사람들이다.

나에게 도인이 된다는 것은 동경 혹은 꿈 같은 것이었고, 하근기라 오랜 동안 노력과 좌절을 반복했다. 그래도 의수단전의 끈을 놓지 않은 결과 어느날 기회가 주어졌다. 간절한 마음으로 현묘지도 수련에 임했고, 그것이 내 인생의 터닝 포인트가 되었다. 그렇지만 이것이 끝이 아니고 새로운 시작이라는 사실을 알게 되었다.

저녁에 강아지 데리고 나가 산책하다. 열대 태생이라 그동안 추워서 동면하듯 있었는데, 요즘 슬슬 데리고 나와 산책 시간을 늘리고 있다. 오늘은 세번째 산책, 3km쯤 걸은 것 같다. 1만 보, 즉 7km 산책 및 보공이 목표다.

밤에 1차 수련. 아래 음악을 들으며 명상하는데 의식이 입정과 수면의 중간에 머물렀다. 이어서 바이런 케이티 유튜브를 시청하다. 그녀 왈, 내가 믿고 있는 신념이 진실인가? 그것을 개념화하여 보라. 그 생각을 믿는다면 어떻게 반응할 것인가? 그 생각이 없다면 당신은 어떻게 되는가? 감정을 인정하되 고통으로 이끌지 마라. 나에게 스트레스를 주는 생각에서 탈피하라.

이 유튜브를 두번 들으며 목소리 명상을 한다. 머리 오른쪽에 뭔가 있는 기척 혹은 낌새? 몸과 팔이 홀쭉하고 길다. 그가 손을 뻗어 내 인당에 넣는다. 그의 얼굴이 빛 때문에 잘 안 보인다. 누구인지 궁금해 얼굴을 잘 보니 얼굴이 긴, 어떤 유명한 미국 배우처럼 생긴 남자다.

2019년 5월 6일 월요일

전날 자시수련 계속. 새벽 1시쯤 아래 음악을 들으며 명상하던 중 인당이 환해진다. 빛이 마구 들어오며 강한 기운도 동반한다. 스크린이 쫙 펴진다. 파란색이 감도는 빛나는 껍질로 덮인 신비한 나무 기둥, 빛의 기둥이 인당으로 들어온다. 큰 비눗방울 같은 것들이 인당으로 들어오는 듯하다.

커다란 청동종이 인당 안, 머리에 설치되고 하얀 선녀옷 같은 복장의 여자가 종 왼쪽을 지나 앞으로 가서 선다. 그녀의 모습이 종에 가려 안 보이는데 무슨 작업을 하는 듯하다. 큰 기운이 들어와 머리가 진동한다. 강한 기운 때문에 몸에 힘이 들어간다. 가느다란 하얀 빛을 동반한 기운이 대맥을 두른다.

갑자기 어떤 바닷가 마을 같은 곳이 보이고 광고 풍선 같은 재질로 된, 길죽한 사람들이 - 지구인이 아니다 - 많이 지나다니며 말을 하는데 내 귀엔 전혀 들리지 않는다. 내가 눈여겨 보는 사람마다 나를 의식하는지 서로 논쟁하듯 얘기한다. 장면이 바뀌어 우주복 같은 복장을 착용한 사람들이 나온다. 마찬가지로 지구인이 아닌 것 같다. 이어지는 장면은... 노 코멘트. 2시가 훨씬 넘었기에 그만하고 침실로 이동하여 잠을 청한다.

영화 〈미 비포 유〉를 다시 한번 봤다. 영국 영어 발음은 알아듣기 어려워 어제는 자막 보기에 바빴는데, 이번에는 출연자의 연기와 배경을 눈여겨보고 음악도 새겨듣는다. 스위스에서 방의 창문을 여는 장면부터 감동이 시작된다. 엔딩 장면, 주인공 남자가 여자에게 전한 편지 내용... 〈누구를 위하여 종이 울리나〉에서 두 주인공이 헤어질 때의 장면, 대사가 생각난다.

오후에 골프장 가다. 날씨가 좋아 많이 걸으면서 호흡에 의식을 두려 했다. 마음과 몸, 공이 조금씩 일치해 가고 있어 다행이다. 한동안 망가진 스윙의 원인은 순간의 욕심과 두려움 때문임을 확인했으니 교훈으로 삼는다. 귀가하는 동안 수식관하며 운전하다. 자시수련, 새벽에 듣던 것과 같은 음악을 틀고 명상했다. 속편 영상이 뜨길 기대했는데 집중력이 떨어져서인지 가물가물하기만 하다.

2019년 5월 7일 화요일

차를 몰고 출근할 때 아파트 단지에서 나와 1키로를 가면 올림픽대로에 진입하게 된다. 그 전에 있은 일. 전방에서 건너편 택시가 급히 유턴을 하여 손님을 태운다. 1차로를 주행하는 차에 그 택시가 가려졌다가 2차로에 갑자기 나타나 정차를 한다. 같은 차로를 주행하고 있었지만 과속을 하지 않았기에 사고를 면했고 조금 놀랐다.

조금 가다 골목길에서 차가 갑자기 진입한다. 이번에도 브레이크를 급히 밟을 수밖에. 뒤에 차가 따라오지 않으니 내 차가 지나가면 천천히 진입해도 되거늘. 가다가 차선을 바꾸려고 깜빡이를 켜면 그때마다 옆에서 득달같이 달려온다. 오늘 왜 이러지? 조심해야겠다. 그러면서 계속 명상운전 했다. 귀가할 때는 정차하여 차로를 막거나 천천히 가면서 교통 흐름을 막는 차가 계속 나타났으니 오늘 이상하긴 하다. 도고마성? 시험?

그저께 미스트롯 공연 노래 듣다가 공명운기가 두번 된 적이 있는데, 그때 노래를 부른 가수가 정미애와 두리. 그래서 그들의 노래를 포스팅한 바 있다. 이 가운데 정미애 노래를 듣자 마자 온몸에 기운과 함께 소름이 돋았다고 알려준 분이 있으니, 내가 이상한 사람이 아님이 증명되었다.

목소리에 힘이 빠졌다. 단전 축기한 거 다 어디 갔나? 6시부터 한 시간 동안 단전호흡 했는데, 집중을 위해 원을 그리며 호흡하니 잘되었다. 여기에 자시수련, 의자공을 한 후 브릿지 단전호흡, 와공 시 의식이 모여졌는데 어느 찰라 수면계로 넘어갔다.

2019년 5월 11일 토요일

수면을 충분히 취하다. 동공을 하고 기상하니, 이번주의 피로가 다 풀린 듯하다. 점심 모임에 나오라는 연락을 받았지만 안 간다고 했다. 원치 않게 맺어졌거나, 소통이 잘 안 되는 곳, 긍정 에너지가 없는 분위기엔 가기 싫다. 의무 때문에 가야하는 경우는 어쩌나, 그래서 때로는 인연을 정리하는 것도 필요할 듯하다.

Spirit Junkie

미국에서 미래의 구루라고 칭하는 가브리엘 번스타인, 〈Spirit Junkie〉 책을 출간하고 순회 저자 강연회를 하고 있는 중에 만들어진 강연 동영상이다. 명상음악 대신 그녀의 목소리를 들으며 명상하는데 운기가 작렬한다. 그녀의 다른 유튜브에서는 그렇지 않았는데...

삼공재 수련

좌정 시 양손을 무릎 위에 올려놓거나 단전 부위에 수인을 만들어 위치시키곤 한다. 전자의 경우 엄지를 검지, 중지 혹은 둘 다 대거나 때로는 약지, 새끼손가락에 모으곤 한다. 손가락을 어떻게 모으냐에 따라 운기 양상이 달라진다. 일본 닌자 영화를 보면 이들이 양손의 손가락 모양을 바꿔가며 기운을 모으는 장면이 나오는데, 이게 관련이 있는 듯하다.

키르탄 크리야 명상법에서는 엄지를 순서대로 네 손가락에 대면서 〈사 타 나 마〉만트라를 각각 염송한다. 오늘은 이 명상법을 응용하여 엄지를 나머지 네 손가락과 순서대로 대되, 만트라 대신 명문, 단전, 전립선, 회음, 다시 명문 순으로 의식을 두었다. 이동 주기는 호흡 5번 내외, 잡념이 뜨면 바로 옮겼다. 말하자면 하복부 주천이 되는 셈인데, 이 방법을 뭐라고 명하고 자주 해야겠다. 왜냐면 집중이 잘되어 축기, 운기, 상응반응이 잘 일어나고 시간 가는 줄 모를 정도로 수련 효과가 있었기 때문이다.

라이프 코치

밤에 가브리엘 번스타인의 강연을 다시 시청하다. 이번엔 내용을 파악하며 들었다. 25세 때 고갈된 삶을 더 이상 참지 못하고 변화를 갈구하던 중 나아질 수 있다는 내면을 목소리를 들었다. 틱낫한, 마리안느 윌리암슨을 스승으로 삼고 공부, 특히 마리안이 개최하는 워크샵 코스에 1년 동안 참가하여 변화를 위한 노력을 취했다.

그녀 왈 : 생각은 에너지를 바꾸고, 에너지는 외부의 모든 것에 영향을 준다. 외부의 모든 것은 나의 내면 상태의 반영이다. 따라서 생각하는 방법을 바꾸는 데에서 시작한다. 마음을 열고 긍정적으로 생각하라. 그러면 바라는 대로 기적이 일어날 것이다. 자신을 인도할 스승을 찾아라. 책과 인터넷에 많다. 5분이라도 명상을 하라. 가이드 명상이라

도 따라 해라.

그녀가 오늘날 성공한 것은 마리안느 윌리암슨 같은 라이프 코치, 라 가디스 같은 소울 코치를 멘토로 삼고 잘 따랐기 때문이기도 하다. 좋은 라이프 코치를 만나 인생이 바뀐 가브리엘도 이제는 남을 돕는 라이프 코치가 된 것이다. 나도 남을 돕는 라이프 코치 혹은 소울 코치가 되어 볼까나...

2019년 5월 12일 (일요일)

아침에 한 시간 동안 동공하다. 프랭크 운동의 경우 2분 50초. 더 오래 할 수 있으나 다음에 기록 갱신하는 데 힘 들까봐 힘을 아꼈다. 그리고 어제 명명하고자 했던 호흡법을 조광호흡법으로 하려다가, 앞으로 여러 호흡법을 만들 것 같아서 이번 것을 명문하단일주 호흡법이라 정했다. 그리고 이 호흡을 하며 수련하는 것을 명문하단일주 수련법으로 부르기로 했다.

명문 - 하단전 - 전립선(여성은 질) - 회음(혹은 미려) - 명문의 순으로 의식을 두고 호흡을 5회 정도 혹은 그 이상, 상황을 봐서 조절한다. 여기서 전립선(여성은 질)을 제외하고 명문 - 단전 - 회음 - 미려 - 명문 순으로 무한 일주해도 된다. 동시에 양 손등을 무릎 위에 올리고 의식이 옮겨질 때마다 엄지를 검지 - 중지 - 약지 - 새끼손가락 - 검지 순으로 맞대어 원을 만든다.

이 수련을 명문에서 시작하는 이유는 명문을 배꼽으로 해서 단전 방향으로 밀어 척추가 펴지도록 만드는 게 우선이기 때문이다. 그리고 이 수련법은 하단전 축기가 충분히 되었을 때 효과를 볼 텐데, 일상 수련 시 변화를 주기 위해 해 보는 것도 괜찮겠다. 당분간 이 호흡법으로 수련을 계속해 볼까 한다.

명상음악을 들으며 책상 앞에 앉아 명문하단일주 수련을 한다. 인당이 상응하다가 입정에 든다. 인당에 빛이 들어오고, 어떤 사람이 눈앞에 보이더니 갑자기 괴물로 변한다. 처음엔 그냥 흘려보냈지만 시간이 지나면서 이게 어떤 경고가 아닌가 싶기도 하다. 점심 외식하고 고양이 미술 전시회를 보러 갔다가 다른 전시회도 관람했다. 귀가할 때 조수석에서 눈감고 명문하단일주 수련을 하다가 깜빡 잠들기도 했다.

2019년 5월 24일 금요일

오늘도 일찍 깼다. 지구의 변화에 응해 수면 패턴이 변하는 것이라는 해석을 들었다. 미세먼지 상태가 좀 안 좋지만 바람이 부니 견딜 만하다. 출근해 있으면 시간이 참 잘 간다. 머리가 좀 무겁다가 오후에 괜찮아진다.

수련 관련한 깊은 내용이 〈세스 매트리얼〉 19. The Inner Senses : what they are and how to use them 편에 언급된다. 이 부분을 읽는데, 잔잔하게 운기가 되는 게 심상치 않다. 주요 내용을 발췌, 정리해 보았다.

현실의 본질을 이해하기 위해 노력해야 한다. 우리에게는 육체적인 감각뿐만 아니라 내적인 감각도 존재한다. 후자를 통해 물질계와는 별개로 존재하는 현실을 지각할 수 있다. 따라서 이 내적 감각들을 알아보고 개발하며 사용하는 법을 터득해야 한다.

무엇보다도 먼저 자신과 에고를 동일시하던 습관을 버리고, 에고가 지각하는 것 이상의 현실을 지각할 수 있다는 사실을 깨달아야만 한다. 한순간이라도 에고를 버리면 무의식 상태가 되는 게 아니고 다른 현실과 이미지들이 눈앞에 나타나, 다차원적인 현상을 경험하게 된다.

의식의 실상을 배우는 길은 단 한 가지. 바로 자신의 의식을 탐구하고 가능한 한 많은 방식으로 초점을 바꿔가며 의식을 활용하는 데 있다. 자기 자신을 들여다보는 노력 자체가 의식을 확장시키면서 에고적인 자아가 평소 자각하지 못했던 능력을 활용할 수 있게 해 준다.

내적 감각이 중요한 이유는 (그것이 투시력이나 텔레파시 능력을 각성시키기 때문이 아니라) 존재가 물질에 의존하지 않는다는 사실을 밝혀주고, 자신이 개인적이며 독특한 다차원적인 정체성임을 깨닫게 해주기 때문이다. 올바르게 사용한다면 그것은 또 우리에게 육체적 삶과 그 속에서의 우리 위치가 얼마나 기적적인 현실인지 보여 줄 수 있다. 자신이 개인적으로나 집단적으로 지금 이곳에 와 있는 이유를 이해하기 시작하면서 보다 지혜롭고 생산적이며 행복한 삶을 누리는 것이다.

내적인 감각을 제대로 사용하기 위해서는 종종 그것들을 뒤섞어 원활하게 사용할 줄 알아야한다. 사용법은 내적 파동 접촉, 심리적 시간,

과거 현재 미래의 지각, 개념 감각, 내적 감각의 사용, 현실에 대한 선천적인 지식, 조직 캡슐, 위장으로부터의 이탈, 에너지 퍼스낼리티의 확산 등이다. 각각의 방법에 대해서는 다음에 기술한다.

2019년 5월 25일 토요일

1월 처음 가진 강화도 수련에 이어 두번째 모임날이다. 직장 행사 참석 후 약속 장소에 먼저 도착, 버스 정류장 위치를 확인했다. 시간에 맞춰 모인 일행들이 고맙다. 버스에 올라 도담을 나누다 보니 금방 강화도 터미널 도착. 마중 나온 도인이 있는 곳을 기운으로 찾았다.

간만에 보니 내 얼굴이 좋아졌다고들 한다. 어떻게 좋아졌냐 물으니 편해 보인다고. 행사 회식으로 점심을 빵빵하게 먹었기에 저녁으로 나온 밴댕이회를 비롯 정성껏 차려진 음식을 조금밖에 못 먹어 죄송하다. 식사 끝나고 도담 나누고 산책하고 수련해야지...

그런데 마당에서 차 마시며 나누는 수련 이야기가 끊어지지 않는다. 내공과 인격 거기에 입담을 갖춘 도인의 이야기는 흡인력이 있기에 시간 가는 줄 모른다. 얘기 들으며 조용히 몇 시간 단전호흡 수련을 진하게 했다. 단전 열감, 운기 폭풍, 심안으로 보이는 풍광 감상... 머리를 들어 하늘을 보니 북두칠성이 좀 앞쪽에 있었는데 점점 뒤로 이동한다. 북두칠성 수련, 7개 별 하나하나 그리고 북극성의 기운도 느껴본다.

모기가 많다. 오라가 형성되면 모기가 물지 않는지 확인해 본다. 모기향을 피우는 바람에 실험이 불확실하지만, 어쨌든 모기한테 한방도 물리지 않았다. 그 자리에 "나는 모기가 안 물어요" 하는 분도 있으니, 오라의 효능이 있긴 있나 보다.

벌써 새벽 1시 반이 되었다. 5시 마니산 등정을 위해 도담의 장을 끝낸다. 점심과 저녁 후에 마신 커피 때문인지 잠이 쉬이 오지 않는다. 산행은 하고 싶지만, 수면 부족, 류현진 선수 경기 중계 시청 희망, 일행의 사정 등의 변수가 있다. 어쨌든 결정은 아침에 하는 걸로.

2019년 5월 26일 일요일

강화도 숙소. 아침 5시 조금 넘어 "마니산 가자"고 전화가 왔다. 옆에서 자던 도인이 어떻게 할거냐고 묻는다? 1초의 망설임 그리고 "잡시다" 대신 "갑시다"로 결정. 후닥닥 일어난다. 잠이 부족하다고 마니산 안 가면 나중에 후회할 것 같고, 8시에 돌아와 류현진 선수 경기를 보면 일석이조. 이런 마음과 계산이 작용했다.

마니산 입구 지나 공연장 쪽으로 접어드니 그쪽에서 기운이 방사된다. 그동안 근력운동을 한 덕인지 오르막길, 계단길을 잘 올라간다. 산에 오를수록 얼굴이 힘들어 보이지 않고 오히려 더 좋아 보인다는 말을 들으니 뿌듯~. 정상에 가까운 길, 왼쪽에 수억년 된 큰 돌과 오른쪽 작은 돌이 수문장 같다. 이 돌을 지나자마자 기운 터널로 들어온 듯하다.

참성대 입구는 폐쇄. 헬기착륙장으로 올라가 사방을 빙~ 둘러 걸어보고 정수사 방향으로 앉았다. 어떤 아주머니가 과자를 하나씩 쥐어주는데 순간 기운이 돈다. 평범한 사람이 아님을 알겠다. 간식 먹고 에너지 보충하고는 아무도 뭐라 안했는데도 수련, 입정에 든다. 뒤에서 누가 우릴 보고 "기도하나 보다"하는 소리가 들린다.

해가 떠오르니 햇빛명상이 저절로 된다. 눈 감고 인당 응시. 조그만 빛이 형성되더니. 자주 보던 주홍색에 이어 처음으로 보라색이 펼쳐진다. 그리곤 하얀색... 야구 중계 시청은 포기. 꼼짝하지 않고 이대로 언제까지 있을 수 있다. 가자고 하는 일행의 소리를 듣고 조금 더 있다가 일어났다.

정상에서 조금 내려오는데 억! 묵직한 기운이 들어오기에 깜짝 놀란다. 내려오는 길도 가볍게 차박차박. 산 아래에 참성대 모형이 조성되어 있는데 거기서도 기운이 약하게 느껴진다. 걷다 보니 류현진 선수가 안타를 맞고 점수가 나는 예감이 든다. 9시 넘어 숙소 도착. TV를 켜니 야구중계를 안 한다. 현장 우천으로 지연되고 있단다. 다행이다. 늦은 아침 식사하며 문자 중계를 확인하니 2점 잃었네.

일행은 아침 일찍 그리고 밤에도 수련을 하고들 있다 하니 나의 게으름에 대한 반성과 동기부여가 된다. 정진을 위해 일상 수련을 원격에서 함께하는 방법을 구상해 본다. 그리고 다음 강화도(江華島) 수련 모임을 기약했으니, 강화도인회(强化道人會 : 변화 발전을 위해 힘쓰는 도인의 모임)라고 내 마음대로 이름을 붙여 봤다.

1박 2일 동안 호스트 도인님의 환대와 정성에 감사한다. 식구 모두가 수련하고 있다는데 마주친 10살 소년과 공명운기가 된다. 세상에 이런 일이! 12시쯤 숙소 출발. 귀가하는 동안 수련 반 잡념 반. 집에 와서 1월 수련모임으로 마니산에 올랐던 기록을 열어보니 이번에 조금 더 발전한 듯하여 뿌듯하다.

2019년 6월 2일 일요일

아침 수련하다. 며칠 전부터 입정 상태에 잘 빠진다. 누워서 빈둥거리며 명상하다가 좌공에 임하여 빙의를 부른다. 한참 있어도 나타나지 않으니 자동 천도가 되었나? 백회를 보니 의식이 그 위로 올라가 아래로 내려다본다. 백회가 천천히 밑으로 몸안으로 들어가 밑으로 내려간다. 나도 작아진다. 회음을 지나 땅속, 지구 안으로 들어가고 새로운 기운이 우주에서 창처럼 들어온다.

인당을 본다. 지금까지 공~했는데 머리를 길러 등 뒤로 치장한 바이킹 같은 남자 둘이 보인다. 조금 있다가 엄청나게 많은 사람들이 끝없이 나에게 몰려온다. 내가 이들을 어떻게 해야 하나? 백회와 회음으로 나누어 인도하여 나가게 했다. 전원 숲이 보인다. 의자가 있고 두어 사람이 앉아 있는데 엇! 몸은 사람인데 얼굴은 아니다.

이어서, 나무에 가로로 하얀 종이가 붙어 있고 거기에 검정색 글씨가 써 있는 게 보인다. 한자도 아니고 한글도 아니다. 그 글씨 쓰인 종이가 펼쳐진 채 그대로 나의 머리 안으로 들어온다. 기운이 따라 들어온다. 누가 나에게 무엇을 전해주려는 걸까? 어떤 지식, 사명 혹은 능력을 부여하는 것인지... (지금도 그 장면을 떠올리면 기운이 쏴~ 들어온다.)

천돌을 본다. 약간 슬픈 듯하다. 뭔가 크게 확장된다. 진동이 인다. 중단을 본다. 빛이 강하다. 언덕에서 멀리 바라보이는 풍광이 바다를 면한 지방 도시 같은데, 빛이 반사되어 확실히 알지 못하겠다. 건물들이 정연한 걸로 보아 외국 같다. 강이 보이고 서양사람들이 입수를 하려는지 강을 건너려고 하는지 뛰어 내려온다. 와공 자세로 바꾸니 전신이 진동한다. 진동이 멈추어 중완을 본다... 기록하다 보니 입정 중에 본 것들이 가물가물 기억나지 않는다.

오후에 강아지 데리고 나가 산책하다. 햇빛이 강해져 그늘진 곳을 찾아다니며 걸었다. 아차! 수식관 해야지. 100회 헤아리는 동안 단전 열감이 동한다. 저녁식사 후에는 혼자 산책 나가서 수식관 300번 하며 푸시업과 스트레칭을 하다. 스쿼트는 20번 × 8회, 12번 × 8회, 도합 256번 했는데, 중간에 힘들어 포기하고 싶었지만, 어느 선을 넘으니 무한정 할 수 있을 것 같았다

2019년 6월 16일 일요일

영종도에 가며 운전명상. 예단포에 가서 해물칼국수를 먹고, 강화도와 마니산을 바라보다. 작년 10월 그 자리에서 본 이후 마니산을 2번 올랐다. 다음주에도 갈 예정인데...

백운산에 오르다. 경사도 적당하고 코스도 편해서 보공하기에 딱 좋다. 호흡이 끊기니 말 걸지 말라 하고 걸음과 호흡에 집중한다. 정상에 도착. 공항에 갔을 땐 그렇게 넓더니만 여기서 보니 저~만치 작아 보

인다. 많은 사연을 태운 비행기의 오르내림은 신기함과 무심함으로 다가온다.

하산하여 커피점 가서 팥빙수를 먹으며 휴식하는데 단전 부위에 통증이 느껴진다. 저녁으로 냉면 먹으러 가다. 순대 잘하는 집이라고 순대를 주문하기에 먹어 보자 했다. 앗! 냄새가 역하여 참고 냉면만 먹었다. 고기의 역한 냄새와 맛이 점점 부담스러워지고 있다. 귀갓길 운전 명상하며 의수단전.

주변에 산소 이장을 둘러싸고 갈등이 일어난 소식을 들었다. 그 원인은 무지와 욕심, 아집 때문이니... 삶, 죽음, 무덤, 제사에 대해 생각해 본다. 갑갑해져 산책 나갔다가 보공을 하였다. 낮에 백운산을 오르내리며 보공했건만 별다른 변화가 없었다. 그런데 밤에 동네 평탄한 길에서 보공하니 단전 열감이 넘쳐 하복부에 가득하다. 덕분에 마음에 걸렸던 게 사라졌다.

〈왕좌의 게임〉 시즌 8, 에피소드 1. '죽은 자들과 큰 전쟁을 앞둔 밤', 죽기 전에 원하던 바를 이루고 싶어하는 사람들이야기. (시작한 지 1시간 35분 지나) 그중 기사를 임명하는 장면에서 운기 현상이 강하게 작렬한다. 의외다!! 여러번 반복 시청해도 그렇다. 즉슨 사람이 형식적으로 하는 의식에도 영적인 차원이 함께함인가.

전사의 이름으로 용감하라 명한다.

아버지의 이름으로 정의로울 것을 명한다.

어머니의 이름으로 무고한 자를 지킬 것을 명한다.

일어나라. 타쓰의 브리엔. 칠왕국의 기사여...

2019년 6월 19일 수요일

새벽 5시쯤 눈이 떠졌다. 비몽사몽... 6시 반 넘어 동공을 하고 기상. 간밤 수련 시 보았던 영상들의 잔상은 시간이 지날수록 꿈처럼 희미해진다.

출근길 독서. 〈3월 1일의 밤 : 폭력의 세기에 꾸는 평화의 꿈〉을 읽다. 이번 달 독서모임에서 읽기로 한 책인데 주로 지하철을 타고 읽고 있다. 삼일절 독립만세운동에 관한 미시적, 거시적 고찰을 문학적으로 풀었다. 당시 국내외 상황과 관점에서 다양한 시각으로 이해할 수 있도록 구성되어 있다.

퇴근 후 스터디 참석. 여러 가지 주제가 다루어졌는데 한마디로 '나를 찾아서'로 요약될 듯하다. 근래 화제가 된 밈, 살아오면서 주입된 많은 관념은 왜곡된 사고를 자동적으로 하게 만든다. 이러한 스키마는 진정한 나를 가두고 억압하는 기능을 하며 두려움을 일으킨다. 이런 상황에서, 자신만의 확신을 가지고 가슴을 따르라고 한 스티브 잡스의 교훈은 되새겨 볼 만하다.

밈 관련하여, 이견을 가진 사람들이 극단적으로 대립하는 경우가 많다. 자기만 옳다는 사고에 빠져 내 말만 할 뿐, 상대방 얘기를 받아들이려 하지 않는다. 이런 상황에서 해결책이 없으니 일단 거기서 벗어나는 것도 방법이다. 그러고 보니 내가 잘 쓰는 방법이네...

끌어당김의 법칙, IAMIT (Identity Allign Magnetizing Intensifying Trust) : 내가 바라는 것이 무엇인지 구체적으로 정의한다. 그리고 그것을 획득했을 때의 기분, 느낌이 어떨지 확인한다. 그것이 나의 일부인 양 자리잡게 하고 그 느낌을 강화한다. 목표를 얻기 위한 노력을 하면서 그것이 현실화된다고 확신한다.

스터디에서 다루는 주제가 용어와 표현만 다를 뿐 수련과 관련된 내용이 많다. 끝날 때까지 내내 의수단전 하였으니 덕분에 축기가 많이 되면서 아지랑이 같은 운기작용이 계속 일어났다. 공부와 수련이 함께 이루어진 귀중한 시간이었다.

2019년 6월 22일 토요일

삼 주 연속 삼공재에 가다. 차를 몰고 갔더니 일찍 도착. 뒷편 정자에 혹 미리 오신 도우님들이 계신가 싶어 가 봤다. 언뜻 보니 모르는 사람들이 있기에 되돌아오는데 아는 도우님이 쫓아오며 부른다. 처음 토요일에 방문하신, 멀~리 지방에서 오신 두 분을 소개받았다. 알고 보니 한분은 『선도체험기』 118권 마지막에 실린 현묘지도 수련기의 주인공이시다. 전해오는 기운으로 내공의 깊이가 파악된다.

여기서 말을 주고받는데 탁기가 감지되었다. 나중에 알았다. 내가 말하는데 점심에 먹은 짬뽕 국물 냄새가 변질되어 풍겨 나온 것임을. 아유~~ 양치질 하고 왔는데도 이러냐? 아내가 맛집에서 사온 걸 조리해 놓았으니 어찌 거절하랴. 전에는 삼공재 오기 전에 생식을 하면서 마음의 준비를 했었는데... 근래 흐트러진 태도를 반성한다.

선생님께 일배하고 좌정에 드니 바로 기운이 들어왔다. 선생님의 기운과 현묘지도 전수자들의 기운이 합쳐져 대단하다. 바다를 비롯 화면 몇개가 보인다. 후반에 대맥이 돈다. 알고 보니 뒤에서 도반님이 보낸 기운이었다. 의례 하던 뒤풀이 자리에서 처음 뵌 분에게 도움되는 말씀을 해 드리면 좋았겠는데 일정이 있어서 실례를 했으니 죄송하다.

강화도에 가다. 여기 가면 좋은 게 일단 음식이 맛있다. 청정 재료로 정성껏 조리해 주신 그 정성과 맛이 좋아 입이 행복하다. 두번째 도담의 즐거움. 현묘지도 수련한 분들이 모였으니 대화의 범위와 수준이 이 이상 없다. 세번째는 수련의 깊이. 원래 단체 명상을 하려 했는데 도담을 나누다 보면 시간이 금방 지나간다. 그래서 도담 중에 대화명상을 하게 된다.

강화도인들과의 공명운기 때문인지 전해지는 기운, 이루어지는 축기가 다른 때와 완연 다르다. 피부로 느껴지는 기운이 따끔거릴 정도이고, 만화 드래곤 볼의 주인공처럼 오라가 매우 강하게 피어올랐다. 한분은 아예 선정에 들었다 깨어서는 오늘 같은 기운 처음이라고 감탄하신다.

도담 몇가지 슬쩍 공개하자면, 일본 나가사키, 안데르센 기샷뎅의 히사무라 준스케 선생에 대한 이야기. 이전에 들었지만 다시 들어도 새롭다. 작고한 위대한 도인이 꿈에 나타나 사명을 전해줬다는 이야기. 기운이 느껴지며 그 꿈이 진정임을 안다. 사명은 찾는 게 아니라 주어진다는...

이날 2시에 집을 나와 다음날 새벽 2시 반에 자리를 파할 때까지 화장실에 한번도 안 갔다는 사실. 강화도 가면서 물을 한병 정도 마셨는데, 이거 어찌된 일이지?

2019년 6월 23일 일요일

한참 꿈을 꾸는데 기상 노크 소리가 들린다. 6시 반. 눈이 딱 떠졌고 컨디션도 좋다. 생생하던 꿈 장면은 신기할 정도로 순식간에 사라졌다. 평소 아침식사를 무겁게 먹지 않지만 오늘은 예외다. 고맙게 한 그릇 뚝딱!

어제 저녁 먹고 바닷길을 따라 잠시 산책했을 때 극성스럽게 달라붙던 작은 모기떼로부터는 무사했다. 그러나 아침에 식사 하던 중 팔뚝에 한방 물렸다. 강화도의 산모기, 바다모기가 모질다는데 가렵지 않아서 다행이다. 모기한테 물렸다고 얘기하니 옆의 도인 왈, 친구와 함께 밭일 하다가 모기한테 많이 물려 병원 갈 지경이었는데 자기만 괜찮았다고.

새벽에 마니산 갈까도 싶었지만 일행의 일정을 고려, 안 가기로 했다. 안 가도 산의 기운을 불러 느낄 수 있으니 상관없다. 또 간밤에 도담을 나누던 중 자동으로 수련이 되었으니 강화도 수련은 이미 충분하다. 그리고 귀가하는 길이 막히지 않으니 좋네.

운전명상하다가 집에 도착, 유현진 선수의 경기를 보다. 4회 중반부터 봤지만, 이미 3점 실점 상태다. 9승 이후 3게임 연속 승리를 못 챙겼다. 지난 경기에도 그랬지만 동료의 수비 실수 때문이다. 물론 동료의 도움으로 승리를 챙긴 경기도 많았으니, 성공은 자신의 실력보다 남의 도움으로 이루어진다는 말이 맞나 보다.

수련도 주변의 도움이 필요하다. 일단 가정과 사회생활에서 무탈해야 자신의 에너지를 수련에 모을 수 있다. 그리고 스승의 지도, 도반과의 교류 혹은 소통이 있어야 수련의 상승과 흐름을 유지할 수 있다. 혼자 하는 수련은 나태해지기 쉽고 잘못된 방향으로 접어들 위험성이 높기 때문이다. 그런데 도움을 받으려면 내가 먼저 잘해야 한다는... 일방적인 것은 세상에 없다.

2019년 6월 24일 월요일

간밤에 책상 앞에 앉아 있다가 잠시 쉬려고 침실로 이동, 누워서 유튜브 듣다가 그대로 잠이 들어 아침에 깼다. 서재의 형광등과 PC가 밤새도록 나를 기다리다가 바람 맞았으니 미안~ 동공을 하고 출근하다.

저녁식사 후 음악명상을 깊이 한 다음 이븐 알렉산더의 유튜브를 마저 청취한다. 그는 코마 상태에서 본 아름다운 여성을 잊지 못했다. 그는 입양아였는데, 친부모와 형제를 만났을 때 여동생이 사망했음을 알았다. 나중에 사진을 보니 바로 임사 상태에서 보았던 바로 그 여성이었다고 한다.

『나는 천국을 보았다』122쪽에 의하면, 혼수상태의 환자는 일종의 중간에 낀 존재이다. 완전히 이곳(지상의 영역)에 있지도 않고 전적으로 저곳(영적인 영역)에 속하지도 않아서, 이러한 환자들에게는 종종 특이하게 신비로운 분위기가 나타난다. 이들은 매우 수용적이어서 텔레파시를 이용한 의사소통이 잘 이루어진다. 명상을 통해 연결될 수 있는데, 이는 깊은 우물 속으로 밧줄을 던지는 일과 비슷하다. 얼마나 깊이 밧줄이 들어가는지는 혼수상태의 깊이에 달려 있다고 한다.

시간이 되어 요가원 갔다 오다. 에구~~ 이노무 딱딱한 몸, 다 내 탓이다. 지나간 일은 어쩔 수 없으니 앞으로 관리를 잘하여 더 유연하고 딴딴하게 만들고 싶다. 그렇게 될 것이다. 그런 모습을 그려 본다. 간절히 바라면 이루어지니까. 단, 그만큼 노력을 해야 한다는...

귀가하여 샤워. 그리고 음악명상을 들은 다음 이븐의 강연을 처음부터 다시 듣는다. 그는 원고도 없이 강연을 참 잘한다. 눈감고 듣다 보면 순간 잡념이 들기도 하고 어떤 화면이 뜨기도 한다. 그래서 눈을 뜨고 모니터를 보면서 들으니 집중된다. 영어가 번역 과정 없이 그대로 머릿속으로 들어와 박히는 듯하다. 그렇게 되고 있는 동안 영어와 나의 의식이 일체화되었다고 표현해도 될까.

【삼공의 독후감】

사통팔달 전연 막히는 데가 없다가도 어느덧 한 곳이 딱 짚이는가 하여 그곳에 의식을 집중하는 순간 또 다시 풀리곤 하여 일시무시일 일종무종일이 허무를 향하여 무시로 반복 운동을 되풀이하는도다.

도성의 화두수련 완료 후 수련기

2019년 6월 1일 토요일

3시 기상 생식, 수련 2시간 + 1시간 + 1시간.

친절 절개. ○○선생님의 첫 가르침이었다. 지금 나에게 필요한 말. 죽고 못 사는 좋은 사람도 절개를 지켜야 오래 좋은 만남을 유지할 수 있다. 그분과는 잘되지 못했다. 앞으로의 인연은 절개와 친절을 잘 활용해야겠다.

척. 왜 척하려 할까? 척해서 좋아질 게 없고 오히려 모른 척하는 게 낫다. 제발 척하여 창피를 자초하지 말길. 척, 오만이 나타날 때마다 마음이 작아지게 주문이 걸렸나보다. 여기까지 올라와 두 발로 섰는데 또다시 버릇이 나와 쌓은 공든 탑을 무너트리려 한다. 부정적인 생각, 나를 비난하는 소리 그런 중에도 깨어 있으려는 기운. 순리대로 맡기고 순간순간 최선을 다하겠다.

삼공재 다녀와 아이와 대화.

"셋째야 엄마 너무 행복해. 니가 너무 좋아. 아빠가 최고인줄 알았는데, 내가 이렇게 행복할 수 있다니, 이런 날이 있다니..."

"저도 행복해요. 좋은 시간되세요."

마당 안 보이는 곳에서 좌선을 할 뿐인데 나는 최고로 행복하다.

2019년 6월 2일 일요일

3시 반야심경 들으며 와공. 5시 마니산 가서 생식, 1시간 좌선. 시간을 적는 게 의미가 없어졌다. 하루의 대부분이 수련이고 5시간 이상 좌선이고 틈틈이 계속 앉는다.

당귀 연꽃이 되다. 당귀가 자잘한 꽃을 피웠다. 마치 연꽃처럼 소소하니 잔잔한 평화가 느껴진다. 요즘 우리 마당에 피는 꽃들에게서 잔잔한 평화가 느껴지고 마치 연꽃과 같다. 해마다 분홍빛과 하얀빛 종이로 만든 꽃 같던 다알리아도 올해는 하얀빛으로 소복소복 꽃을 피워 연꽃 같고, 치커리의 보라색 꽃도 줄기줄기 꽃을 피우는 모습이 평화가 느껴진다.

2019년 6월 3일 월요일

수련 1시간 + 4시간.
어제는 12시에 잤더니 4시에 일어났다.
참나는 무엇인가?

2019년 6월 4일 화요일

수련 80분 + 1시간 + 3시간.
인당에 나타나는 투명한 움직임이 커졌다. 전에 본 하얀 자물쇠는 이제 보이지 않는다. 어떤 것에도 걸림이 없이 수행한다면 가장 좋겠지만, 기운과 마음 몸 중에 하나를 앞세운다면 마음기둥 바로 세우는 것을 우선하고 싶다. 기운과 몸은 순간 허무하게 사라질 수 있지만 마음 중심이 서 있다면 다잡을 수 있다. 기운, 마음인 몸에만 집착하는 사람이 참 많다. 그리고 고집을 낸다. 기운 센 게 최고라고, 몸 건강한 게 최고라고.

어제는 ○○의 기운을 밀어냈다. 섭섭하고 이제 혼자 해야지 했는데 빙의가 심하고 몸이 안 좋으니 집중이 안 된다. 점심 먹고 4시쯤 나도 모르게 웃었다. 살짝 다녀가며 빙의 가져가고 기운을 약간 남겼다. 에이 나도 모르겠다. 몸도 마음도 안정되어 3시간 동안 좌선이 잘된다. 감사합니다. 언제나 이 고마움을 갚을 수 있을지.

2019년 6월 5일 수요일.

수련 2시간 + 1시간 + 1시간.

비가 오면 삼공재에 가고 아니면 페인트칠을 하려 한다. 천천히 마니산 다녀오니 12시. 햇빛이 하단전에서 위로 오르고 손으로 햇빛이 든다. 인당 자극이 점점 더 강해진다. 전체와 어우러지는 꽃이 되는 일. 지레짐작이 줄고 정확한 것, 확인된 것만 흔들리고 떠있던 마음과 기운, 몸이 안착되어 감을 내가 느낀다.

2019년 6월 6일 목요일

입정에 들고 싶다. 말없이 쉼 없이 소리 없이. 웃지 말 것. 생각하지 말 것. 절개를 지킬 것. 사람들과의 사이에 있는 나를 본다. 인사로 하는 덕담을 잘못 알아듣고 척을 한다. 쉴새 없이 팔랑거리다 돌아보면 푼수 같은 나 때문에 부끄러워 얼굴이 붉어진다. 아이들은 팔랑거리는 나와 열심히 살고 있는 나를 같이 볼 수 있지만 가끔 만나는 어른들은 나를 대충 보고 판단한다. 자중, 농담을 되받아넘길 줄 아는 지혜가 필요하다. 며칠째 왼쪽 다리에 전기처럼 기운이 들어가 풀어진다.

2019년 6월 7일 금요일

4시 30분 기상. 절 수련 후 좌공하며 우광님 현묘지도기 읽음. 범상치 않은 기운과 글이다. 겸손은 모든 분들의 공통점이다.

2019년 6월 8일 토요일

오티를 안 가고 싶어 안달을 내다 결국 기운에 밀려 다녀왔다. 아랫배가 아프고 진동이 심했다. 수련 3시간 하다.

2019년 6월 9일 일요일

좌선 3시간. ○○의 범접하기 힘든 기운과 겸손과 포용을 배우고 싶어서 관을 계속해 왔다. 어디에서 나올까? 오늘 강의 중에 찾았다. 내 안의 평화. 자기 안에서 나오는 만족, 행복에서 남을 위하는 겸손과 포용이 나온다. 바닥의 끝을 보는 수련을 놓을 수 없다. 상단전 발달보다는 내 안, 나에 대한 이해, 사랑이 우선되어야 진정한 완성이 된다.

진동이 하루 내 계속되고 몸이 바뀌며 소모되는 에너지로 인해 식욕이 2배 이상 늘었다. 첫째 아이와의 이틀째 아픈 마음이 조금 치유되길 바란다. 너의 길을 찾고 편안해지고 잡고 있던 걸 이제 놓아주길 바래. 어제보다 진동이 강해지고 몸상은 줄었다. 아이들 덕분에 이 강의가 가능하다. 감사하다.

2019년 6월 10일 월요일

4시 30분 기상, 수련 100분.

며칠 만에 퇴근후 산에 다녀왔다. 콘테이너에서 사는 사람들이 술 먹고 차를 부딪쳐 입구가 파손이 되었다. 말다툼이 있었지만 동요는 없었고 안 되면 그냥 내가 고쳐야지. 그러고 말았다.

2019년 6월 11일 화요일

5시 30분 기상, 수련 1시간 + 100분.

토 일 강의 들으러 아침 일찍 갔다가 저녁에 오니 수련 흐름이 깨졌다. 몸살이 며칠째 계속되어 몸이 무겁다. 마니산 오르는 중 백회로 들어오는 기운이 전보다 더 많이 느껴졌다. 우리 집을 보호하는 기운이 움직임을 알게 되었다. 바르게 착하게 자중해야 함을 더 느꼈다.

2019년 6월 12일 수요일

수련 3시간. 바닥의 끝으로 깊이 내려갔다. 삼공재. 뜨거운 기운이 강해 땀이 맺혀서 흘렀다. 그리고 시원했다. 후반부에 천부경을 외웠다. 삼공재 나와서 금강님과 코코아차를 마시며 수련 뒷이야기를 하였다. 거울이 되어 내가 보였다. 색안경으로 날 보고 있었다. 어디에도 어울리지 못하는 아웃사이더. 지금부터 만나는 사람들과 오래 교류하고 싶다. 순간순간 최선을 다할 뿐 나머지는 맡기고 때가 되면 헤어지는 거에 편안해지겠지.

내가 그토록 놓지 못한 것은 내가 온 마음을 다했어도 그는 아닐 수 있다는 걸 인정하는 게 힘들었다. 첫째와 둘째는 엄마가 도와주지 않을 수 있는 마음을 인정했다. 나도 이제 그분을 인정한다. 아무것도 안 할 수 있다.

2019년 6월 14일 금요일

1시간 수련. 몸살이 있다. 삼공 선생님께서 내 얼굴을 유심히 살피셨다. 화산 같은 뜨거움으로 땀이 났다. 시원한 기운. 식욕이 생겨 며칠째 수련이 느슨해졌다. 스터디를 하면서 일이 계속 밀리고 체력이 무리가 와서 많이 먹게 되니 둔해졌다. 저녁 수련 안 하고 잤다.

2019년 6월 15일 토요일

수련 2시간 + 2시간.

몸이 무겁다. 산에 오르는 중이다. 한 분에게 마음이 집중되어 여전히 죄송하다. 아무 상관도 없는데 뭔 인연으로 이런 괴롭힘을 당하게 하는지 참 죄송하고 궁금하다. 모든 걸 맡긴다. 자연스럽게 놓고 가야지. 머리를 망치로 맞고 있는 듯한 기운이 들어왔다.

2019년 6월 16일 일요일

수련 30분 + 2시간.

순리대로 맡깁니다. 귀한 분을 만나 좋은 강의를 함께 듣는 첫 날이다. 손님들께 된장 포장하여 문앞에 하나씩 놔드리고 출발했다. 잘 가서 좋은 공부 열심히 하고 오겠습니다.

2019년 6월 17일 월요일

수련 30분 + 2시간 + 2시간.

밀린 일을 해야 한다. 남들과 비교할 수 없게 다른 나를 본다. 마니산 가서 수련하다. 수행터에서 무리하지 않아 견딜 만하다. ○○이 보내주는 기운이 바뀌어 중단으로 왔다. 가능하면 자력수행 해야겠다.

2019년 6월 18일 화요일

수련 50분 + 1시간.

가만히 좌선하는 게 좋다. 이걸 하려면 밀린 다른 일들을 빨리해야 한다. 마니산에 비 맞으며 다녀왔다. 많이 웃지 말 것. 말하지 말 것.

생각하지 말 것. 그때 하지 못한 걸 지금 하며 뜸이 들어간다. 빨리 내가 나와야지.

2019년 6월 19일 수요일
수련 85분 + 2시간.
시력이 좀 떨어졌다. 스스로 본인을 점검하며 하는 공부. 누구와 비교하지 말고 하는 공부.

2019년 6월 20일 목요일
수련 2시간. 모든 만남은 나를 가르치는 스승이며, 나는 계속해서 깨어나야 한다. 오직 최선을 다해 나를 위함이 최고로 남을 위하는 일이다. 공부임을 항상 기억하자.

2019년 6월 21일 금요일
나무를 흔드는 건 바람이지만 사람을 변하게 하는 건 사람이다. 어제부터 시작된 몸살로 저녁 수련 없이 오늘까지 해야 할 일들만 하고 돌아보는 시간을 가지려 한다. 꿈처럼 지나갔다. 행복하게 사랑하고 돌아보고 공부할 수 있어서 감사한 시간이었고 이렇게 평생을 수행하겠다.

2019년 7월 3일 수요일

삼공재 다녀옴. 뜨거운 기운과 시원한 기운이 교차했다. 백회 인당에 기운 많았고 땀이 흥건했고 집중이 아주 잘되었다. 1시까지 마당에서 수련했다.

2019년 7월 4일 목요일

수련 1시간. 어제 객실 청소를 마쳐 한가롭게 여유를 부린다. 무심 맑음 개운함... 속에 담아 두어보기. 내 말투에 있는 척과 지레짐작 인지하기. 남을 위하는 것에 대해 관. 그리고 나는 누구인가? 바닷가 언덕에 핀 야생화 하나. 피어난 것만으로 축복이다.

○○이 기운교류를 인당과 하단전으로 계속 시도하였고 나는 막았다. 남의 기운으로 상단전을 열고 사용하는 것은 해가 되며 백해무익하다. 모든 걸 곡해하고 참지 못하고 생각 없이 생활하고 있었다. 왜 누가 기운을 그녀에게 준단 말인가? 스스로 채우고 만들어야지. 평생 왜 그녀에게 누가 기운을 준단 말인가.

2019년 7월 5일 금요일

수련 1시간 + 20분 + 1시간 + 2시간.

사람을 만나며 부딪쳐야 내 중심이 바로 선다. 야생화처럼 살아가길.

2019년 7월 6일 토요일

어제 2시쯤 잠들어 5시에 등산하다. 일찍 오겠다는 전화를 계속 받았고 날씨가 많이 더워졌다. 역시나 오늘 손님들은 마음공부를 하게 한다. 최대한 맞추지만, 날씨 때문에 몸이 불편한 걸 우리한테 말해도 얼마나 해결이 될까. 그러나 나는 공부할 기회가 생겼으니 정신 차리고 집중.

2019년 7월 7일 일요일

수련 100분 + 1시간 30분.

이대로 계속 우주 안에 묻혀있고 싶다. 안 보이는 마당에 숨어 좌선했다. 더위는 기억에 없고 피부 속으로 들어오는 바람에 마음이 흔들린다. 오늘도 나를 위해 된장을 포장해 객실 문앞에 두고 강의 들으러 간다. 좋은 강의를 다 이해하고 흡수하여 오게 해 달라는 바람을 안고.

2019년 7월 8일 월요일

수련 1시간 30분. 어젯밤부터 진한 환희지심 상태로 몸살기운이 좀 있다.

2019년 7월 9일 화요일

참 신기한 거 하나. 문제가 있다고 말하는 순간 바로 답이 내 입으로 나온다. 그동안 한번도 생각하지 않은 답이 바로 나왔다. 저번 일요일 뒤풀이에서 거부하게 되는 이유는 단독수련을 해서 누군가의 힘을 전적으로 믿고 하는 수련에 강하게 거부반응이 인다고 했고, 저번 강화 모임에서는 내가 티벳 승려였던 거 같다고 했다. 뭘까?

2019년 7월 11일 목요일

수련 95분 + 1시간 + 90분 + 30분 + 30분 + 40분 + 3시간.

4시 30분 기상. 흐트러진 수련 패턴을 다시 정비하며 하루를 시작한다. 선생님이 온몸이 타들어갈 듯한 기운을 보내주시고 약 3주전부터 몸살이 심해 누워 쉬고 식사를 늘린 거 같다. 수련 열심히 하라고 그래서 도와 덕을 이루라고.

내가 강의를 듣는 이유, 연인 이유, 힘든 이유... 우주의 기도가 나를 통해 발현되고 있다. 계속 아~~ 그렇구나! 감사합니다. 사랑합니다. 마음을 넓혀 마지막에는 우주를 품겠습니다.

감나무 옆에서 명상중에 벌이 들어왔다. 놀라 당황해 움직이는 순간 벌도 놀라 순식간에 바늘로 찌르고 도망쳤다. 지켜본다. 아픔이 퍼져간다. 전기 같은 작은 선이 머리끝까지 전달되고 있다.

좌선 40분 하는 동안 온몸이 불이다. 백회 활발. 1주일전부터 회음이 뜨겁다. 하루종일 자통님 기운 교류. 나를 어떻게 다 알까?

2019년 7월 13일 토요일

5시 기상. 누워서 와공하다가 좌선 20분하다. 마니산 다녀왔다. 비가 내렸지만, 산은 비가 안 왔고 내가 지나는 곳은 비가 안 내렸다. 치유의 숲에서 명상 중간에 블로그 읽으며 명상. 참성단 입구에서 천부경 염송. 3시간 걸렸다. 마트 들러 객실용 치약, 살구를 샀다. 샤워하고 낮잠 잠깐 자고 아들이 밥 달래서 노르웨이 고등어 굽고 계란말이 해서 아침 주고 양념게장, 호박나물, 오징어채 그리고 밤가루로 풀쒀서 김치 담았다.

새로 산 선풍기 조립하고 사랑방 일찍 온대서 12시 40분에 각 객실 점검하고 에어컨을 켰다. 그리고 공부하며 입실 안내했다. 저번 주에 준비 없이 손님 받다가 많이 불편하여 정신 바짝 차리고 손님 응대하였다. 숯불도 바짝 붙여 돕고 아이들 저녁까지 맛있게 먹이니 완벽하게 행복한 하루였다.

2019년 7월 14일 일요일

1시쯤부터 계속 깨어 잠이 안 온다. 열병. 몸이 달아오르고 중단이 뛴다. 어쩌나. 삼공 선생님께서 꿈에 나와 수업에 집중하라고 한눈팔고 있는 바로 앞에서 꾸지람하시고 핑계를 대며 잘못을 인정하는 내가 있었다. 여전히 중단이 떨린다. 성장하고 있는 건지도...

2019년 7월 15일 월요일

수련 오전 1시간 + 오후 1시간 50분.
졸리고 몸이 무겁다. 내가 정화를 하여 맑아지는 것만으로 좋은 덕이 된다니 흐트러지지 않고 부지런히 정화해야겠다. 5객실 청소 다 했다. 내일은 일찍 일어나 수련하고 싶다. 하단 중단이 커졌고 회음부가 뜨겁다. 백회 인당 번갈아가며 기운이 든다.

2019년 7월 16일 화요일

수련 1시간 30분. 작은 틀에서 나와 큰 틀에 안주하고 있지 않나, 필요에 의해 만든 틀 안임을 인지하고 지켜보며 가야겠다. 내가 쌓아올린 것이 모래가 아니었나? 그래서 옆에 쓰러지지 않게 지줏대를 하나 박았다. 못 다한 숙제, 마음의 때를 찾고 닦아야지.

요즘은 척과 지레짐작, 마음에서는 보이지 않던 척하는 마음이 말이 되어 입에서 나오면 온몸으로 자극이 오고 아 또 놓쳤다고 자책하곤 합니다. 언제쯤 척하지 않고 척과 지레짐작이 사라질까요? 언제쯤 몸에 베인 깊은 겸손과 포용과 배려가 주변을 편안하게 할 수 있을까요?

프리덤 티칭에서 큰 득템은 그냥 그대로 존재하는 것만으로 넌 주위를 지구를 정화하고 있다는 말이었다. "마음을 다그치지 않고 좀 편하게, 그럼에도 불구하고 넌 잘하고 있어"라고 말해주며 씨익 웃어줍니다.

2주 만에 수련 바닥이다. 좌선은 줄었고 산도 2번 가고 기억력도 떨어졌다. 문제가 생겼다.

2019년 7월 17일 수요일

수련 2시간 + 30분 + 1시간 + 2시간.

삼공재 갔다 왔다. 산도 안 가고 폭식하고 수련도 느슨해져서 그럴 줄 알았다. 준비 안하고 온 사람들 얘기가 내가 될 줄 몰랐다. 나오면서 토까지 달았다. 말을 말 걸. 척하려고 하는 게 얄미워서 미운 기 죽이는 말들이 막 나왔다. 운전중에 마음도 몸도 느껴지지 않고 의식만 있는 거 같았다. 이런 시간이 길어지고 있다.

2019년 7월 18일 목요일

수련 1시간 + 2시간.

집중이 안 되어도 하다 보면 한 만큼은 변하겠지. 자성이 발현하길, 사랑이 늘 현현하길... 셋째의 자성이 하는 소리를 듣는다. 세포에 대해 혼자 해 온 것을 말해준다. 머리가 말하는 게 아니라 세포가 지시를 내려 머리가 움직이고 세포처럼 모든 게 연결되어 우주로 나가는 거 같고 우주도 그렇게 연결되는 거 같다고. 이 아이가 세포와 우주를 편하게 생각한다. 없고 없으면 있게 된다고도 했다. 마이너스 더하기 마이너스가 더하기면 생각도 그런 거 같은데 수학 선생님이 못 알아들었다고, 우리는 대화를 하였다. 이 아이가 나를 찾아온 특별한 아이다.

2019년 7월 19일 금요일

수련 1시간. 많은 기운이 나에게 와서 평화롭다. 도성이라고 선생님이 도호를 지어주시고 나를 많이 아끼고 사랑함을 이름에 담아주셔서 도반님들이 나를 도성이라고 부를 때마다 깨어난다. 사랑이지. 사랑이 맞지. 사랑하고 있지. 공부하고 있지.

2019년 7월 20일 토요일

5시에 출발. 시력이 떨어졌다. 흐트러지면 다시 단정하게 정리한다. 마음이 약해져서 작은 소리에 놀라 부정적인 생각이 바로 꽂힌다. 몸이 둔해져서이다. 그동안 성실히 수행했고 잠시 돌아보고 쉬고 쉬면서 흔들리는 나를 돌아본다. 여러 사람들과 부딪친 반사인 것도 같다. 매일 깨어나자.

마니산 가다. 발이 무거울 줄 알았는데 걱정했던 것보다 가벼웠다. 구름 타고 순간이동을 했던 일이 다시 일어나게 열수해야겠다. ○○의 글을 읽으며 어느 날부터 일어났던 환희지심이 계속되고 행복하다가 금요일 아침부터 평화가 나를 채웠다. 말로 표현할 수 없고 말해도 알아듣지 못하는 그런 평화가 있다.

2019년 7월 21일 일요일

수련 2시간 + 1시간 30분
어제부터 몸에서 향기가 난다.

2019년 7월 22일 화요일

수련 1시간 + 1시간.

평화는 흔들려도 방해받지 않고 맑아져간다. 중단이 해가 들어 뜨겁다. 온 혈이 불꽃이다.

2019년 7월 25일 목요일

수련 2시간 40분 + 2시간.

매일 이렇게 순탄하게 수련만 하면 좋겠다. 수요일부터 중단에 햇빛이 더 넓어졌고 괄약근이 조여지기 시작했다. 자연스럽게 쫙 신기하다. 저절로 된다.

2019년 7월 26일 금요일

수련 2시간 + 1시간.

비가 많이 온다. 5시에 일어나 샤워하고 사랑방 청소했다. 비를 보며 좌선하다. 단전이 종일 따뜻함이 전해졌다. 주중에 손님이 4일 연속 들었고 오늘은 밤 10시 넘어 두 팀이다. 피곤하다. 오늘 식당밥 먹고 설사했다. 그렇게 바로 엄청 많이 쏟아져 나오기는 처음이다.

많은 수련법이 있지만 삼공선도만큼 체계가 잡히고 성장시키는 건 없다. 선생님은 이 모든 천상의 세계 우주를 다 보신 걸까? 나는 도대체 뭘까 누굴까? 계속 벗고 내려놓고 품으며 가겠다. 부정적인 말이 주는 기운, 척 지레 짐작이 좀 더 보인다.

2019년 7월 27일 토요일

8시에 집 나와 산 오르는 중 둘째 아이와 했던 대화가 생각난다. 사랑 공부 돈 중에 가장 쉽게 선택한 건 그 아이도 나도 돈이었다. 8월 성수기에 수업을 받으려니 만만치 않아 고민하다가 공부가 재미있는데 바빠서 고민이라고 했더니 좋은 건 놓지 말고 계속해야지, 그럼 다른 걸 줄이라고 조언한다. 쉬어야 되니까 객실을 막으라고, 우리는 좋아하는 걸 해야지 즐겁다.

가디언 강좌와 아리님 그리고 나. 아무것도 움직이지 않고 나는 내 안을 바꾸었다. 아리님의 몸부림. 그 모든 걸 혼자 해내고 그녀가 꿈꾸는 모든 걸 지나, 나는 지금 평화로운 자유다.

2019년 7월 29일 월요일

수련 1시간 + 2시간.

4시부터 깼다가 5시부터 좌선하고, 6시부터 청소를 시작했다. 나 같은 사람 없다. 오늘 들어오는 기운이 2배, 3배는 된다.

2019년 7월 30일 화요일

수련 1시간 + 1시간.

나는 드러나는 게 크게 심적으로 버겁다. 맞지 않는 옷을 입고 싼티 나게 화장을 하고 한가운데 서 있는 광대 같다. 숨어서 품고 안고 닦으며 살고 있을 때 편하다. 기운이 바뀌었다. 선명하게 맑고 진하다. 백

회 인당 중단 하단 어깨 손 발 등 뒤로 쭉욱~~ 조광님께 어제 8월 수업
못 간다고 댓글 달고 오늘 답글 받다. 나를 진정 아껴주는 분이 여기
있다. 일지 계속 쓰라고 하신다.

2019년 7월 31일 수요일

일과 사랑. 몸과 마음과 기운을 쏟아 해야 하는 사랑하는 일. 내 안
의 자성은 항상 아상 앞에서 나를 기다린다. 자성이 100% 발현되길, 아
상이 하나가 되길... 쥐락펴락, 잡아서 즐겁고 놓아서 즐거운 공부. 마
니산을 놀며 오르다 떠오른 생각이다. 3시간 등산, 객실 청소하고 마트
가서 장보고, 수건 다리고 틈틈이 좌선 2시간 하다.

2019년 8월 1일 목요일

4시 50분부터 수련. 오늘도 비가 온다. ○○기운이 계속 머물러 마음
이 편안하고 녹아든다. 어찌 이런 인연이 있을까? 다 끝났겠지 놓으면
또 연결이 된다. 붙잡지도 놓지도 않고 자연스럽게 녹아들고 잡아주고
안아준다.

가디언 강의를 듣고 느껴지는 것 중의 하나는 지구와 내가 연관이 깊
은 거 같다. 지구와 닮은 6번 코드와 수기를 많이 갖고 있고 소금으로
그 수기를 관리하고 있으며, 태모님과 마리아님 두 분 다 사랑이고 나
도 그러하고 품어주고 안아주고 녹여주는 게 일임을 당연하게 받아들
이고 있다. 심통이 도통. 내 생각에 마음수련이 잘되고 있는 것 같다.

위탁교육. 6, 7월 강의가 이런 거 같다는 느낌이다가 나와서 보니 상
제님과 태모님이 가디언에 부탁해서 받은 특별 위탁교육이 맞다. 나는
매일 새로워지고 변화하고 있다. 비가 오는 마당에서 하염없이 앉아
즐겼다. 그리고 모터 수리하고 청소하고 밥 차려주고 일하러 갔다. 계
속 기운이 들어온다. 내일 번개는 심상치 않은 기운이라 가고 싶지만
참는다. 몸이 좀 붓는다.

2019년 8월 2일 금요일

수련 1시간 30분. 이분들 나에게 욕심를 부렸다. 밀려오는 빙의와 한
계를 넘는 설거지를 내 몸이 감당 못 해 하혈과 시력 저하, 온몸이 두
들겨 맞은 거 같고 치아가 아프다. 밀린 수련, 선배 수행자의 책을 보
아야겠다. 수행터를 못 가게 되어 슬픈 날.

2019년 8월 3일 토요일

새벽 2시. 사당 모임 뒷얘기 카톡으로 잠이 안 온다. 이미 알고 있는
것들. 즐겁고 알찼다고 했다. 번개와 기 뭉치... 약 3시간 자고 산 다녀와
객실 청소. 많이 덥다. 오후 3시 ○○님 전화. 부담스러워하고 ○○님과
가까워지고 싶어 했다. 그날 갈 껄 그랬나? 후회가 되었다. 좀 발전한
수련이 느껴졌고 땅으로 내리는 그리드작업을 내가 했다. 프리덤 티칭
입문 후기 올렸다. 댓글이 없다. 괜히 한 것 같지만 지우진 않겠다. 내
기록이니까. 또 배우겠지.

2019년 8월 4일 일요일

5시 등산. 청소 빨래, 몸이 지친다. 이번 달은 산, 수련, 펜션, 아이들 삼공재다. 외부활동은 자제한다. 의식의 끝으로 좀 더 깊이 들어가 보겠다. 오늘 수련은 틈틈이 그리고 2시간.

2019년 8월 5일 월요일

5시 쓰레기 버리고 6시 30분 등산 시작. 혼자라는 생각에 약간의 불안함. 조용한 카톡과 카페 댓글. 잘못하고 있나?

산에서 혼자 11년째 공부하는 분과 대화하다. 일부러 만나게 시간을 만들어 주셨고 ○○과 가깝게 지내지 말라는 스승님의 메시지를 전했다. 7번째다. 그분을 짐승 동물이라고 표현했다. 내가 못 보는 걸 보는가? 좀 더 관해야지.

2019년 8월 6일 화요일

수련 2시간 + 1시간 + 3시간.

하혈은 계속 아침마다 나오고 오후에는 사라진다. 끝까지 믿어줄 한 사람이 있다는 생각에 든든하고 그래서 편안하다. 그래서 모든 일이 즐겁고 힘이 들지 않는다. 나에게 한 사람이 있고 나도 그런 사람이 되고 싶다. 마음에 못 들어오게 하란다. 왜? 관 흐트러지지 않게. 오늘은 집에서 수련. 어제 만남 관했다. 청소 후 4시부터 3시간 푹 잤다.

2019년 8월 7일 수요일

드디어 삼공재 가는 수요일이다. 아침 일찍 아이들 깨워 마니산 다녀왔다. 예정에 없던 분을 만나 많이 늦어졌다. 아마도 이분은 나에게 어떤 의도를 가진 거 같다. 그러나 나는 하늘사람, 그런 심부름을 할 사람이 아니다. 피할까 생각했지만 내 길은 내가 연다. 내가 가고 싶을 때 가겠다. 은근한 엄포는 받지 않으면 돌아가는 걸 알고 더 멀리 더 높은 곳에서 나는 세상을 본다. 그러니 소꿉장난에 인생을 걸지 않는다.

아이들과 삼공재 가다. 좋았다. 애들이 나보다 위다. 기색을 읽는다. 몸살 하듯 오는 내내 잔다. 나도 오랜만에 가서 몸살이 온다. 삼공재 1시간, 저녁 1시간 수련했다.

2019년 8월 8일 목요일

어제부터 시작된 몸살이 오늘도 온몸이 두들겨 맞은 거 같다. 선생님이 삼공재에 계셔서 너무 좋고 감사하다. 아이들과 내가 막힐 때 찾아뵐 수 있는 선생님이 거기 계셔서 눈물이 나왔다. 그제부터 보고 싶었고 방문 허락 전화 후에는 선생님 생각과 기운이 가득했다. 이 감사함을 씨를 뿌리듯 전해야 한다.

산... 어쩔까? 아침에 눈뜨고 고민하다가 명상만 3시간째. 늦게라도 올라야겠다. 3시에 등산가다. 몸살 후 기혈이 다 열려서 계속 많은 기운이 쉼 없이 들어온다. 최대한 길게 유지하고 싶다. 땀범벅. 구름에 가려 해는 보이지 않고 흐리다. 땀으로 옷이 다 젖었고 바람이 불어 앉았다. 햇빛이 몸을 감싸고 비 오듯 땀이 내렸다.

2019년 8월 9일 금요일

어제 산 다녀와 몸이 가벼운 것 같았고, 오늘 아침도 좋다. 수련 1시간 하다. 풀 정리하고 페인트하고 객실 청소 후에 등산가다. 어제 셋째 아이가 옆에 와 내 얘기를 들어주었다. 요즘 보는 책이 어떤 거냐고 물었다. "〈다스칼로스〉라는, 지중해에 살다가 95년에 돌아가신 깨달으신 분이야." 그리고 대화를 했다.

"이 책은 그 곁에서 지켜보던 제자가 썼어."

"엄마, ○○도 깨달아 삶을 사시는데 가까이 있는 사람들 누구도 그분을 제대로 보는 사람이 없어. 그래서 엄마를 놔주고 싶어 하지 않았어."

"나도 그걸 알았지. 너무 안타까워 모두들 그분을 오해해."

"그럼 엄마가 책으로 써. 엄마 글은 감동이 있잖아."

그래도 되겠다. 안타까워만 했지 제대로 알려 주려고는 해보지 않았다. 참성단 앞에서 생각이 났다. 요즘은 차에서 내리면서 태을주, 큰바위 지나면서 천부경을 염송한다. 오늘도 그러했다. 하단전이 뜨겁다. 저녁 7시 50분부터 중단전 떨림. 아주 행복한 느낌. 첫째 아이와 통화.

2019년 8월 10일 토요일

아침 5시 30분 기상. 갈까 말까 좌선 1시간. 『다스칼로스』 1권 다 읽고 잔디 깎았다. 다시 좌선 1시간. 그녀에 대한 생각과 그녀를 통해 배운 것. 나는 이미 하늘사람. 누구의 힘을 빌어 하늘과 통하지 않아도 된다. 내가 매일매일 정화시킴이 가장 큰 덕이며 굳이 드러낼 필요가 없다. 그녀. 쓸쓸함, 슬픔이 보였다. 도와주고 싶지만 잡고 있는 분의 해코지가 주위를 힘들게 할 것이 보이고 그녀가 그런 자신의 능력 힘을 즐기기 때문에 큰 효과가 없을 것 같다. 이상 그녀는 내가 나를 알게 되는 시간을 두었다.

마니산은 내가 가고 싶을 때 간다. 태모님도 상제님도 마리아님도 나는 사랑의 일을 할 거라고 한다. 마지막 테크닉에서 왼손으로 찌릿하게 왼쪽 가슴으로 들어갔다. 뭐냐고 물었다. 사랑. 왼쪽 가슴에서 자궁으로 갔다가 오른쪽 가슴으로 와서 찌릿했다. 그 이후로 괄약근이 좌선 중에 조여진다.

3시 수련 40분. 아침 ○○과 교류되고 단전이 계속 진동을 한다. 온 몸에 햇살이 들었다. 이게 빛인 거 같다. 셋째 아이와 막내가 선명한 노란색이란 게 망고색이라고 하는데 그 빛인가? 좋은 공부다.

2019년 8월 11일 일요일

4시 기상. 이제야 내 페이스로 돌아오고 있다. 의식의 끝으로 수련을 집중하려 한다. 몸도 좀 빠진다. 집밥에 살이 빠진다. 5시 산행. 그녀의 스틱 소리에 부지런히 웃으며 올라 정상에서 약간 담소. 이어주려는 기운과 막으려는 기운이 막상막하다. 계속 중심을 잘 잡아서 함께 가기를 소망하며 누가 되지 않기를, 추해지지 않기를 바라며 등산했다.

함께하고 만나게 해 준 모든 것에 감사하고 그들의 바람이 이루어지길 바란다. 7시 30분쯤 집 도착. 1시간 좌선.

2019년 8월 12일 월요일

6시 기상. 쓰레기 정리하고, 생식 먹고 커피 마시고 산에 간다. 내려올 때까지는 비가 안 오고 바람 불고 안개가 좋다가, 화장실 나오면서 계속 비가 왔다. 객실 청소 후 삼공재 가고 싶었는데 시간이 맞지 않았다.

그녀가 꾼 2번째 꿈. 하늘 제사. 나를 모시고 상제님 앞으로 날아가는 꿈이 자꾸 걸린다. 하늘 일을 시작하며 올리는 제사를 그녀가 돕고 있다는 생각도 들고, 분명하게 느껴지는 건 상제님, 태모님, 마리아님이 나에게 일을 맡기고 싶어 하고 그 일을 지금 준비하기 위해 시간이 생겼다는 것. 앞으로의 내 안으로의 수련을 생각한다. 집중이 길게 안 된다. 날씨 탓이겠지. 고집이 생기지 않았나 지켜본다.

2019년 8월 13일 화요일

5시 일어나면서 바로 좌선 2시간. 며칠째 아침에 몸이 무거워 늦게 일어나게 된다. 7시 등산, 천부경 염송. 정상 즈음 그녀를 만나 아무렇지 않게 그녀 식으로 대화했다. 일찍 나오려는데 좀 더 있다 가라해서 기다렸더니 비가 안 왔다고. 사실은 좌선 시간이 오랜만에 길었다.

사랑 객실 청소 후에 좌선 30분. 틈틈이 채워야겠다. 전만큼 집중이 안 된다. 에어컨 선풍기바람 사이로 단전이 따사로운 햇살이 들고 손발 어깨 등의 부위에 기운이 들어온다.

2019년 8월 14일 수요일

4시 꿈에서 깼다. 왜 이런 꿈을... 실수하면 안돼. 좀 더 자고 좌선 45분. 집중이 떨어진다. 판단 분별하는 마음을 내려놓고 오욕칠정이 조화롭게 어우러지게. 내려놓고 공부해야지 공부가 된다. 내려놓았는지 잡고 있나 계속 관한다.

2019년 8월 17일 토요일

수련 3시간. 기몸살로 잠이 쏟아졌다. 또 말이 많았다. 오늘 가서 또 실수하면 어쩌나 하며 출발했다가 길이 막혀 돌아왔다. 아쉬움이 크지만 차라리 다행.

2019년 8월 19일 월요일

수련 3시간. 인삼을 가지고 삼공재를 가야겠다는 생각이 며칠째 들었다. 3명 현묘지도 수련 지도해 주시느라 애쓰신 선생님을 위해 드실 것으로 홍삼 절편 1박스 사서 갔더니 유일하게 드시는 거라고 사모님이 말씀하셔서 기뻤다. 주파수 제대로 맞췄다.

산 오르다 처음으로 독사를 봤다. 중간 정도 바로 앞으로 지나갔고 그냥 지나가게 지켜봤다. 관. 조용히 지나가게 지켜만 보라는 건가? 중단전 마음수련 2개월. 사라진 줄 알았던 마음이 깊은 곳에서 올라와 눈물이 난다. 중단전이 해가 들고 백회로 기운덩어리가 계속 내려온다.
삼공재 다녀와서 이렇게 허전한 건 처음이다.

2019년 8월 20일 화요일

수련 3시간. 등교하는 거 보고 9시쯤 산행. 바바지 만트라를 하루 들
었다. 편안한 에너지와 공의 상태를 이어줬다. 객실 청소하고 저녁에
『다스칼로스』 읽고 118권 내 수련기 읽다. 아직도 눈물이 난다. 내가
깨어나는 걸 바라는 많은 님들과 나를 위해 깨어남에 더 집중하겠다.
평소보다 일찍 깊은 잠이 들었다.

2019년 8월 21일 수요일

수련 1시간 + 1시간.

오늘도 좌선 후 산행 그리고 좌선 수행이다. 산행이 힘들었다. 어제
저녁 몸이 무거워 수련 못하고 일찍 잤다. 보통 몸이 무거워서 돌아보
면 어떤 전화나 만난 사람이 떠오르는데 오늘 산행은 찾아봐도 특별히
느껴지는 게 없다.

2019년 8월 22일 목요일

어제도 저녁 수련을 못 하고 잤다. 많이 먹으려 하고 좌선해도 잡념
이 많다. 4시 30분 기상, 찬물로 샤워 후 1시간 좌선. 운동을 많이 하며
태을주 암송. 며칠 동안 그분과 아들이 가슴에 와 닿으며 관했다. 중단

전 위, 목, 아래, 가슴이 뜨거워질 때가 있다. 마음공부가 진행되는 걸 느낀다.

계속 안으로 흘려도 채우고 채우고 더 많이 채우면 된다. 어제 그냥 보내니 저녁에 한 거 없이 하루가 간 게 언짢았다. 나를 계속 지켜보며 공부하고 모난 부분은 계속 채워내고 둥그러진 마음을 여의주처럼 온 세상에 하나로 퍼져나가게 마음을 내리고 품고 사랑으로 채우고 가야지.

2019년 8월 23일 금요일

좌선 1시간. 등교시키고 1시간 + 1시간.

월요일 삼공재 다녀온 후로 의심과 부정적인 파장이 아직 있다. 힘든 이유가 뭘까? 열이 계속 나오기 때문에 기운이 온몸으로 뿜어져 나와서 이 기운을 축기해야겠다. 사람들에게 나가던 것이 혼자 있는 시간이 많아져서 몸이 힘들어한다. 아마도 이 기운을 몸에 축적하라고 시간이 생긴 거 같다. 스스로 되짚어가며 가야 한다. 축기, 하단전에 집중한다. 이미 알고 느끼고 있었다.

2019년 8월 26일 월요일

4시 30분 기상. 5시 좌선. 마당 새벽별과 달이 반짝였고 어떤 욕심이 생겨 집중은 잘 안 된다. 얼마 전부터 내가 환한 열이 된다. 어젯밤에는 나는 사라지고 불덩이 아니 뜨거운 빛덩이로 느껴졌다.

나무와 바다

가을이 바다로도 내리고 있어서 앞마당에서 보는 바다는 더 청아하고 깊게 느껴집니다. 가끔 오신 분들이 바다를 가린 마당 앞의 나무들을 자르라고 충고를 합니다. 늘 그 자리에서 우리를 품어주는 나무를 둘러봅니다. 여름내 칡들이 타고 올라 하늘로 오르고 있습니다. 문제없이 잘 살아 있습니다. 몇 발만 옆으로 옮기면 바다는 잘 보이는데 잠깐 풍경을 보겠다고 오래전부터 그곳에 있는 나무를 치우려하는 손님에게 곱지 않은 마음이 나갑니다. 그저 하나로 어우러지고 싶습니다.

산에 오른다. 태을주를 외우며 지구가 더 평화로워지길 내가 덕을 쌓고 도를 이루길 바라며 올랐다. 천부경 15번 한다. 백회 인당으로 기운, 하단전에 태양이 내려와 앉는다. ○○님의 삼공재 입성. 아무 힘도 없는 나이기에 할 수 있는 일이지 않았나. 그분들이 내가 느끼는 환희를 매일 느끼고 깨어나길 바란다. 삼공 선생님 처음 만난 날 서럽게 울었다. 정말 초라하게 뼈만 남고 눈만 이글거리던 나를 안아주셨다. 감사합니다. 오늘 산에서 했던 생각 그리고 중단의 무거움이 느껴진다. 90분 수련하다.

2019년 8월 28일 수요일

좌선 1시간 + 30분.

선생님 외출하신다고 하여 치과 예약을 미루려다가 그것도 약속인

275

데 오늘은 갔다 오려고 8시에 출발했다. 병원 도착 후 카톡에 삼공재 오라고 후배 도반이 알려줬다. 일종의 시험이었던 거 같다. 나를 본다. 중심에서 탈선했나? 흐트러져서 좌선이 잘 안 된다. 몸이 풀리지 않아 운동을 늘려야 한다. 좌선 시간도.

〈요가난다〉에 나오는 밤새 수련하는 성자에서 진동이 왔다. 지하철 중간에서 선릉역, 기운이 백회로 들어왔다. 병원 들렀다가 벤치에서라도 수련하고 가야겠다고 생각했다. 선릉을 지나 걸어서 왔다. 오늘 수련하고는 수련에 더 집중하겠다.

삼공재 수련. 두 분의 도반님이 오셨다. 손님이 역대 최강이어서 정신이 없고 어지럽다 못해 멍하다. 나도 병원과 대중교통을 이용해서 이미 설사를 두 번이나 한 상태. 선생님 힘드실 게 뻔했다. 현관문 앞에서 눈을 바로 볼 수 없다. 좌선 중 선생님 앞에서 수련을 하여 눈물이 나고 감사했다. 내가 사라져 호흡도 느껴지지 않는 내가 공기 속으로 사라져 있었다. 눈은 너무나 맑다.

나오면서 축기와 주문수련에 대해 말해 주었다. 내 중심을 단단히 하고 다른 것을 병행해야 휘말리지 않는다. 주문은 강하지만 사라지고 축기는 온전히 내꺼라 잊어지거나 없어지지 않는다고 알려줬다. 의념, 자기 전에도 의념. 아직도 선생님이 한번씩 회전을 시켜줘야 털어내진다. 우리 선생님 안 계시면 어디에 기대어갈까? 내가 걱정이다.

276

2019년 8월 29일 목요일

어제 2시에 잤다. 아침에 수련 1시간 + 30분 좌선 .

무지개가 나올 거 같은 아침이고 바람이다. 막힌 곳을 뚫어주셔서 기운구멍으로 뻥뻥 뚫리고 들어간다. 감사합니다.

2019년 8월 31일 토요일

5시 기상. 수련 1시간 + 1시간.

바람이 바뀌고 정신이 맑아지고 있다.

2019년 9월 1일 일요일

새벽에 꿈꾸다. 상제님이 나와서 오래전부터 자리 잡았던 빙의를 내보내주고 나는 나가는 손님을 느끼며 운장주를 소리내며 염송하다가 꿈에서 깼다. 5시 기상. 수련 30분 하고 생식 먹고 소금물 먹고 산행갔다.

4시쯤 아니 4시 30분부터 중단이 뜨겁고 더운 게 계속되었고 머리가 아파서 뜨거운 물로 씻었다. 현묘지도 이후 바쁘게 어우러졌던 생활이 정리가 되고 있다. 원래 나, 참사랑이, 마음이 참 덧없다. 그렇듯 빠져나오지 않을 줄 알았는데 스르르 물이 중력에 의해 밖으로 밀려나듯 하다.

2019년 9월 2일 월요일

아침 좌선 2시간 + 마니산 좌선 1시간 + 2시간

정말 오랜만에 손님 없이 시간을 보냈다. 그리고 수련도 제대로 집중한 날이다. 여운이 남는 건 역시 ○○님과 기운이 부딪쳐 다시 만나기는 힘들겠다는 것. 7일 3기 오티에 가려고 댓글 달자 바로 밀어내는 기운이 불편하게 했다. 뭘까? 지웠더니 안정이 된다. 아직 나를 수용하기는 힘든가 보다. 그녀는 그녀의 소명대로 나는 내 수행의 길을.

오늘은 하루종일 수련만 했다. 요가난다에 기운이 많다고 하고 라히리 마하사야에서 기운이 많이 느껴진다고 한다. 사진 속 기색은 하얗다고 한다. 이분 나는 어디선가 많이 본 거 같고 친근하다.

선생님이 체중 조절을 강조하시고 뱃살 나온 걸 안 좋게, 게을러서 그렇다고 수행자로서는 낙제라고 생각해 왔고, 요즘 불어나는 체중에 부담을 느꼈는데 여기 인도에서는 마른 것이 낙제로 보는 듯하다. 언제나 나는 둥글둥글해져서 모든 이들이 편하게 대할까

2019년 9월 3일 화요일

수련 1시간 + 40분 + 40분 + 수시로.

어제 늦게까지 수련해서 흰자위까지 깨끗하다. 책 보다가 바비큐장 페인트, 그리고 마니산 갔다 오다. 도통할 생각이 있는데 왜 한눈팔고 게을리 수련하냐는 꾸지람이 계속 들린다. 그럼 어떻게? 지금 하는 게 옳은 건가? 수련에 더 집중하라는 거 같다. 늘 나를 잡아주는 기운…

【삼공의 독후감】

참으로 기구한 운명으로 지금 아비 없는 24세 19세 15세의 세 딸과 10세의 아들 4남매를 남부럽지 않게 키우면서 된장 제조와 펜션 운영으로 유족하게 살아가는 도성의 생활 체험기다. 무책임하게 임신만 시켜놓고 양육을 포기한 채 숨어서 사는 사내를 원망하고 미워도 할 수 있으련만 그러한 낌새는 추호도 보이지 않는 참 도인을 여기서 대하는 느낌이다. 도성의 앞날에 영광이 있기 바란다.

현묘지도 수련 그 이후

우해 유영숙

스승님!!

우해입니다.

코로나19 때문에 삼공재 방학한 지도 벌써 삼 개월이 가까워지고 있네요.

스승님께서는 건강히 잘 계시는지요?

저는 현묘지도 수련 마친 지도 2년이 지났고, 그동안 여러 경이로운 체험을 하였기에 수련기를 작성하여 보았습니다. 삼공재가 다시 열리면 스승님 찾아뵙겠습니다.

2019년 6월 15일 토요일 〈환골탈태〉

2017년 가을 여봉님과 매주 화요일 관악산 산행 시작하였고, 올해 6월 초부터 삼공재 도반 두 사람과 북한산 산행을 시작하였다. 오늘은 북한산 쪽두리봉과 향로봉을 지나 비봉을 거쳐 승가사 계곡으로 내려왔다. 귀가하여 좌선수련하다. 단전의 원자로가 돌아가는 것을 호흡을 멈춘 채 지켜보는 중, 내장과 근육, 뼈가 하나로 합하여 뒤섞여 구석구석 쌓였던 병소와 탁기들이 모여서 큰 강물을 이루며 구비구비 흘러내려 몸밖으로 빠져 허공으로 흩어지는 게 느껴진다. 내장 구석구석, 뼈 사이사이, 세포 하나하나에 쌓였던 독소들이 단전의 용광로에서 나오는 열기로, 녹물처럼 변하여 끝없이 흘러나가는 모습이 생생하게 느껴진다. 몸과 마음에 쌓인 오욕칠정의 조각들이 파동이 되어 빠져나가는 거 같다. 전신 개조작업, 환골탈태... 좌선 수련 시 허공과 하나되어 온몸이 흩어지는 것과는 또 다른 느낌이다.

2019년 11월 25 월요일 〈영가 천도〉

그제 토요일에 북한산 산행하고 돌아오는 길에 큰어머니께서 돌아가셨다는 사촌오빠의 전화를 받았다. 3일장 치르는 내내 장례식장에 있었고, 고인이 평소 믿으셨던 원불교식으로 장례의식을 행했다. 교회에 다니는 딸들은 따로 모여 의식을 치르고, 나는 사촌오빠 식구들과 함께 모든 원불교 의식에 참석하여 큰어머니의 명복을 빌었다.

어느 순간부터 큰어머니의 영가가 나와 함께 하고 있음을 그냥 알게 되었다. 인당과 중단전에 머물러 계심을... 천안 화장장에서 화장하고 고향 선산으로 향했다. 오랜만에 가보는 내 유년의 추억이 서린 고향… 마을 입구에서 원불교식으로 의식을 치르고 올 여름까지도 큰어머니 혼자 사셨던 큰집에 잠깐 들렀다가 선산에 잠드셨다. 잠드시고 얼마 후 큰어머니 영가는 백회를 통하여 먼 하늘로 훨훨 날아가시는 모습이 영안에 떠오른다. 깊이 고개 숙여 잘 가시라고 인사드렸다.

어린 시절 그렇게 넓어 보이던 골목길이 지금 보니 너무 좁고 집들도 생각보다 작고 초라하다. 내가 살던 우리집은 이제 빈터만 남아 황량하다. 어린 시절 많은 식구들과 손님들이 무수하게 드나들던 그 분주함이 어제 일인 듯 아련하다. 할아버지 삼 형제는 차례대로 위에서부터 집을 지어 외부로 대문을 각자 내고, 내부적으로는 세 집이 서로 오가는 길을 내어 서로 한집처럼 살았다. 맨 큰할아버지께서 돌아가시고 당숙이 읍내로 이사 가시면서 맨 윗집과의 내부 통로는 막아졌지만, 가운데 집과 우리집은 어머니가 서울 오시기 전까지도 서로 편하게 오가며 지냈다. 딸만 하나 있고 아들이 없었던 둘째 형을 위하여 우리 할아버지께서는 큰아들을 양자 보내셨고, 둘째 아들이었던 우리 아버지께서 장남 역할을 하게 되었다. 큰아버지가 아니고 우리 아버지가 양자 갔었다면 상황은 많이 달라졌을 거라고 엄마와 가끔씩 얘기한다.

조카를 양자 들여 대학까지 공부시키고, 결혼도 시켜 손주까지 보시고도 당신 소생의 아들을 보고 싶으셨던 종조할아버지는, 젊을 때부터 많은 소실을 들였다고 한다. 그중 몇은 아들도 낳았지만 어려서 모두 죽었다고 한다. 손주를 그렇게 귀히 여기셨지만, 본인 소생의 아들에 대한 집착은 대단하셨던 것 같다. 종조할아버지는 오십 넘은 나이에, 근처 마을에 아들 셋을 데리고 어렵게 사는 과부에게 집을 사주고 생계를 도와주며 소실로 삼았고, 그 아들들이 자주 찾아오곤 해서 어린 시절 본 기억이 있다. 해 지면 그 집으로 가는 모습을, 당시 새댁이었던 엄마는 보곤 했다고 한다. 그 소실 할머니는 아들과 딸을 하나씩 낳았지만 아들은 낳은 지 얼마 안 되어 죽고 딸만 살아서 자랐다. 나보다 네 살 어린 당고모는 자기 엄마집과 아버지 집인 종조할아버지 집을 오가며 자랐지만, 이미 큰어머니께서 낳은 같은 또래 딸들이 많아, 종조할아버지께서는 데리고 살고 싶어 했지만 적응하지 못하고 자기 엄마집에서 거의 살았다. 종조할아버지 돌아가시기 전 결혼시켜야 한다고 하여 스무살 무렵 결혼시켰다. 결혼 후 할아버지 장례식에 온 후 그 당고모의 소식은 아무도 모른다. 내가 그 입장이라 해도 연락하고 싶지 않을 듯... 오랜만에 고향에 오니 여러 생각이 나고 잊고 있었던 그 당고모가 소환된다.

대부분의 식구들은 삼오까지 지내기 위해 고향에 남고, 엄마와 나를 비롯한 몇은 타고 내려간 버스를 타고 서울로 돌아왔다. 큰어머니 영가가 나와 함께 하는 동안에는 졸리고 피곤했었는데, 떠나시고 나서 서울이 가까워지니 머리가 맑아지고 정신이 명료해진다. 한밤중에 집에 도착했고 장례식장에서 전날 거의 못 자서 피곤할 만한데도 정신이 맑아 좌선수련 하였다. 평소 말씀이 없고 무던하신 성품대로 큰어머니가 나와 함께 하는 동안 그렇게 힘들지는 않았다. 이런 얘기를 누구에게 할 것이며 누가 믿겠는가? 수련한 보람을 느끼는 며칠이었다.

2020년 3월 19일 목요일 〈단전의 원자로〉

요즘은 눈뜨고 시계를 보면 새벽 3시 언저리… 눈뜨면 바로 의식이

283

맑아지고, 단전의 원자로 돌아가는 느낌에 절로 집중하다가, 온몸으로 운기되는 그 상서로운 현상에 몇 시간이고 누워서 와공한다. 전신이 허공중에 사라지기도 하고, 온몸이 하나의 단전이 되기도 하고, 하나의 심장이 되기도 한다. 새벽 5시 일어나 좌선수련 하면서 하루를 시작하다. 특별한 일이 없으면 행복한 마음 가득 안고 오랜 시간 좌선수련 한다. 옛날 고승들이 면벽수련을 몇 년씩 했다고 하더니, 이렇게 재미있게 수련할 수 있다면 그럴 수 있겠다 생각했다.

2020년 4월 15일 수요일 〈목마름〉

약 한달 전부터 마셔도 마셔도 목이 마르다. 특히 좌선수련 시, 입안이 타는 듯해 물을 머금고 있다가 넘기고 나면, 바로 입안이 바짝 타서 다시 머금다가 삼키기를 반복한다. 하루에 마시는 물의 양이 엄청나다. 처음에는 별 생각 없었는데 시간이 지날수록 너무 많은 물을 계속 마시면서 수련과 관련 있는 듯하다는 생각을 하다. 전에는 좌선수련 시 입안에 단침이 고이면 깊게 삼키면서 단전으로 내리곤 했었다.

2020년 4월 18일 토요일 〈단전 속 용암의 폭발〉

오늘은 사당역에서 출발하여 관악산을 갔다 왔다. 처음 가보는 코스인데 바위가 꽤 험하고 전망도 좋아서 자주 와보고 싶은 코스이다. 연주대를 지나 서울대 공대로 내려왔다. 귀가하여 좌선수련 하니 단전의 용암이 펄펄 끓는다. 평소에도 단전이 원자로 돌아가는 듯하고 뜨거운 기운이 흘러넘친 적은 자주 있었지만, 오늘은 그 강도가 굉장히 강하다. 단전에서 흘러나온 뜨거운 용암이 전신으로 퍼지며 뼈와 내장 등을 정화시키며 몸밖의 차가운 얼음 속으로 배출한다. 전신의 세포들이 훨훨 춤을 추듯 하다. 그 시원하고 상쾌함은 말로 표현할 수 없다. 마치 얼음 상자 속에 앉아 있는 듯하다. 12시 30분까지 좌선수련 하다가 와공수련으로 전환… 이번에는 얼음요 위에 누워 있는 듯하다. 정신은 더욱 명료해지고 단전에서 용암의 움직임이 너무나 리얼하다. 뜨거운 열기로 태워진 욕망의 찌꺼기들이 얼음요 속으로 퍼져 나가면서 온몸의 세포들이 한바탕 축제를 벌인다. 전신에서 빛이 퍼져나간다. 오늘 밤 잠자기는 틀렸고 그 축제의 향연을 즐기자.

2020년 4월 19일 일요일 〈백회에 치는 벼락〉

아침까지 이어진 단전의 열기로 정화되는 그 경건한 순간들을 숨을 거의 멈춘 채 잠 한숨 안자고 밤새워 지켜보다. 오전 내내 좌선수련 하다. 점심 먹은 후 좌선수련 시, 직경 10cm는 될 듯한 은백색의 도톰한 통이 백회를 가운데 두고 상단전에 박힌다. 그 모양이 눈앞에 보이는 듯하고 아프면서도 시원하고 자못 경건하다. 그 통이 박히고 한참 지난 후 나는 내가 타서 죽는 줄 알았다. 굉장히 강한 전류를 가진 어떤 뭉치가 백회에 벼락처럼 닿아 기절할 정도이다.

온몸의 신경이 곤두서고 숨이 헉한다. 하지만 마음은 별로 무섭지 않고 그냥 받아들인다. 이어서 시간 간격을 두고 두 번 더 벼락같은 전류가 백회를 내려친다. 순간적으로 숨이 멎는 듯했지만 마음은 편안하고 무심하다. 어제의 용암 폭발이 전조현상이었나? 아니면 약 한달간 끝없이 마셔댄 물이 어떤 작용을 한 것인가? 거의 하루 종일 좌선수련과 와공수련 하다. 참으로 감사하고 경건한 하루였다. 백회에서 인당 쪽으로 시원함이 강렬하게 흐르고 얼굴도 마치 가는 바늘로 찔러 박피하듯 시원하다. 하루종일 물을 많이 마시고 머그컵 가득 커피를 연하게 타서 마시면서 목마름을 달랬다.

2020년 4월 20일 월요일 〈뒷머리 속 천둥 번개〉

매주 월요일은 삼공재를 방문하였는데, 코로나로 삼공재가 방학한 후로 여봉님과 매주 월요일 등산을 하고 있다. 오늘은 지난 토요일 갔던 관악산 코스로 한 번 더 가보기로 하였다. 날씨가 우중충하고 하늘이 흐리다. 산속을 걷다 보니 어느새 비가 내리고 안개가 짙게 끼어 가까운 곳도 잘 안 보인다. 맑은 날씨에 시내를 내려다보면서 오르는 등산도 좋지만, 오늘처럼 비를 맞으면서 어두운 안개 속을 걷는 것도 또한 좋은 것 같다. 등산 중 백회의 강한 감전현상을 어제에 이어 두 번 더 경험했다. 여러 번 겪다 보니 덜 놀라고 좋은 느낌이 더 강했다.

물을 많이 마시고 입술이 타는 모습을 보더니 수련 상승기마다 내가 물을 많이 마시더라고 여봉님은 얘기한다. 자주 느끼는 바이지만 관찰력이 대단하다. 귀가하여 씻고 좌선수련. 이번에는 오른쪽 뒷머리 부분을 머리 안쪽에서 밖으로 천둥 번개가 치듯 하는 현상이 간헐적으로 발생한다. 번개가 칠 때마다 깜짝깜짝 놀라게 한다. 어제오늘 백회에서 일어난 감전 현상보다는 약하지만, 번개가 칠 때마다 아프면서도 시원하다. 머릿속이 뒤죽박죽 천둥 번개가 마구 내려친다. 너무 자주 발생하다 보니 머리가 얼얼하고 손으로 뒷머리를 자주 만진다. 저녁 수련부터는 머리 겉면까지 아프다. 움직일 때마다 머리둘레가 시큰거리기도 하고 아프기도 하고 말로 설명하기 어렵다. 머릿속에서 지진이 일어난 듯하다. 이번에는 머릿속을 완전개조하려고 하는 듯하다. 만약 단전이 약하다면 미치거나 기절했을 듯하다.

2020년 4월 21일 화요일 〈머릿속의 한바탕 소동〉

일주일에 두번 회사에 출근하여 회의를 한다. 오늘은 외부에서도 참석하는 확대회의이다. 집에서 출발하기 전 물을 한 컵 마시고 사무실 들어가자마자 두 컵의 물을 마셨다. 아직 직원을 고용할 수 없어 거의 모든 일을 나 혼자 한다. 서둘러 화분의 물을 주고 바닥 청소와 책상 청소를 하고 회의 준비를 마친 후 커피를 연하게 타서 마신다. 정화 작용을 위해서는 몸속에서 물을 엄청 필요로 하나보다.

머릿속은 오늘도 찌르르 찌르르 전류가 흐르고 순간순간 깜짝 놀란다. 머릿속에서 무슨 일이 벌어지고 있는지, 뒷머리를 만질 수도 없이 아프다. 손을 가까이 대기만 해도 시큰거리면서 아프다. 손으로 살살 만져보니 부어오르기도 하고, 부스럼처럼 올라와 딱지가 잡힌다. 그 부스럼에서는 작은 불꽃이 터지듯 뭔가 몸에 안 좋은 것들이 쏟아지면

서 아프고 시원하다. 부어오른 곳은 칼로 난도질하듯 탁기를 배출하는
데 그 또한 아프고 시원하다. 걸어 다니면 머리 전체가 울리면서 아프
고 시원하다. 이 상황을 어떻게 설명할까? 자연적으로 정화되면서 이
루어지는 수술과정이라고 할까? 작년부터 진행되고 있는 환골탈태의
과정이라고 유추해본다.

2020년 4월 24일 수요일 〈백회에 쏟아진 불화살〉

새벽에 일어나 좌선수련 하다. 오늘은 백회에 불화살이 처음에는 한
두 개씩, 시간이 가면서 한 다발씩 수시로 쏟아져 내리꽂히면서 강한
전류가 순간적으로 강하게 흐르고 깜짝 놀라게 한다. 거의 하루종일
불화살 세례를 받았다. 많이 적응되었지만 예측불허로 쏟아지는 불화
살에 기절하기 일보 직전이다. 저녁 무렵부터 횟수와 강도가 약화된
다. 마음은 동요 없이 편안하고 자유롭기까지 하다. 백회를 만져보니
손을 가까이 대기 어려울 정도로 아프다.

일이 있어 몇 군데 다니는 내내 조심조심 걸으면서 온 신경이 저절
로 상단전에 집중된다. 백회에서의 활동이 강렬하니, 뒷머리 쪽의 아
픔은 다소 약화된 듯하다. 일 때문에 움직이면서도 백회 쪽을 손으로
만져보면 융기되어 있고 여기도 부스럼이 올라오고 있으며 주변에 물
집이 퍼져 있다. 손을 머리 가까이 다가가기만 해도 너무 아프다. 고개
가 흔들리면 너무 아파서 흔들리지 않으려 조심조심 신경 쓴다. 물 마
시는 양이 오늘 조금 줄어든 듯하다. 잠자러 누우니 베개에 닿는 뒷머

리의 부스럼 때문에 조심스럽다. 다행히 바로 깊은 잠이 들었다.

2020년 4월 25일 목요일

새벽 3시 즈음 눈떠지고 누워서 와공수하다. 단전의 원자로가 계속 돌아가고 있다. 상단전 전체가 욱씬거린다. 양도세 신고할 것 있어 후배 회계사 부부와 점심약속, 오랜만에 얼굴 보니 반가웠고 수련에 약간 관심 있는 여자 후배에게 내 현묘지도 수련기가 있는 선도체험기 117권을 선물했다. 오늘은 어제 불화살 맞은 백회에 생긴 부스럼과 물집에서 크고 작은 폭발이 간헐적으로 발생한다. 매순간 의식은 상단전을 향해 있다. 이 상황을 말과 글로 표현하는 데 한계를 느낀다.

2020년 4월 26일 금요일 〈상단전 대수술〉

오전회의 하고 잡무보다. 오늘 마시는 물의 양이 많이 줄었다. 입안에 단침이 조금씩 고이면서 갈증이 많이 해소된 듯하다. 요즘 같은 상황에서는 좌선수련을 획기적으로 늘려야 할 것 같은 생각이 들어 밖에서 일보면서도, 이동 중에도 정신을 집중하여 수련상황을 만들었다.

머릿속에서는 번갯불이 칠 때처럼 전류가 머릿속을 휘젓는다. 머리 외부로 돌출된 부스럼 전체에서 작은 지진이 일어나면서 폭발하면서 피고름 같은 탁기를 배출한다. 부분적으로는 예리한 칼로 도려내듯 하고, 미세한 가시 같은 걸로 후벼 파는 듯하다. 설명하자면 메스를 대지 않는 상단전 대수술...

2020년 4월 27일 토요일

도봉산역에서 일행을 만나 도봉산 산행하다. 평소와 같이 구조대길을 따라 신선대를 향하여 오르는 길... 오늘 발걸음이 너무 무겁다. 요 며칠 동안 상단전에서 발생한 여러 현상으로 에너지가 많이 소모된 듯하다. 신선대 오르는 가파른 길에서 오늘은 그만 하산하기로 하고 되돌아 내려왔다. 월요일 부산 출장을 위하여 자료 검토해야 하는데 일단 좌선수련 백회의 강렬함은 많이 줄었지만 작은 번갯불이 번쩍번쩍하면서 계속 대청소를 한다. 그저 아직도 시원하고 아픈 현상을 지켜보면서 긴 시간 좌선수련 하다.

2020년 4월 28일 일요일

아무것도 할 수 없다. 일상의 꼭 필요한 일 이외 내내 좌선수련 하다. 오후, 내일 부산 출장 위한 자료 검토하고 저녁 무렵 후배 회계사와 통화하면서 마무리 검토한 것 외에는 하루 종일 좌선수련. 정도가 약화되었다고 해도 번갯불은 머릿속을 휘젓고, 밖의 부스럼은 자잘한 지진이 계속되면서 피고름을 토해내고 옆의 다른 부분들은 날선 칼로 도려내는 듯하다.

2020년 4월 29일 월요일

부산 출장을 위해 수서역에서 일행을 만나 기차 타고 부산행 기차에 올랐다. 머릿속의 전류는 이리저리 찌릿찌릿 빠르게 흐르며 아프고 시원, 밖의 부스럼은 그대로 독소를 계속 배출한다. 부산에서 두 번의 회의가 있는데, 첫번째 회의는 참석하지 않고 해운대 센텀시티 회의만 참석하기로 되어 있어, 미리 연락한 도업님이 부산역에 마중나와 반가운 얼굴을 볼 수 있었다. 예쁜 도업님 따님이 영도까지 태워다 줬고, 맛있는 물회를 먹으면서, 내 머리를 도업님에게 들이밀고 머릿속 부스럼을 보여주면서 요즘 나에게 발생하고 있는 누구에게도 말할 수 없었던 현상에 대하여 얘기하다 보니 시간이 너무 빨리 흐른다.

점심식사 후 부산역까지 택시로 와서 차 마시면서도 너무 경이롭다 보니 내 수련 얘기만 하고 도업님 근황에 대해서는 간단하게 묻기만 한 것 같아 미안한 생각이 든다. 점심에다 찻값까지 모든 비용을 다 내주고 시간을 함께해준 도업님 너무 고마워요. 도업님과 헤어지고 부산역에서 일행을 만나 해운대로 이동, 10여년 전 부산 해운대에 살면서 오고 간 길이 눈에 익고 정겹다. 오늘 가는 사무실은 센텀시티 번화가 건물 26층에 있고 창밖으로 바다가 보이고, 수영만 요트장이 바로 눈앞에 보이는 멋진 장면이 펼쳐진 곳이다. 2시간 정도의 일정을 마치고 부산역까지 차로 태워줘서 기차를 타고 늦은 밤에 서울에 도착했다.

2020년 4월 30일 화요일 〈법열〉

머릿속에서의 폭풍은 많이 약화되었지만, 머릿속에서의 번쩍이는 번갯불과 머리 겉면의 약한 지진 현상이 종일 발생하여 의식은 상단전에 집중된다. 머리 겉면의 부스럼을 손으로 만져도 그렇게 많이 아프진 않다. 하지만 아직 상황이 마무리되려면 시간이 좀 더 필요할 듯하지만, 마음은 더없이 평화로운 법열에 빠져들곤 한다.

【삼공의 독후감】

　남보다 늦게 수련을 시작했지만, 오히려 빠른 시간에 현묘지도 수련을 완료했다. 그러고도 집중력 있는 수련으로 늦은 시작을 만회하듯, 환골탈퇴의 과정을 거쳐 해탈에의 항해를 하고 있으니 후배들의 귀감이다.

저자 약력

경기도 개풍 출생
1963년 포병 중위로 예편
1966년 경희대학교 영어영문학과 졸업
코리아 헤럴드 및 코리아 타임즈 기자생활 23년
1974년 단편 『산놀이』로 《한국문학》 제1회 신인상 당선
1982년 장편 『훈풍』으로 삼성문예상 당선
1985년 장편 『중립지대』로 MBC 6.25문학상 수상

　저서로는 단편집 『살려놓고 봐야죠』(1978년), 대일출판사, 민족미래소설 『다물』(1985년), 정신세계사, 장편 『소설 환단고기』(1987년), 도서출판 유림, 『인민군』 3부작(1989년), 도서출판 유림, 『소설 단군』 5권(1996년), 도서출판 유림, 소설선집 『산놀이』 ①(2004년), 『가면 벗기기』 ② (2006년), 『하계수련』 ③(2006년), 지상사, 『선도체험기』 시리즈 등이 있다.

선도체험기 120권

2020년 6월 20일 초판 인쇄
2020년 6월 30일 초판 발행

지 은 이　　김 태 영
펴 낸 이　　한 신 규
본문디자인　안 혜 숙
표지디자인　이 은 영
펴 낸 곳　　글터
주소　05827 서울특별시 송파구 동남로 11길 19(가락동)
전화　070 - 7613 - 9110　　Fax　02 - 443 - 0212
등록　2013년 4월 12일(제25100 - 2013 - 000041호)
E-mail geul2013@naver.com

ISBN　979 - 11 - 88353 - 21 - 7　　03810　　정가 15,000원